Jürgen Seibold

Brutal vergeigt

Jürgen Seibold

Brutal vergeigt

Ein Baden-Württemberg-Krimi

Silberburg-Verlag

Jürgen Seibold, 1960 in Stuttgart geboren, ist gelernter Journalist und arbeitet als freier Autor. Er hat Musikerbiographien und andere Sachbücher sowie Thriller und andere Romane für verschiedene Verlage (Heyne, Moewig, Knaur, Piper) mit einer Gesamtauflage von weit über einer Million Exemplaren verfasst. Beim Silberburg-Verlag hat er bisher Kriminal- und Unterhaltungsromane, einen historischen Roman sowie Sachbücher veröffentlicht. Jürgen Seibold lebt mit Frau und Kindern im Rems-Murr-Kreis und macht Musik – wenn er mal Zeit dafür findet.

1. Auflage 2015

Lektorat: Michael Raffel, Tübingen.
Umschlaggestaltung: Christoph Wöhler, Tübingen.
Coverfoto: © biffspandex – iStockphoto.
Druck: CPI books, Leck.
Printed in Germany.

ISBN 978-3-8425-1427-0

»Aber jetzt versteh doch endlich: Ich hab denen mein Wort gegeben!«

»Und mir nicht, oder was?«

»Das kannst du doch nicht vergleichen! Als die mich wegen des Festivals gefragt haben, gab es für uns an diesem Wochenende noch keinen Termin. Du hast den Gig im Café Provinz erst klar gemacht, als ich denen längst zugesagt hatte. Und du hast das auch gewusst, schließlich habe ich dir wegen des Festivals sofort Bescheid gegeben – also komm mir jetzt nicht so, ja?«

»Ich brauch dir überhaupt nicht mehr zu kommen, mein Lieber!«

»Was soll das denn jetzt schon wieder heißen?«

»Du bist raus, das heißt das.«

»Wie – raus?«

»Na, du packst dein Zeug und schleichst dich! Das ist meine Band. Mit der habe ich noch einiges vor. Unzuverlässige Mitmusiker kann ich da nicht brauchen. Und für deine paar mittelmäßigen Parts werd ich schon jemand anderen finden. Ralf zum Beispiel hat schon durchblicken lassen, dass er am nächsten Samstag Zeit hätte.«

»Du hast … mit … Ralf? Ich meine, der kann doch keine vier Noten geradeaus spielen!«

»Na also, passt doch.«

Ein böses Grinsen, ein vor Zorn erbleichendes Gesicht, angespannte Stille. Die Männer stehen sich wütend gegenüber.

Der linke Haken kommt unvermittelt, geht aber ins Leere, weil der eine Mann den Schlag kommen sieht und gerade noch ausweicht. Vom Treppenhaus her ist eine Frauenstimme zu hören.

»Essen ist fertig. Kommt ihr hoch?«

»Ich komme«, ruft der eine zurück, wirft dem anderen noch einen bösen Blick zu, deutet auf ein paar Gerätschaften und dann auf den Ausgang. »Schau zu, dass du dein Zeug rausgeschafft hast und weg bist, bis ich wiederkomme. Und dann wär's mir am liebsten, ich müsste nie wieder etwas von dir sehen oder hören, du Lusche!«

Damit wendet er sich ab und lässt die Tür hinter sich halb offen.

»Ich komm allein«, ist seine Stimme von draußen zu hören. »Er muss schon los, Nele, er kann leider nicht mehr zum Essen bleiben.«

Schritte die Treppe hinauf, dann oben die Wohnungstür, die ins Schloss fällt. Und im Proberaum ein untersetzter Typ mit dünnem Haar und hängenden Schultern. Mit feuchten Augen sieht er sich in dem Kellerraum um, in dem er seit Jahren mit den anderen geprobt, in dem er unzählige Abende mit endlos wiederholten Songs und billigem Bier verbracht hat.

Verplempert hat, wie es jetzt aussieht. Ausgebootet von dem Mann, der sich für den Bandleader hält, nur weil sie im Keller seines Hauses proben. Und der offenbar schon mit seinem Nachfolger gesprochen hat. Natürlich hat er auch schon andere rausgeworfen, und auch für die hat er sich keine Samthandschuhe angezogen – aber das sind nie Gründungsmitglieder gewesen. Und jetzt setzt er ihm den Stuhl vor die Tür! Ihm, ausgerechnet! Und das nach allem, was er für diese Scheißband getan hat …

Wütend schnaubt er, sieht sich um und beginnt, seine kleineren Utensilien in den alten Umhängebeutel zu stopfen, der nach der langen Zeit im Keller einen etwas muffigen Geruch angenommen hat. Er nimmt seinen Bass vom Ständer und legt ihn in den Instrumentenkoffer, klappt den Ständer zusammen und verstaut ihn mit dem Galgenstativ in der länglichen Tragetasche. Mit einer raschen Bewegung zieht er den Reißverschluss der Tasche zu, dann stopft er noch das kleine Stimmgerät, ein, zwei Kabel und sein Mikrofon in den Beutel.

Zwischendurch wirft er immer wieder Blicke auf das Durcheinander um ihn herum. Auf den Becken des Schlagzeugs spiegelt sich das alberne Licht der bunten Glühbirnen. Unter der Bass Drum quillt der alte, speckige Teppich hervor, über den er während der Proben immer wieder gestolpert ist. In den Ecken des Raums stehen die klobigen Boxen, die sie vor vielen Jahren selbst geschreinert und mit Lautsprechern bestückt haben. Mit einer neuen Anlage müssten sie längst nicht mehr die übertrieben schweren Kisten schleppen, und der Sound wäre mit moderner Technik auch nicht mehr so dumpf und dröhnend – aber man hat sich halt gewöhnt an das alte Zeug, und zu jedem Kratzer, zu jeder Macke weiß er noch zu erzählen, wie sie entstanden sind.

Das Gastspiel auf dem Festival in Tirol kommt ihm in den Sinn. Der unter wütenden Protesten abgebrochene Auftritt in Freiburg. Das binnen Minuten leergespielte Festzelt in Bietigheim. Das umjubelte Konzert auf dem Stuttgarter Killesberg. Die nicht enden wollenden Zugaben im Schorndorfer Hammerschlag. Die Groupies in Wiesbaden, die sie die ganze Nacht hindurch nicht hatten schlafen lassen. Er muss grinsen. Zwei der Mädels sind ihnen sogar nachgereist, und sie hatten ordentlich Mühe damit gehabt, sie wieder aus dem Proberaum zu bugsieren, bevor Nele ihnen hätte auf die Schliche kommen können.

Nele, die gerade oben mit ihrem Mann beim Essen sitzt. Und die ihn damals vermutlich zum Teufel gejagt hätte, wenn sie davon jemals etwas mitbekommen hätte. Er hat ihr nie von all den Schweinereien erzählt, von denen er erfahren hat. Und er hat sicher nicht von allen erfahren. Dieses Arschloch hat Nele nicht verdient, ging es ihm durch den Kopf. Wie er sie behandelt! Und wie er nun auch ihn behandelt! Spielt sich hier als der große Boss auf, wirft ihn raus …

Einen Moment lang denkt er darüber nach, ob er einfach hinaufgehen soll, hinauf in diese Wohnung, in der er nach all den Jahren eigentlich auch schon ein bisschen mehr als ein Gast ist. Ob er ihr reinen Wein über ihren tollen Ehemann einschenken soll? Über den Typen, der auch nach der Episode in Wiesbaden keine Gelegenheit ausgelassen hat, Nele zu betrügen. Und der ihn in die blöde Lage gebracht hat, dass er Nele nie hat sagen können, dass sie ausgerechnet dem gegenüber ganz sicher kein schlechtes Gewissen zu haben braucht. Na ja, zumindest das ist bald ausgestanden.

Dann fällt sein Blick auf das Mikrofon und den alten Kasten, der danebenliegt, und ein böses Grinsen schleicht sich auf sein Gesicht.

Stimmt, denkt er, das ist besser, als dieses Arschloch jetzt zu verraten.

Viel besser.

Freitag, 22. Mai

»Na, Herr Froelich, muss ich mir Sorgen um Sie machen?«

Der alte Sanfftleben hockte auf dem wuchtigen Eichendeckel, hatte seine dürren Beine ausgestreckt und lehnte mit den knochigen Schultern an der Wand des Sarglagers. Froelich ließ seine Kaffeetasse sinken und sah ihn fragend an. Sanfftleben stellte seine Tasse auf dem Sargdeckel ab und klemmte aus seinem mageren Bauch mit den Fingerspitzen eine schmale Hautfalte.

»Sie nehmen ab und nehmen ab«, schnarrte der Alte. »Wenn das so weitergeht, fallen Sie mir noch ganz vom Fleisch.«

Froelich lachte und prostete ihm mit der Tasse zu. Schlürfend nahm er einen großen Schluck, dann tätschelte er seinen runden Wanst.

»Ach, wegen der paar Kilo müssen Sie wirklich nicht befürchten, dass ich bald in Ihre Anzüge passen könnte.«

Sanfftleben grinste und zeigte zwischen seinen dünnen Lippen die gelblich verfärbten Zähne.

»Die wollen Sie nicht geschenkt, Herr Froelich, das können Sie mir glauben. Alles altes Zeug, ich trag's halt noch auf, bis ich …«

Er nickte zu einem der Särge hin, wirkte dabei aber nicht besonders melancholisch.

»Wie viel haben Sie sich denn schon abgehungert?«, fragte er dann.

»Bisher nur fünf Kilo, und von Hungern kann nicht die Rede sein. Ich esse wie immer, aber ab und zu lasse ich ein Gläschen Bier oder Wein weg, und ich treibe etwas Sport.«

Froelich sah zu der alten Wanduhr hinüber.

»Ich muss in ein paar Minuten auch wieder los.«

»Wohin?«

»Ich laufe viermal die Woche. An zwei, drei Tagen geht's die Burgstaffel hinauf und wieder herunter, und einmal durch die Weinberge, bis rüber nach Uhlbach und dann wieder zurück.«

»Respekt. Und heute geht's die Burg hinauf, oder? Ganz schön anstrengend an einem warmen Tag, aber zum Glück ist die Staffel überdacht.«

»Nein, heute ist Uhlbach dran.«

»Aber … die Sonne scheint recht kräftig, gerade jetzt um die Mittagszeit, und bis Uhlbach sind es fünf, sechs Kilometer, und nirgendwo Schatten.«

»Ja, und? Ich laufe bei jedem Wetter.«

Sanfftleben warf ihm noch einen anerkennenden Blick zu und nickte. Dann grinste er wieder.

»Hat Ihnen Ihre Inge verordnet, was?«

»Ja, schon, wobei es eher eine Anregung als eine Anweisung war.«

»Sie sind fest zusammen«, korrigierte ihn Sanfftleben und lachte meckernd. »Da sind die Grenzen zwischen Befehl und Bitte … sagen wir … fließend.«

Froelich zuckte mit den Schultern.

»Inzwischen gefällt mir das selbst ganz gut. Es ist ja nicht so, dass ich plötzlich schlank wäre, und außer Ihnen und Inge sieht mir kaum einer die fünf Kilo weniger an – aber ich schlafe etwas besser als bisher, und bis ich einschlafe, nun ja …«

Froelich lächelte nun ganz versonnen, und Sanfftleben fühlte sich dadurch ermutigt, einen seiner derben Scherze aufzusagen. Es ging um einen dicken Mann und seine liebesbedürftige Frau. Froelich hörte sich die Zote an, verdrehte die Augen und zog eine Grimasse, die recht deutlich machte, wie wenig er von dieser Art von Humor hielt.

»Das kann ich Ihnen wohl nicht mehr abgewöhnen, Herr Sanfftleben, oder?«

»Warum auch? Das sind super Witze. Ich kann Ihnen auch gleich noch einen …«

»Bitte nicht!«

Froelich wuchtete sich hoch und sah auf den alten Bestatterkollegen hinunter.

»Und erzählen Sie den auch bitte nicht meiner Inge, ja? Sonst vergeht ihr gleich wieder die Lust, mit einem …« – er zwinkerte Sanfftleben zu – »... mit einem stattlichen Mann wie mir ins Bett zu gehen.«

Er beugte sich etwas vor und drohte dem anderen spielerisch mit dem erhobenen Zeigefinger.

»Und das würde ich Ihnen nun wirklich nicht verzeihen.«

Sanfftleben zuckte in schlecht gespieltem Erschrecken etwas dichter an die Wand zurück und brach dabei in ein schepperndes Lachen aus. Froelich lachte mit, ließ sich von dem Alten dessen Tasse geben und trug beides zur Küche hinauf.

* * *

Der Leichenwagen rollte langsam vor den mehrstöckigen Wohnblock im Friedrich-Schelling-Weg und blieb entlang des gegenüberliegenden Gehwegs hinter einem silberfarbenen Sportcoupé mit dem Kennzeichen »LB-DR ...« stehen. Auf einem der Stellplätze direkt vor dem Gebäude stand ein Streifenwagen. Achim Fischer stieg aus. Durch das hintere Fenster des Sportcoupés sah er auf der engen Rückbank eine Schachtel mit Verbandszeug und Plastikspritzen liegen. An einem Kleiderhaken hinter der Beifahrertür hing das Spielkreuz einer Marionette, die Figur selbst – ein hölzerner Schlaks in weißem Arztkittel – war vorsichtig neben der Schachtel auf die Sitzbank gebettet.

Dr. Bernhard Bille, dem der Flitzer gehörte, war Allgemeinmediziner, hatte seine Praxis in dieser Besigheimer Wohnsiedlung, die südöstlich der Stadt auf einem Plateau mit herrlichem Blick übers Neckartal lag, und außerhalb seiner Sprechzeiten tingelte er mit seiner Marionette »Dr. Hahnemann« durch die Schulen der Umgebung, um Kindern die Angst vor Impfungen oder medizinischen Untersuchungen zu nehmen.

»Hallo, Herr Fischer.«

Der Bestatter hatte den Arzt gar nicht kommen hören. Bille war ein hochgewachsener, sportlicher Typ, und in seinen Sportschuhen federte er die letzten Meter auf Fischer zu.

»Sie werden noch ein wenig warten müssen«, sagte er und schüttelte dem Bestatter die Hand. »Die Kriminaltechniker wollen sich das noch ansehen. Die müssten jeden Moment eintreffen.«

Fischers Frau Lena war inzwischen auch ausgestiegen und begrüßte Bille ebenfalls. Der Arzt lehnte sich an seinen Wagen, schloss für einen Moment die Augen und massierte sich die Schläfen. Er sah übernächtigt aus.

»Mick liegt noch dort, wo er vorher sang.«

Bille unterbrach sich für einen Moment und sah den Bestatter fragend an.

»Sie meinen Michael Jäger, nehme ich an«, sagte Achim Fischer. »Zu dem sind wir jedenfalls bestellt worden. Ich kannte diesen ›Mick‹ zwar nicht persönlich, aber meine Frau Lena hat mir oft genug von ihm vorgeschwärmt, als begnadetem Musiker, Chorleiter und was-weiß-ich-sonst-noch-alles.«

Seine Stimme war etwas schärfer geworden. Bille warf Lena Fischer einen kurzen Blick zu. Sie lächelte und zuckte mit den Schultern.

»Wie auch immer: Er liegt mitten im Wohnzimmer. Mick wollte wohl was aufnehmen. Diese Single-Wohnungen mischen Arbeiten und Wohnen ja fröhlich durch – man könnte neidisch werden.«

Der Arzt, verheiratet, vier Kinder, schaute etwas wehmütig drein. Dann fuhr er fort.

»Allem Anschein nach hat ihm sein Mikrofon einen Stromschlag verpasst.«

Bille fasste sich mit der rechten Hand an die Schläfe und machte eine Bewegung, als würde er einen dieser alten Stromschalter drehen.

»Das hat ihm das Bewusstsein ausgeknipst. Er ist nach hinten gekippt und mit dem Kopf ungebremst auf den Parkettboden geknallt. Schädeltrauma, Hirnblutung, Tod nach zwei Stunden, so ungefähr. Im Fallen hat er seine teure akustische Gitarre, die seitlich hinter ihm auf dem Ständer hing, voll erwischt. Die hat seinen Sturz nicht gut weggesteckt, wie Sie sich denken können. Schade, war ein schönes Instrument.«

Fischer schluckte. An die schnoddrige Art des Arztes hatte er sich in den drei Jahren, die er nun schon das hiesige Bestattungsinstitut leitete, noch nicht gewöhnen können. Da drin lag ein toter Mensch, ein Geschöpf des Herrn – und Bille hatte Kummer wegen dieser blöden Gitarre, die durch den Sturz gelitten hatte! Lena Fischer dagegen konnte ein amüsiertes Glucksen nur mühsam unterdrücken. Er sah zu ihr hin und fing ihr entschuldigendes Lächeln auf.

»War wirklich ein schönes Instrument, Achim«, sagte sie dann noch. »Toller, warmer Klang – wenn er damit unseren Chor begleitet hat, war das immer sehr …«

Sein ungläubiger Blick und die tiefer werdenden Stirnfalten brachten sie zum Verstummen. Bille wollte gerade etwas sagen, da fuhr der Transporter der Spurensicherung heran und der Arzt entschuldigte sich eilig bei dem Bestatterehepaar und eilte zu den Kripobeamten hinüber.

»Seid ihr beide dann jetzt bitte mal fertig mit dieser blöden Gitarre?«, zischte Fischer seiner Frau zu. »Da drinnen liegt ein Toter, ja?«

»Jetzt sei doch nicht so ein Spießer, Achim!«

»Ich bin kein Spießer«, brauste er auf. »Ich bin pietätvoll. Übrigens nicht die schlechteste Eigenschaft in unserem Beruf.«

Sie zog einen Schmollmund, und es tat ihm schon wieder leid, dass er etwas heftiger geworden war als beabsichtigt. Aber hatte er nicht recht? War es nicht geschmacklos, solche Details zu bereden, wenn ein Mensch gestorben war?

»Ich geh rüber zum Lädle und hol uns was zu essen«, brummte er schließlich. »Wenn die erst noch alles unter die Lupe nehmen, kann es ja wirklich eine Weile dauern.«

Er sah den Kriminaltechnikern nach, die dem Arzt ins Haus folgten.

»Magst du was Bestimmtes, Lena?«

»Du wirst schon was Leckeres mitbringen«, sagte sie, legte eine Hand auf seinen Arm und lächelte ihn an.

Es durchfuhr ihn ganz warm. Lena wusste ihn halt zu nehmen. Er nickte ihr zu und wünschte sich, er hätte dabei ein Lächeln zustande gebracht. Dann richtete er sich etwas auf und stakste auf den kleinen Laden zu, der knapp hundert Meter entfernt in einem Container am Fuß des Wasserturms eingerichtet war. Allzu groß war die Auswahl so kurz vor der Mittagspause nicht mehr, aber alles sah lecker aus, und was er für sich und seine Frau kaufte, sollte die Wartezeit hinreichend überbrücken helfen.

* * *

Mit Inge hatte Froelich verabredet, dass sie erst am Abend warm essen würden, also tat's über Mittag eine Suppe und eine Scheibe Brot. Danach schnürte er seine Laufschuhe, steckte ein wenig Geld ein und marschierte aus dem Haus. Als er den Hof überquert hatte, drehte er sich noch einmal um. Die kräftigen Sonnenstrahlen ließen das Schild »Bestattungsinstitut Sanfftleben, Inh. Gottfried Froelich« schimmern wie frisch poliert, darunter sah er Sanfftleben hinter einem der Fenster stehen.

Der Alte hatte noch ein wenig im Sarglager und im Kühlraum aufräumen wollen. Nun nickte er ihm durch die Scheibe zu und hielt beide knochigen Daumen erhoben. Froelich winkte ihm noch kurz zu, zupfte den Kragen seines Laufshirts zurecht, schob die Schultern ein wenig nach vorn und machte sich auf den Weg die Geiselbachstraße hinunter und danach vorbei an St. Peter und den Neckarhaldenweg hinauf in die Weinberge.

Unter dem schön renovierten Steintor blieb er kurz stehen. Hier konnte er im Schatten noch einmal verschnaufen. Er sah auf die Stadt hinunter, die ein wenig schläfrig in der Mittagssonne lag. Ein paar Minuten stand er so da, dann gab er sich einen Ruck, zupfte noch einmal am Shirtkragen und marschierte los. Bald spürte er den Schweiß überall, aber das lag mehr an der körperlichen Anstrengung als am angenehm warmen Tag.

Fünfeinhalb Kilometer. Froelich hatte die Strecke hinüber nach Uhlbach schon mit einem Schrittzähler vermessen. Fünfeinhalb Kilometer, und dann war Halbzeit. Ein kurzes Lächeln spielte um seinen Mund, und die Vorfreude verlieh ihm Flügel.

Alles musste Inge ja auch nicht wissen.

* * *

Alexander Maigerle schlenderte durch das Blühende Barock. Er blieb mal an dieser, mal an jener Bühne stehen, schaute den Technikern und ihren Helfern zu und zog immer wieder das Faltblatt mit den Bands und Solisten hervor, die für die einzelnen Locations im Park angekündigt waren.

Er hatte das Ludwigsburger Straßenmusikfestival erst vor drei Jahren für sich entdeckt, aber seither verpasste er keinen Tag der Veranstaltung. Freitag, Samstag, Sonntag – die drei Tage am Pfingstwochenende hielt er sich inzwischen eisern frei, auch wenn der eine oder andere Kollege im Kriminaldauerdienst etwas murrte, dass schon wieder Maigerle als Erster Urlaub eingetragen hatte, obwohl er keine schulpflichtigen Kinder hatte. Maigerle verwies dann zwar gern auf die Kleinen seiner Lebensgefährtin Heidi, aber jeder bei der Kripo wusste, dass Heidi alles selbst im Griff hatte und er sich um die Kinder nicht weiter kümmern musste. Und in die Ferien fuhr er mit ihnen an Pfingsten ja auch nie.

Das Festival war ihm die alljährliche Kabbelei mit den Kollegen wert. Von sechs Uhr abends bis zum letzten Auftritt gegen elf trieb er sich an den drei Festivaltagen im Blühenden Barock herum, genoss die entspannte Atmosphäre, applaudierte den Musikern und hatte immer genügend kleine Scheine in der Tasche, um den Bands etwas in den Hut zu stecken. Nur manchmal packte ihn die Wehmut … wenn er daran dachte, wie gern er selbst mal hier auftreten würde. Aber seine Band – seine eigene Band! – hatte ihn vor gut einem Jahr rausgeworfen, nachdem er aufgrund der Schichten im Kriminaldauerdienst ein paar Proben zu viel verpasst hatte. Jetzt spielte er zu

Hause für sich, schrieb Songs – und versuchte, eine neue Gruppe zusammenzustellen. So richtig geklappt hatte das bisher nicht, aber immerhin hatte er seinen Freund Gottfried Froelich und dessen Lebensgefährtin überreden können, mit ihm zusammen an zwei, drei Nachmittagen auf der Stuttgarter Königstraße für die Passanten zu spielen.

Es hatte ihn einige Überredungskunst gekostet. Inge war schon ewig nicht mehr Teil einer Band gewesen, und ihre Bassgitarre – eine wunderschöne alte Rickenbacker – war nur noch für den Hausgebrauch gedacht. Froelich wiederum war ein begnadeter Pianist, spielte aber am liebsten ungestört im Kühlraum seines Bestattungsinstituts. Also war er eines Abends nach Esslingen gefahren, hatte Inge und Froelich zu deren Lieblingsitaliener eingeladen und ließ ihnen »Once« auf DVD da – einen irischen Film um einen Straßenmusiker, der sich ein bisschen verliebt, aber dann doch der Musik und seinem Traum von der Sängerkarriere treu bleibt.

Am nächsten Morgen hatte Froelich angerufen, und zwei Tage später spielten sie auf der Königstraße neben dem Eingang zu einem Modeladen. Inge und Froelich hatten sich eigens einen kleinen tragbaren Verstärker gekauft, der mit einem Akku ausgestattet war und über den sie Bass und E-Piano verstärkten. Maigerle spielte dazu Gitarre und sang ohne Mikro – für die Straße reichte das. Während ihres zweiten Auftritts setzte sich ein etwas flippiger Percussionist zu ihnen und spielte einfach mit. Hinterher verabschiedete man sich voneinander, der Trommler stellte sich mit seinem Spitznamen »Dollar« vor, nahm ein paar der eingespielten Scheine aus dem Hut und hinterließ ihnen seine Handynummer. Seitdem war er Bestandteil ihrer Auftritte. Keiner von ihnen kannte seinen richtigen Namen – aber in den Spielpausen ließ er durchblicken, dass er sein Leben nicht recht auf die Reihe bekam. Egal: An seinen Trommeln und Rasseln war er jedenfalls ein Ass.

Für Samstag hatte sich Maigerle mit Froelich und Inge hier auf dem Straßenmusikfestival verabredet. Auch Dollar hatte er angerufen, aber der hatte sich seltsam verhalten – fast kam es Maigerle so vor, als fürchtete der Percussionist, im Blühenden Barock jemandem zu begegnen, dem er lieber aus dem Weg ging.

Froelich und Inge aber wollte er unbedingt seinem alten Freund Kalli vorstellen. Kalli war eine Art Faktotum des Festivals, und auch wenn er nicht wirklich zu bestimmen hatte, wer im Blühenden Barock auftreten durfte und wer nicht, so hatte sein Wort doch auf jeden Fall einiges Gewicht bei den Veranstaltern. Kalli hatte er im vorigen Jahr zufällig hier getroffen, sie hatten nach dem letzten Konzert ein paar Bier im Künstlercamp getrunken, und diesmal hatte es Kalli für ihn eingefädelt, dass er in der Jugendherberge am Neckarufer übernachten durfte, in der auch die meisten Musiker untergebracht waren.

Maigerle hatte seinen Kombi auf dem Parkplatz der Jugendherberge abgestellt – die meisten Bands waren so früh am Nachmittag noch gar nicht eingetroffen. Sein Waschzeug, eine kleine Reisetasche und seine Gitarre hatte er dort gelassen, für die Fahrt zum Blühenden Barock war er in einen der beiden Shuttlebusse geklettert, die unentwegt zwischen Musikercamp und Festivalgelände pendelten, und nun freute er sich wie ein Schneekönig, dass er sich vor und hinter den Kulissen des Festivals bewegen durfte, als wäre er ebenfalls für Auftritte gebucht.

Ganz in Gedanken versunken, hatte Maigerle inzwischen einen sonnigen Platz an der nordöstlichen Ecke des Schlosses erreicht. An einer Wegkreuzung unter ihm war unter den ausladenden Ästen eines großen Baums eine Bühne aufgebaut, und ein Gitarrist im karierten Baumwollhemd schob einige Fußpedale hin und her, verkabelte seine Effektgeräte und bereitete sich ganz entspannt auf seinen Auftritt vor. Er war sehr früh dran, aber dass es noch eine Weile hin war bis zur Eröffnung des Festivals, schien ihn nicht weiter zu stören. Er spielte auf seinem Instrument einige Riffs an und bediente mit seinem linken Schuh die Effektgeräte, die er vor sich auf dem Bühnenboden ausgebreitet hatte. Zwischendurch atmete er tief ein und aus, ließ lächelnd den Blick über den Park und die Wiesenböschung zum Schloss hinauf schweifen und nahm ab und zu einen Schluck aus einer Thermosflasche.

»He, Alex!«

Maigerle schrak hoch. Kalli stakste mit ausgreifenden Schritten auf ihn zu. Er klatschte Maigerle ab und sah ihn mit einem seltsamen Grinsen an. Dann wandte er sich ab, stellte sich neben Maigerle und schaute zu der Bühne mit dem Gitarristen hinunter.

Kalli sah aus wie eine Mischung aus Karl Lagerfeld und Udo Lindenberg: ein hagerer Kerl mit wettergegerbtem Gesicht, mit gut schulterlangem dunkelblondem Haar und einer riesigen orange getönten Sonnenbrille auf der markanten Nase. Er hatte seine dürren Beine in eine enge Jeans gezwängt, aus deren Bund ein weißes Hemd quoll, dessen Ärmel und Kragen mit irritierend altmodischen Rüschchen versehen war. Über dem Hemd trug er eine offenstehende schwarze Anzugweste, und an seinem linken Handgelenk baumelte ein roter Plastikgurt, den ein schwerer Schlüsselbund nach unten zog.

Kalli benahm sich wie einer dieser Berufsjugendlichen aus der Showbranche, die abends in verrauchten Kneipen jedem einen Plattenvertrag versprechen, der ihnen ein Bier spendiert – aber er war ein guter Kerl, und hinter der flapsigen Fassade des großmäuligen Windhunds verbarg sich ein klarer Kopf, der sehr genau wusste, was im Musikgeschäft möglich war und was nicht. Und der auch die nötigen Kontakte hatte, um das Mögliche umzusetzen.

»Schade, dass du deine Gitarre nicht dabei hast«, sagte er nun in seinem typischen näselnden Singsang, während er dem Musiker unter dem Baum zusah, der sich im Moment ganz auf sein Spiel und seine Effektgeräte konzentrierte.

»Die hab ich natürlich dabei. Ist in der Jugendherberge. Ich dachte mir, ich hole sie nachher, falls sie für die Session im Musikercamp gebraucht wird.«

Kalli nickte.

»Das ist gut.«

Er verstummte, und Maigerle wartete, dass er weiterredete. Das dauerte, bis der Mann unter dem Baum ein neues Lied angestimmt hatte.

»Magst du sie vielleicht schon früher holen?«

Maigerle sah ihn fragend an.

»Uns ist eine Band abgesprungen. Drei Sängerinnen, die nebenbei ein bisschen Percussion machen, begleitet von einem Musiker an Gitarre und Bass. Der ist … nun ja … verhindert, und ohne ihn wollen unsere drei Grazien nicht auftreten.«

»Hm …«, machte Maigerle, und es arbeitete in ihm. »Was singen die Mädels denn so?«

»Folk, Liedermacher, Chanson.«

Maigerle nickte betrübt. Es sah nicht danach aus, als würde er mit Kalli ins Geschäft kommen.

»Das ist nicht so meins«, murmelte er, »tut mir leid.«

»Du hast mich falsch verstanden, Alex: Die Mädels wollen in diesem Jahr überhaupt nicht mehr bei uns auftreten – die sind ziemlich im Eimer. Ihr Begleitmusiker ist nicht einfach so ausgefallen. Der ist tot.«

»Oh.«

Kalli zuckte mit seinen knochigen Schultern.

»Das passiert. Aber wir haben jetzt einen Platz im Programm frei.«

Kalli sah unbewegt zu dem Musiker hinüber. Offenbar hatte er ein Gemüt wie ein Fleischerhund – und Nerven wie breite Nudeln. Immerhin begann das Festival in wenigen Stunden, und er stand hier ganz ruhig neben Maigerle.

»Hm …«

Jetzt wandte sich Kalli dem nachdenklich gewordenen Maigerle zu. Ein leichtes Grinsen umspielte seine dünnen Lippen.

»Es gibt da ein paar Musiker«, begann Maigerle nach einer Pause, »mit denen ich schon ein paar Mal in Stuttgart gespielt habe.«

»Du meinst den Dicken am Klavier, die Kleine am Rickenbacker und Dollar an der Percussion?«

Maigerle sah ihn mit aufgerissenen Augen an.

»Mensch, Alex: Was wär ich denn für ein Strippenzieher, wenn ich das nicht mitbekommen hätte? Und ich bin ja auch nicht zufällig hier – um ehrlich zu sein, zähle ich eigentlich schon fest auf dich und deine kleine Band.«

Er grinste jetzt sehr breit und fuhr sich mit den Fingern durch das untere Ende seines Pferdeschwanzes.

»Seppi hat mir von euch erzählt. Der hat euch in der Königstraße gehört und fand euch gut. Den Dicken kennt er von früher her – Seppi stammt aus Weil der Stadt, da hat der wohl eines seiner Bestattungsinstitute. Und den guten Dollar kennt ohnehin jeder von uns.«

»Ach? Und woher?«

Kalli winkte ab.

»Lange Geschichte. Vielleicht erzähle ich sie dir mal, aber dazu reicht die Zeit jetzt nicht mehr. Magst du deine Leute mal anrufen? Wenn ihr wollt, könnt ihr gleich heute bei uns einsteigen.«

Er sah auf seine altmodische Uhr.

»Um sechs geht es drüben auf Bühne D los.«

Kalli deutete am Schloss vorbei zum südlichen Teil des Parks hinüber. Dann zog er einen Lageplan des Festivalgeländes aus der Hosentasche.

»Und falls ihr es bis um sechs nicht schafft, fangt ihr halt mit der zweiten Runde an – das wäre hier.«

Er tippte auf eine Stelle des Plans, die mit einem grauen Viereck markiert war, in dem »K« stand, und dann hinunter zu der Bühne, auf der in diesem Moment der Gitarrist sein Instrument wieder einpackte.

»Es gibt auch einen kleinen Haken«, fuhr Kalli fort. »Normalerweise spielen bei uns alle Acts über die drei Festivaltage verteilt sechsmal – damit alle dieselben Chancen haben, unseren Festivalpreis zu gewinnen. Mick wollte mit seinen Mädels aber möglichst oft spielen, also haben wir mit ihm einen Deal gemacht: Er darf insgesamt achtmal auftreten, dafür bekommt er keine Startnummer und spielt sozusagen außer Konkurrenz.«

Maigerle zögerte.

»Sag bloß nicht«, warnte Kalli ihn, »dass es dich stört, dass ihr keine Chance auf den ersten Platz habt! Ich meine: Hier treten richtig gute Bands und Musiker auf, da könnt ihr vermutlich eh nichts reißen. Aber spielen könntet ihr, und das vor richtig großem Publikum.«

Er beobachtete sein Gegenüber, Maigerle schien mit sich zu ringen.

»Jetzt reiß dich mal am Riemen, Alex«, drängte Kalli. »Dass du gern hier spielen würdest, seh ich dir an der Nasenspitze an. Das ist deine Chance. Also: Ruf an oder lass es.«

Er zog ein Handy hervor und hielt es hoch.

»Den Leuten von der Agentur, die das Festival veranstaltet, hab ich euch angeboten wie Sauerbier. Aber wenn du nicht willst, ruf ich sie kurz an – die haben sicher auch andere Musiker in petto.«

Maigerle gab sich einen Ruck.

»Wart kurz, ich versuche, meine Leute zu erreichen. Vielleicht klappt's ja doch.«

* * *

Die Fischers hatten ausreichend Zeit, die Donuts und Kekse aus dem Kiosk am Besigheimer Wasserturm zu verzehren. Danach gab es Kaffee aus der Thermoskanne, und Lena ließ sich von Achim sogar davon abbringen, die Heckklappe zu öffnen, um sich auf die Ladefläche des Leichenwagens zu setzen. Zu gerne hätte sie ein wenig in die Sonne geblinzelt, während sie langsam ihren Trinkbecher leerte, aber Achim ließ ihr keine Ruhe: Das gehöre sich nicht, das könne ihnen hier oben in der Wohnsiedlung einen schlechten Ruf bescheren. Sie zwinkerte ihm schelmisch zu, gab aber nach. Ohnehin war es im Wagen bequemer. Lena Fischer streckte ihre Beine aus, ließ das Seitenfenster hochfahren und begann leise einige der Lieder zu singen, die sie im Chor gesungen hatte. Unter der Leitung jenes Mannes, der jetzt tot in seiner Wohnung lag. Achim Fischer warf ihr einen missbilligenden Blick zu, als sie zur ersten Melodie ansetzte. Er schloss das Fenster auf seiner Seite ebenfalls, aber schwieg und stierte nur genervt zur Windschutzscheibe hinaus.

Schließlich kam einer der Kriminaltechniker herüber und teilte ihnen mit, dass sie den Leichnam nun wegbringen könnten. Er gab ihnen seine Visitenkarte und kritzelte noch schnell den Namen einer Rechtsmedizinerin darauf, nach der sie im Robert-Bosch-Krankenhaus fragen sollten. Das war zwar überflüssig, weil Achim Fischer nicht zum ersten Mal jemanden zur Obduktion nach Stuttgart brachte und sich dort ohnehin immer zuerst an die beiden Sektionsgehilfen wandte, die er längst gut kannte. Aber er sagte nichts, nickte nur, steckte die Karte ein und folgte dem Kriminalbeamten ins Haus, um sich alles erst einmal anzusehen, bevor er den Toten im Transportsarg zum Wagen bringen würde.

Auf der Treppe kam ihm ein Techniker im weißen Ganzkörperanzug entgegen. Er trug eine Plastikkiste hinunter, in der einige elektrische Geräte lagen, jedes einzelne fein säuberlich in einer eigenen Tüte verpackt. Ein Mikrofon konnte er erkennen, auch einige Kabel, die anderen Geräte sagten ihm nichts.

Im zweiten Stock stand eine Wohnungstür offen, und auf dem Weg hinein deutete der Kriminaltechniker auf die Trassierbänder, die knapp über dem Boden hingen und einen schmalen Korridor markierten. »Nur hier rein und raus, ja?«, brummte er, und nun war Achim Fischer doch ein wenig beleidigt. Offensichtlich hielt ihn der Kripomann für nicht besonders helle. Selbst wenn er das Procedere nach einem möglicherweise nicht natürlichen Todesfall noch nicht gekannt hätte: Die Täfelchen überall auf dem Boden und die behutsam Spuren sichernden Beamten in ihren weißen Ganzkörperanzügen waren auch jedem Laien aus zahllosen Fernsehkrimis vertraut.

Michael Jäger, der rücklings mitten im Wohnzimmer lag, verscheuchte seinen Ärger aber sofort wieder. Ein ganz leichtes Lächeln legte sich auf Achim Fischers Züge.

In den ersten Jahren hatte es ihn ein wenig irritiert, dass Leichname eine so große Faszination auf ihn ausübten. Schon zu Beginn seiner Ausbildung zum Bestatter hatte er festgestellt, dass er mit Toten besser zurechtkam als mit vielen Lebenden, und als er und Lena die Leitung des Bestattungsinstituts in Besigheim übernahmen, hatten sie sich dementsprechend auf eine klare Aufgabenteilung geeinigt: Sie kümmerte sich um die Angehörigen, er um die Verstorbenen. Das klappte gut. Aus einer gut gehenden Filiale von »Fürchtegott Froelich & Söhne« mit Sitz mitten in der Altstadt hatten sie eine noch besser gehende gemacht, und wann immer der heutige Besitzer, ein Enkel von Fürchtegott selig, die Bücher durchsah, sparte er nicht mit Lob für ihre Arbeit.

Zwar musste auch dem Enkel schon aufgefallen sein, dass sich sein Geschäftsführer dem Bestatterwesen auf eine etwas morbide Art näherte, aber bisher hatte er dazu noch nichts gesagt. Und Achim Fischer zeigte nach außen hin ja auch nicht mehr Interesse an Leichen als in seinem Beruf üblich. Er war stets pietätvoll, ehrte die Toten, behandelte die Angehörigen zurückhaltend und respektvoll, und niemals hätte man ihn flapsig über einen Kunden reden hören oder mit einem Leichnam umgehen sehen. Im Kühlraum dagegen musste er sich keine weitere Zurückhaltung auferlegen.

Achim Fischer wischte sich mit der Hand über das Gesicht, als er den warnenden Blick seiner Frau auffing, die neben ihm stand und ihn aufmerksam beobachtet hatte. Von den Kriminalbeamten hatte niemand auf sie geachtet. Fischer atmete tief durch und musterte die Szenerie.

Mick Jäger war ein untersetzter Typ mit dünnem Haar. Er lag auf dem Rücken, hatte die Augen geschlossen und den Kopf unnatürlich verrenkt. Zwei benachbarte Stellen an Ober- und Unterlippe sahen vertrocknet aus, ein Arm lag über dem Hals einer schwarz lackierten Bassgitarre, der andere stand in einem eigenartigen Winkel vom Körper ab. Der Bass lag auf dem Oberkörper des Toten, war aber durch den Sturz ein wenig nach oben und zur Seite gerutscht. Der Gitarrengurt war noch über eine von Mick Jägers schmalen Schultern geschlungen und wölbte sich darüber in einer weiten Schleife, weil er jetzt kein Gewicht mehr tragen musste. Die Beine waren gespreizt, und zwischen ihnen hatte sich eine kleine Lache ausgebreitet, die einen Teil der Gerüche im Zimmer erklärte. Dazu kamen leichte Röstaromen sowie Duftnoten von Kaffee, Rasierwasser, Männerschweiß und ... süßlich-würzig, ein Hauch von Tannennadeln?

Fischer sah sich um. Auf einem improvisierten Computertisch aus einer rohen Schreinerplatte und zwei Holzböcken, knapp einen Meter von Jägers Füßen entfernt, lag neben der PC-Tastatur eine dicke, spitz zulaufende und erloschene Selbstgedrehte auf dem Rand eines Aschenbechers. Dahinter stand ein Täfelchen mit einer Nummer.

Der Hinterkopf Mick Jägers ruhte auf dem Parkettboden, Blut war keines zu sehen. Er hätte schlafen können, wenn nur seine Lage nicht so unbequem gewesen wäre – sie war vor allem auf die Akustikgitarre zurückzuführen, die unter ihm zu Bruch gegangen war. Auf einer Seite seines Oberkörpers lugte der abgeknickte Hals des Instruments hervor, die Enden einiger aus ihren Halterungen gerissenen Saiten kringelten sich neben Jägers Kopf und einer seiner Schultern. Auf der anderen Seite ruhte seine Hüfte auf den Resten des zerborstenen Korpus, und der stählerne Gitarrenständer stützte Hüfte und Hintern so ab, dass der Mann aussah, als wollte er noch im Tod eine dieser typischen Machorockerposen einnehmen.

»Sie können ihn mitnehmen«, sagte der Kriminaltechniker, als er den Bestatter untätig vor der Leiche stehen sah. »Und während Sie ihn hochheben, nehmen wir ihm noch die Bassgitarre ab.«

»Schon klar«, versetzte Fischer, und er gab sich keine große Mühe mehr, seinen Unwillen über das Benehmen des Kripobeamten zu überspielen. »Aber wir wollten uns nur kurz ein Bild machen – damit wir nicht eines Ihrer Täfelchen umstoßen.«

Er fixierte den Polizisten mit einem bösen Funkeln, dann wandte er sich ab und ging mit seiner Frau nach unten, um den Transportsarg zu holen.

* * *

Lena hatte sich zuhause absetzen lassen, um etwas Bürokram zu erledigen, und Achim Fischer machte sich allein mit dem toten Mick Jäger im Laderaum nach Stuttgart auf. Im Radio war ein Unfall auf der A 81 in Richtung Heilbronn gemeldet worden, und durch Gaffer hatte sich auch auf der Gegenfahrbahn bereits ein stattlicher Stau gebildet. Also bog er vor Tamm von der B 27 ab und zuckelte mit dem Leichenwagen über Land. Kurz vor Markgröningen sah er auf die Uhr. Er wurde erst gegen vier Uhr im Robert-Bosch-Krankenhaus erwartet, damit war er selbst bei dichtem Verkehr etwa eine Viertelstunde zu früh dran. Er sah sich um, bremste dann ab und bog mit dem Wagen nach rechts in einen Feldweg ein. Langsam rollte er an einigen Schrebergärten vorbei, auf manchen Beeten standen Männer oder Frauen und harkten Unkraut. Ein älterer Herr mit grauen Haaren schaute auf und sah dem Leichenwagen mit besorgtem Blick hinterher. Achim Fischer fuhr weiter und erreichte nach gut fünfhundert Metern ein Waldstück. Linker Hand sah er in einiger Entfernung weitere Schrebergärten und daneben einen Aussiedlerhof, also lenkte er nach rechts und ließ den Wagen kurz darauf unter einigen Bäumen ausrollen. Er sah sich um: Bäume und Büsche schützten ihn hier aus jeder Richtung vor Blicken.

Er stoppte den Motor und stieg aus. Die würzige Waldluft umhüllte ihn, kaum ein Lüftchen regte sich. Er ging zum Heck des Leichenwagens und lauschte dem Knirschen der welken Blätter unter seinen Schuhen. Er öffnete die Heckklappe, löste eine Verriegelung und zog den Transportsarg langsam heraus. Er öffnete den Verschluss des Sargdeckels, hob ihn an einer Seite an und lehnte ihn vorsichtig gegen die Seitenwand des Leichenwagens. Er trat ein wenig zurück, bis sich der aus dem Sarg aufsteigende Geruch ein wenig mit der Waldluft vermischt hatte. Dann zog er ein kleines Päckchen aus der Tasche, nestelte zwei dünne Gummihandschuhe daraus hervor und zog sie über. Vorsichtig öffnete er mit den Fingerspitzen den

Plastiksack, in dem die Leiche lag, und schuf einen Spalt, bis er das Gesicht des Toten frei vor sich liegen sah.

Achim Fischer ließ seinen Blick langsam über Haare, Stirn, Augenbrauen, Augen, Jochbein, Nase, Mund und Kinn des Leichnams gleiten. Damit nahm er Mick Jäger gewissermaßen in Empfang – ein kleines Ritual, das er normalerweise im Kühlraum seines Instituts vornahm, was diesmal aber nicht möglich war. In solchen Fällen musste es auch ein unbeobachteter Platz im Freien tun.

Friedlich lag der Leichnam vor ihm. So friedlich, wie es Lebende leider nur sehr selten waren. Auch Lena, die er nachts oft beobachtete, wenn sie tief schlief und er nicht zur Ruhe kommen konnte, hatte nicht diesen endgültigen Frieden. »Schlafes Bruder« wurde der Tod genannt, aber der Schlaf war ein sehr kleiner Bruder, einer, der dem »großen« nicht das Wasser reichen konnte.

Eine kleine Bö strich hinter dem Leichenwagen vorbei, und aus dem Augenwinkel bemerkte Achim Fischer, dass sich ein Blatt von einem der umstehenden Bäume gelöst hatte. Es schwebte unschlüssig umher, und Fischer fing es mit einer schnellen Bewegung, als es über den Sargrand taumelte. Er schnippte das Blatt ein Stück vom Wagen weg und klopfte danach die Gummihandschuhe aneinander, um nicht einmal letzte Brösel des Blattes daran haften zu lassen. Dann faltete er die Hände und senkte den Kopf. Er sprach ein stilles Gebet, erst für den Toten, dann für Lena und schließlich für sich selbst. Dann hob er den Kopf, sah sich noch einmal nach allen Seiten um, und stimmte, als er sich unbeobachtet wusste, ganz leise ein Gutenachtlied an.

Seine dünne, etwas zittrige Stimme hatte keine Ähnlichkeit mit dem warmen Alt seiner Mutter, die ihn früher immer in den Schlaf gesummt hatte. Aber allein das Lied weckte schöne Erinnerungen in ihm. Wohlige Wärme durchflutete ihn, und noch als er den Leichensack und den Transportsarg wieder verschlossen hatte und mit dem Wagen wieder weiterrollte in Richtung Stuttgart, fühlte er sich aufgehoben und behütet von seinen Erinnerungen an schöne, vergangene Zeiten.

* * *

Das Telefon zerriss die Stille mit seiner schrillen Melodie. Daniela schlurfte aus dem Schlafzimmer in den Flur. Sie hatte sich für eine Stunde hinlegen wollen, bevor es Zeit war für die Fahrt nach Ludwigsburg. Nun ärgerte sie sich, dass sie den Klingelton nicht abgestellt hatte, nahm den Hörer und meldete sich mit einem undeutlich gemurmelten »Kieß«.

»Mutti hier«, kam es vom anderen Ende der Leitung. »Ist Richard da?«

»Mutti« war ihre Schwiegermutter, eine Beißzange obendrein und ihrer ungeliebten Schwiegertochter gegenüber seit jeher nicht eben mütterlich eingestellt.

»Nein, der ist einkaufen. Was gibt's denn?«

»Einkaufen?«, empörte sich Erdmute Kieß, und Daniela konnte ihr fassungsloses Kopfschütteln beinahe vor sich sehen. »Das macht Richard bei euch? Immerhin geht er die ganze Woche über arbeiten!«

»... dann kannst du doch wenigstens ...«, setzte Daniela Kieß den Satz in Gedanken missmutig fort. Dass auch sie ganztags in einem Büro in Ludwigsburg arbeitete, zählte in den Augen von Richards Mutter offenbar nicht. Sie riss sich zusammen und verscheuchte die Mordgedanken, die sie im Zusammenhang mit ihrer Schwiegermutter gelegentlich hegte.

»Also: Was gibt's?«

»Na, sag mal! Wie sprichst du denn mit mir?«

Nun klang Erdmute Kieß ein wenig beleidigt, und Daniela beschloss, noch eins draufzusetzen.

»Schau, ich hab mich gerade etwas hingelegt, damit ich heute Abend fit bin, wenn wir weggehen – und du hast mich mit deinem Anruf geweckt.«

»Geweckt? Am helllichten Tag? Aber ...«

Daniela Kieß grinste breit.

»Also: Was gibt's?«, wiederholte sie.

Eine Pause entstand, dann räusperte sich Erdmute Kieß.

»Michael ist tot«, sagte sie mit wackliger Stimme. »Seine Mutter hat mich gerade angerufen. Die Beerdigung ist am Mittwoch. Sie hat gefragt, ob wir auch kommen, Richard und ich.«

Das Gesicht von Daniela Kieß verlor alle Farbe. Sie ließ das Telefon fallen. Beachtete nicht, dass nach dem harten Aufschlag auf dem Flurboden noch mehrmals ein knackendes »Hallo? Bist du noch da? Hallo?« aus dem Hörer kam. Verschwendete auch keinen Gedanken daran, dass Erdmute Kieß nur hatte wissen wollen, ob Richard mit ihr zur Beerdigung gehen würde. Dass von ihr, Daniela, keine Rede gewesen war.

Sie stand mit zitternden Beinen im Flur, stierte vor sich an die Wand, und irgendwann brachte ein feuchtes Gefühl an Kinn und Wangen sie dazu, ein wenig nach links zu blicken. Im Spiegel sah sie eine Frau Ende dreißig, mit verheulten Augen und bebenden Lippen.

Mick war tot?

Richard fand sie später auf dem Sofa, wo sie ein leeres Whiskeyglas vor sich auf dem Tisch stehen hatte. Sie hockte vornübergebeugt da und reagierte nicht auf seine Rufe. Erst als er sich neben ihr auf das Polster sinken ließ und einen Arm um ihre Schultern legte, schaute sie ihn an und richtete ihm aus, was seine Mutter am Telefon mitgeteilt hatte.

* * *

Auf den letzten Kilometern seines Weges war Achim Fischer doch noch in einen Stau geraten, und so bog er erst mit gut fünf Minuten Verspätung von der öffentlichen Zufahrt des Robert-Bosch-Krankenhauses ab. Links unter ihm lag die Stuttgarter Innenstadt träge in ihrem Kessel, und bevor er rechts die tunnelartige Einfahrt in den Hinterhof nehmen konnte, in dem er Leichen für die Rechtsmedizin gewöhnlich auslud, musste er einen weißen Transporter passieren lassen. Er wartete, bis die Strecke frei war, dann kurvte er durch die Einfahrt und wendete den Leichenwagen, damit er mit dem Heck bis an die Laderampe fahren konnte.

Oben auf dem Betonsteg, der die Laderampe darstellte, waren zwei junge Frauen damit beschäftigt, Gitterboxen ins Gebäude zu rollen, die bis obenhin mit Bettzeug vollgeladen waren, verpackt in transparente Folien. Vermutlich hatte der weiße Transporter, dem er gerade begegnet war, Schmutzwäsche abgeholt und frisch Gereinigtes angeliefert.

Die jungen Frauen verschwanden unter einigem Getöse im Inneren des Krankenhauses, ein etwas älterer Mann blieb dagegen im Hof stehen. Er lehnte an einer Mauer und beobachtete den Leichenwagen, bis er an seinem Platz zum Stehen kam. Dann stieß er sich von der Wand ab und ließ per Knopfdruck eine der beweglichen metallenen Hebebühnen am Rand der Laderampe nach unten.

»Hallo, Herr Krüger«, rief ihm Achim Fischer zu, während er die Heckklappe öffnete und den Sarg mit geübten Bewegungen aus dem Wagen zog. Bald war der Transportsarg auf einen Rollwagen geladen und mit der Hebebühne auf die Laderampe gehievt.

»Soll ich schon mal rein?«, fragte Fischer.

Krüger nickte und wies mit einer fahrigen Geste ins Gebäude.

»Mein junger Kollege wartet im Sektionssaal auf Sie. Er wird alles schon mal vorbereiten, ich warte hier solange auf die Rechtsmedizinerin.«

Fischer marschierte los. Den Weg, den er nehmen musste, kannte er längst. Im Vorraum des Sektionssaals stellte er den Rollwagen kurz beiseite, nahm sich zwei Plastiküberzieher für seine Schuhe und schob dann den Leichnam von Mick Jäger vollends in den Raum, in dem er obduziert werden sollte.

Der Sektionssaal hatte sich so gut wie gar nicht verändert, seit Fischer ihn das erste Mal betreten hatte. Er war hell und groß, Wände und Boden waren mit weißen Fliesen bedeckt, und eine Längsseite war beherrscht von riesigen Fenstern mit Milchglasscheiben, die viel Licht herein-, aber keine Blicke in den Raum zuließen. Entlang der gegenüberliegenden Wand war ein großes Waschbecken angebracht. Die anderen Wände waren mit Regalen und Schränken mit glatt polierten Metalloberflächen vollgestellt.

Krügers junger Kollege – Toni, ein freundlicher Hüne von vielleicht dreißig Jahren – begrüßte Fischer und half ihm, die Leiche aus dem Sarg zu heben und sie aus dem Plastiksack zu befreien.

»Kommt Herr Krüger auch gleich herein?«, fragte Toni.

»Er wollte draußen auf die Rechtsmedizin warten.«

Toni lachte.

»Na, das sieht ihm gleich! Kennen Sie Dr. Zora Wilde?«

»Nein, wieso?«

»Sie sehen sie vermutlich gleich, dann werden Sie den Kollegen verstehen. Könnten Sie bitte kurz mit anpacken, Herr Fischer?«

»Ja, klar.«

Sie hatten inzwischen Gummihandschuhe übergestreift, hoben nun den Leichnam an und legten ihn auf den Sektionstisch: eine metallische Ablagefläche in angenehmer Arbeitshöhe, die von einem glatten Stück in der Mitte abgesehen überall von kleinen Löchern durchbrochen wurde, durch die austretende Körperflüssigkeiten abfließen konnten. Im Moment war die Metallfläche mit einer weich wirkenden Unterlage bedeckt, auf die sie nun den Toten ablegten. Fischer hatte die Vorbereitungen von Leichen für die Obduktion schon mehrmals beobachtet, also wusste er, was jetzt kam. Toni hantierte an einem Gestänge über dem Sektionstisch, an dem zwei Kameras und zwei Spiegel befestigt waren. Nach einer Weile dreht er den Leichnam mit Fischers Hilfe auf die Vorderseite und wiederholte die Prozedur mit den Geräten über dem Metalltisch. Auf diese Weise entstand ein dreidimensionaler Scan des Toten, auf dem auch nach langer Zeit noch nachträglich Details zum Zustand der Leiche nachgeprüft werden konnten – viel besser jedenfalls als anhand von teils verwesten Körpern, die irgendwann noch einmal aus ihrem Grab gehoben wurden.

Als beide Seiten gescannt waren, hoben die beiden Männer den Toten an, und Toni schubste mit einer schnellen, geschickten Bewegung die weiche Unterlage vom Sektionstisch – sie hatte verhindert, dass während des Scannens Druckstellen am Leichnam entstanden.

»So, fertig fürs Erste. Danke, Herr Fischer. Ich zieh den Toten jetzt noch aus, dann kann die Rechtsmedizin ran.«

Er nickte ihm noch einmal zum Abschied zu, und Fischer ging wieder nach draußen in den Hof, in dem der Leichenwagen stand. Krüger lehnte an der Mauer wie vorhin, inzwischen knetete er eine filterlose, nicht angezündete Zigarette zwischen seinen Fingern. Dem Zustand der Zigarette nach zu urteilen, machte er das nicht zum ersten Mal mit ihr.

»Immer noch Nichtraucher?«, fragte Fischer und stellte sich neben den Sektionsgehilfen.

Der zuckte nur mit den Schultern, knetete die Zigarette weiter mit der rechten Hand und schüttelte einige Tabakbrösel in seine flache linke. Die führte er zur Nase und schnüffelte ein paar Mal genießerisch.

»Meine Frau weiß gar nicht, was ich für sie auf mich nehme.«

Krüger hatte eher geknurrt als gesprochen, aber dazu breitete sich unter seinem buschigen Schnauzer ein gemütliches Grinsen aus.

»Und jetzt wird's gleich noch schlimmer.«

Er deutete mit den kümmerlichen Resten der ramponierten Zigarette auf einen knallgelben Kleinwagen mit Niederquerschnittsreifen, der in diesem Moment ziemlich rasant in den Hof flitzte. Etwas ruppig blieb der Wagen neben der Treppe stehen, die auf die Laderampe führte. Die Fahrertür schwang auf, und eine Frau um die vierzig stieg leichtfüßig aus. Sie beugte sich zurück in den Wagen, um nach einer Tasche zu greifen, dann federte sie behände die Treppe herauf und begrüßte die beiden wartenden Männer.

»Darf ich vorstellen? Dr. Zora Wilde, Deutschlands schönste Rechtsmedizinerin.«

Die Frau lachte und knuffte Krüger spielerisch in die Seite. Dann gab sie dem Bestatter die Hand und begrüßte ihn freundlich. Fischer fühlte sich nun noch unbeholfener, als er ohnehin schon war: Diese Frau war nett, sie wirkte unkompliziert und aufgeschlossen – aber vor allem war sie atemberaubend attraktiv. Ihre zerzausten roten Haare rahmten ein schönes Gesicht mit vollen Lippen ein, hinter ihrer Brille blitzten große grüne Augen. Sie trug Jeans und Turnschuhe, darüber ein Shirt mit einem Motiv, das Fischer sich gar nicht genau in Augenschein zu nehmen traute. Er schaute schnell weg, aber dass sie ihr Shirt auch zwei Nummer größer hätte wählen können, war ihm trotzdem aufgefallen.

»Na, Herr Krüger, wenn ich jetzt auch noch ein Zigarillo rauche, zerreißt es sie, oder?«

Sie zog ein schmales Metalletui hervor.

»Wollen Sie nicht gleich anfangen? Ihre Kollegen kommen auch gerade.«

Zora Wilde drehte sich zur Hofeinfahrt um, durch die gerade ein silberfarbener Kombi hereinrollte.

»Schön, schön. Aber der Staatsanwalt will auch dabei sein, und zwei Beamte der Ludwigsburger Kripo. Dabei werden sie nicht viel zu sehen bekommen, wenn ich richtig mitbekommen habe, woran unser Kunde gestorben ist.«

Aus dem Kombi stiegen zwei Männer. Sie begrüßten Krüger und Fischer nur beiläufig, gaben sich bei ihrer Kollegin mehr Mühe und besprachen mit ihr, was sie im Sektionssaal bis zum Eintreffen der noch fehlenden Teilnehmer vorbereiten konnten. Dann war Fischer wieder allein mit Krüger und Wilde.

»Herr Fischer«, begann die Rechtsmedizinerin, als sie ihren Zigarillo angezündet und einen ersten tiefen Zug inhaliert hatte. »Sie leiten doch das Bestattungsinstitut Froelich in Besigheim, richtig?«

Fischer nickte und bemühte sich sehr, nur in ihr Gesicht zu schauen. Aus den Augenwinkeln bemerkte er, dass sich Krüger ein Grinsen mehr schlecht als recht verkniff.

»Wie geht's denn Ihrem Chef?«

»Gut, nehme ich an. Ich hab ihn zuletzt gesehen, als wir zusammen die Bücher durchgegangen sind. Er sah aus wie immer.«

»Rund und gesund«, sagte Zora Wilde und grinste. »Sagen Sie Gottfried doch bitte einen lieben Gruß von mir.«

»Kann ich gerne machen, wenn ich ihn das nächste Mal sehe. Woher kennen Sie ihn denn, wenn ich fragen darf?«

»Ach, er hat mir auch schon Kundschaft hierhergebracht, so wie Sie jetzt. Und weil er ein ... etwas spezielles Hobby pflegt, hatten wir auch außerhalb des Krankenhauses noch ein wenig Kontakt.«

Ein Lächeln umspielte ihre schönen Lippen, als erinnerte sie sich an etwas Angenehmes.

»Sie interessieren sich für Musik?«, fragte Fischer, als sie nicht weitersprach.

»Musik? Ach so, ja, er spielt Keyboard, ziemlich gut, soweit ich weiß. Am liebsten im Kühlraum, oder?«

Sie lachte.

»Nein«, sagte sie dann, »ich meine eher sein Faible für Mordfälle.«

Fischer verzog das Gesicht. Natürlich hatte er in seiner Zeit in Besigheim schon vom Hobbyermittler Gottfried Froelich gehört. Der Pfarrer, der Metzger, einige Nachbarn, auch der Wirt des Lokals in der Kirchstraße – sie alle schienen es witzig zu finden, dass sich ein Bestatter in die Angelegenheiten der Kriminalpolizei einmischte. Fischers Sache war das nicht.

»Sie sehen nicht so aus, als würden Sie es gut finden, dass sich Ihr Chef an Ermittlungen beteiligt.«

»Oh, sieht man mir das an? Das tut mir leid. Es liegt mir fern, Herrn Froelich zu kritisieren. Aber ich sehe meine Aufgaben eher anderswo. Ich sorge dafür, dass Tote würdig bestattet werden, dass die Hinterbliebenen Trost finden und Unterstützung auf dem schweren Weg ins Leben nach einem so einschneidenden Erlebnis wie dem Tod eines nahen Menschen. Damit bin ich völlig ausgelastet.«

Krüger und Zora wechselten einen schnellen Blick, dann legte Zora Achim Fischer eine Hand auf den Arm.

»Sie haben natürlich recht, Herr Fischer. Das machen Sie genau richtig.«

Ihre Stimme hatte rau geklungen und kehlig, und die Stelle, an der sie ihn berührte, fühlte sich noch immer warm und wie elektrisiert an, als er schon längst wieder im Leichenwagen saß und durch den dichten Freitagnachmittagsverkehr in Richtung Besigheim davonfuhr.

* * *

Als Froelich verschwitzt im Hof des Bestattungsinstituts in der Esslinger Beutauvorstadt ankam, eilte ihm Inge ganz aufgeregt entgegen.

»Gut, dass du endlich da bist«, rief sie. »Warum hast du denn dein Handy nicht abgehört?«

»Das hab ich doch immer aus, wenn ich laufe. Was ist denn passiert?«

»Nichts Schlimmes, keine Sorge, eher im Gegenteil. Alex hat angerufen.«

»Ach, sollen wir wieder in Stuttgart spielen? Können wir gerne machen, wenn's passt. Wann denn?«

»In Ludwigsburg, nicht in Stuttgart. Wir wollten doch morgen dort zum Straßenmusikfestival.«

»Ja, ich freu mich schon drauf.«

»Du musst dich nicht mehr länger drauf freuen – wir fahren schon heute.«

»Wie … wolltest du nicht endlich mal wieder einen ruhigen Abend zu zweit verbringen?«

»Ist verschoben. Wir springen heute Abend in Ludwigsburg für eine Band ein, die kurzfristig ausgefallen ist.«

»Ach? Und wann soll's losgehen?«

»Äh … du kannst noch schnell duschen, aber dann müssen wir auch schon los. Klasse wäre, wenn wir um sechs den ersten

Gig machen könnten. Falls das nicht klappt, sind wir halt eindreiviertel Stunden später dran.«

»Was?«

Froelich war ganz erschrocken. Er rechnete kurz durch, wie lange er fürs Duschen, für das Einladen der Gerätschaften und die Fahrt nach Ludwigsburg brauchen würde.

»Du … ich glaube, das ist mir jetzt zu hektisch. Sollen wir nicht lieber …?«

»Ich kann dir auch noch schnell ein Vesper richten, wenn du jetzt so viel Hunger hast, dass du nicht mehr warten kannst, bis du in Ludwigsburg was bekommst. Aber du musst es unterwegs essen. Wir haben's eilig.«

»Äh … nein, Hunger hab ich grad keinen.«

Inge hob die Augenbrauen. So kannte sie ihren Gottfried gar nicht.

»Ich finde das nur etwas arg überraschend«, sagte er. »Können wir nicht doch erst morgen …?«

»Nix da, Gottfried, wir fahren da jetzt hin und spielen dort, fertig.«

»Äh … aber …«

»Geh duschen – ich hab Alex auch schon fest zugesagt. Der musste das sofort wissen, und du warst ja nicht erreichbar.«

Als Froelich mit feuchten Haaren und frischen Kleidern zurück in den Hof kam, hatte Sanfftleben den Leichenwagen rückwärts an das Tor zum Sarglager gefahren, und zusammen mit Inge lud er gerade die Kiste mit dem Keyboard ein.

»Willst du wirklich damit zum Festival fahren?«

»Na klar, Gottfried. In meinen kleinen Wagen passt das ganze Zeug ja gar nicht rein, und in deine Ente auch nicht.«

Sonst war immer Maigerle gefahren, und sie hatten alles in dessen geräumigem Kombi verstaut.

»Alex kann uns nicht abholen, dazu reicht die Zeit nicht. Und von außen sieht ja keiner, was wir im Leichenwagen geladen haben.«

Sie drückte die Heckklappe zu und deutete auf den Fahrersitz.

»Schlüssel steckt. Fährst du? Wir müssen!«

Kurz darauf bog Froelich auch schon mit dem ausladenden Gefährt in die Geiselbachstraße ein und machte sich auf den Weg. Auf der B 10 bat Inge ihn, etwas schneller zu fahren, damit sie es noch rechtzeitig nach Ludwigsburg schafften. Er tat ihr den Gefallen, und als es bei Mettingen kurz blitzte, musste er lächeln. Einen rasenden Leichenwagen entdeckten die Polizisten wohl nicht allzu oft auf ihren Aufnahmen.

* * *

Froelich ließ sich von Maigerle übers Handy zu einer Stelle lotsen, an der sie ihre Instrumente und Verstärker ausladen konnten. Einige Passanten reckten die Hälse, als der Leichenwagen langsam rückwärts an einen der Nebeneingänge zum Blühenden Barock rangierte – und gingen dann kopfschüttelnd weiter, als sie sahen, wie Froelich und Inge begannen, ihre Ausrüstung aus dem Heck zu zerren, samt dem Bollerwagen mit den an der Seite rot gefärbten Gummireifen, auf dem sie alles zur Bühne transportieren wollten.

»Na, super«, stöhnte Maigerle, als er bei ihnen eintraf. »Hattet ihr kein anderes Auto?«

Er sah sich ängstlich um.

»Kommt, lasst uns schnell alles ausladen, und dann parkt ihr euer Gefährt ein Stück entfernt. Nicht, dass es noch einer der Veranstalter sieht. Die Leute gucken eh schon so komisch.«

Kalli bekam trotzdem mit, worin Maigerles Mitmusiker ihre Gerätschaften angeliefert hatten.

»Nicht schlecht«, rief er aus, als er den Leichenwagen vor sich hatte.

Maigerle fuhr der Schreck so sehr in die Glieder, dass ihm fast der Aluminiumkoffer mit dem Keyboard aus der Hand gerutscht wäre. Er sah Kalli entschuldigend an und wollte gerade zu einer Erklärung ansetzen, aber der lachte nur schallend, tätschelte ihm die Schulter und ließ sich anschließend den musizierenden Bestatter und seine Lebensgefährtin vorstellen.

»Kommt Dollar auch noch?«, fragte er schließlich.

Froelich und Inge sahen Maigerle fragend an, weil sie noch nicht gewusst hatten, dass Kalli ihren Percussionisten kannte. Maigerle zuckte nur mit den Schultern und antwortete damit auf ihre fragenden Blicke und auf Kalli zugleich.

»Okay, der wird schon noch hier eintrudeln«, sagte Kalli. Er wirkte dabei nicht allzu besorgt. »Ihr könnt auch erst mal zu dritt anfangen, wenn ihr wollt.«

Maigerle zuckte noch einmal mit den Schultern, aber Inge nickte, ohne zu zögern.

»Klar. Wo sollen wir spielen? Und wann?«

Kalli sah auf die Uhr.

»In zehn Minuten, dort drüben.«

Er deutete auf den Nebeneingang. Gleich dahinter war Bühne D aufgebaut, die Kalli vorher auch Maigerle schon gezeigt hatte.

»Das wird knapp werden – ich muss ja auch den Leichenwagen noch wegbringen«, gab Froelich zu bedenken.

»Na, wenn du mir das zutraust, stell ich die Karre für dich auf dem Parkplatz der Jugendherberge ab und bring dir den Schlüssel nachher zur Bühne rüber. Ihr kommt dann später mit unserem Shuttle hin. Hier kann das Teil wirklich nicht stehen bleiben – nicht jeder im Festivalteam hat denselben schwarzen Humor wie ich.«

Froelich musterte den hageren Kerl und schien zu überlegen, ob er ihm den Leichenwagen wirklich anvertrauen konnte.

»Kannst mich ruhig ans Steuer lassen. Als Zivi habe ich den Notarztwagen gefahren – auch wenn das schon ziemlich lange her ist. Da war gegen Ende manchmal auch schon mal einer tot. Und eure Karre ist ja leer.«

Er ließ eine kleine Pause, während es verdächtig um seine Mundwinkel zuckte.

»Oder?«, schob er dann noch nach und lugte theatralisch in den Laderaum des Wagens.

Froelich grinste, zog die letzte Tasche aus dem Heck und drückte die Klappe zu.

»Schlüssel steckt«, sagte er dann. »Aber fahr nicht zu schnell – ich bin vorhin schon geblitzt worden.«

Kalli lachte lauthals und kletterte auf den Fahrersitz. Und während der Leichenwagen langsam davonrollte, luden Froelich, Inge und Maigerle die letzte Ausrüstung auf den geräumigen Bollerwagen und schafften alles hinüber zur Bühne. Ein junger Mann, der dort gewartet hatte, kam auf sie zu und half beim Abladen. Gegen sechs hatten sich schon zwei Dutzend interessierte Gäste vor der Bühne versammelt, erst zehn Minuten später war alles aufgebaut, und nachdem Maigerle seine Gitarre und Inge ihren Bass gestimmt hatten, begannen sie mit der Improvisation, mit der sie sich auch auf der Stuttgarter Königstraße warmspielten. Der Aufbauhelfer mischte währenddessen den Sound ab, eilte ein, zwei Mal prüfend vor die Bühne und korrigierte am Mischpult, was ihm unangenehm aufgefallen war.

Kalli hatte sich inzwischen unters Publikum gemischt, das bisher noch nicht allzu positiv auf das Trio reagierte. Froelich tappte ziemlich unspektakulär auf seinem Keyboard herum, gab ein leicht hölzernes Bluesschema vor, und dazu zupften Bassistin Inge und Gitarrist Alex eher tastend als inspiriert ihre Saiten. Kalli legte die Stirn in Falten: Diese Band hatte er sich besser vorgestellt. Er versuchte Maigerles Blick aufzufangen, aber der stierte vor sich auf den Holzboden der Bühne, drückte mal hier und mal dort auf ein kleines Effektgerät. Dann ließ er einen schrägen Akkord ausklingen, auch Inge nahm die Hände vom Hals ihres Basses.

Froelich schaltete sein Keyboard auf einen leicht eiernden Sound um, eine Art Hammondorgel, die zunächst ganz allein und brüchig quäkend erklang. Sie wirkte seltsam verloren und irgendwie fehl am Platz. In den hinteren Reihen wandten sich die ersten Zuschauer ab, einige andere begannen über diese seltsame Truppe zu tuscheln, aber Kallis Miene entspannte sich bereits – er hatte die Verwandlung bemerkt, die sich auf den Gesichtern der drei Musiker abzeichnete.

Alex Maigerle hatte nun die Augen geschlossen, Inge drehte den Lautstärkeregler ihres Instruments herunter und schlug erst danach eine Saite an. Dann regelte sie den Bass langsam nach oben, und der schwebende Ton gab dem Orgelsound eine angenehme Fülle. Froelich wiegte sich leicht in einem Takt, den außer ihm noch niemand hörte. Und nun setzte Maigerles Gitarre ein, anfangs auch ganz leise, aber mit einem drängenden Rhythmus, der das Klangbild auf der Bühne mit einem Mal kippen ließ. Plötzlich waren sie nicht mehr drei seltsame Vögel, die ihre liebe Not mit ihren Instrumenten hatten – nun saßen und standen vor ihrem Publikum drei brillante Musiker, die es nicht nötig hatten, die Zuhörer mit billigen Mätzchen zu beeindrucken.

Es ging keiner mehr, und die ersten kehrten auch schon wieder zurück. Nur einen Song später drängten sich um die Bühne an die achtzig Leute, es wurden immer mehr, und schließlich kam auch Dollar dahergeschlurft. Sein schmächtiger Körper schien unter den Trommeln, die er mit Hilfe einer wirr wirkenden Gurtkonstruktion geschultert hatte, beinahe zusammenzubrechen. Mitten im Lied platzierte er seinen Kram auf der Bühne, improvisierte zu Maigerles Gitarrensolo eine Art Percussion-Soundcheck und setzte wenig später so furios ein, dass gleich seine ersten Beats von der begeisternden Menge mit Szenenapplaus und euphorischen Zwischenrufen quittiert wurden.

Jetzt endlich sah Maigerle auf. Er konnte Kalli sehen, wie der gerade mit einem sehr zufriedenen Grinsen davonging und auf eine der anderen Bühne zusteuerte.

* * *

Zum zweiten Auftritt der Band strömten noch mehr Leute. Offenbar hatte sich herumgesprochen, dass diese vier seltsam aussehenden Typen auf der Bühne eine echte Wucht waren. Der Dicke am Klavier, die kleine, drahtige Frau am altertümlichen Bass, der Gitarrist mit seiner kräftigen Stimme und der Althippie an der Percussion – noch bevor Froelich den ersten Akkord auf seinem Keyboard gespielt hatte, wurde er schon mit Fragen bestürmt, wie die Band heiße und ob er Flyer dabei habe.

Sie begannen mit zwei Bluesklassikern, die sie dem vor wenigen Tagen verstorbenen B. B. King widmeten, dann schob Alex Maigerle eine Ansage ein.

»Es freut uns sehr, dass ihr so gut mitgeht«, rief er. »Und falls mal der eine oder andere Ton nicht ganz so sitzt, wie er soll: Seht es uns nach, wir spielen noch nicht so lange zusammen. Wir haben es erst ein paar Mal in Stuttgart miteinander versucht, auf der Königstraße.«

Weiter hinten hielt ein Mann Mitte fünfzig seine Bierflasche hoch und johlte ein raues »Yeah!«. Ein paar Umstehende lachten.

»Wir sind vorher gefragt worden, wie unsere Band heißt. Im Auftrittsplan der Festivalmacher steht ›tba‹ für ›to be announced‹ – wir sind etwas kurzfristig für ein paar Kollegen eingesprungen. Tja, ich kann's euch leider noch nicht sagen – wir haben uns, ehrlich gesagt, noch keinen Namen überlegt. Habt ihr Vorschläge?«

»B. B. Tribute«, rief einer, »Little big man« ein anderer. Wieder lachten einige, und Froelich stand von seinem Klavierhocker auf und verbeugte sich geziert, weil er natürlich wusste, wer mit dem »big man« gemeint war. Einige applaudierten ihm, und das Lachen wurde lauter.

»Nicht schlecht«, antwortete Maigerle. »Ich würde uns am liebsten Maigerles Midnight Men nennen, so hieß meine frühere Band. Aber …«

Er deutete auf Inge, die daraufhin ein kurzes Basssolo einlegte.

»Ihr hört schon: ›Men‹ geht gar nicht. Na ja, uns wird schon noch was einfallen. Vielleicht bleiben wir auch bei ›tba‹, das hat ja auch was. Außerdem starten wir hier außer Konkurrenz. Wir dürfen häufiger auf die Bühne als die anderen Bands, dafür haben wir keine Startnummer. So, und jetzt spielen wir zwei Songs, die mit unseren Berufen zu tun haben. Für mich als Kripomann gibt's ›I shot the Sheriff‹, und für unseren Bestatter Gottfried spielen wir ›Six Feet under‹ – los, Dollar, du fängst an!«

Unter allgemeinem Jubel spielten die vier weiter, und immer mehr Zuschauer strömten herbei. Vom tiefer liegenden Teil des Parks kam eine Gruppe junger Eltern mit Kinderwagen heran, auf dem Wiesenhang vor der Bühne breiteten einige Männer und Frauen mittleren Alters ihre Picknickdecken aus und prosteten sich mit Piccolofläschchen zu, und auf dem Schotterweg, der in einigen Serpentinen zur Nordseite des Schlosses hinaufführte, mühten zwei Rentner mit karierten Hemden und beigefarbenen Schildmützen sich damit ab, ihre Klappstühle aufzustellen.

Ein Stück abseits gesellte sich ein nicht sehr großer schlanker Mann mit einer glatten, blonden, schulterlangen Mähne zu Kalli.

»Hey, Kalli, und? Was geht?«

Der Mann kaute unablässig Kaugummi, hatte die Daumen lässig in die Taschen seiner Jeans verhakt und ließ Froelich und seine Mitmusiker nicht aus den Augen.

»Passt schon«, knurrte Kalli.

»Gute Truppe, da drüben.«

»Ja.«

»Coole Ansage, übrigens. Klang fast echt. Authentisch, irgendwie. So was kommt an bei den Leuten.«

Drüben setzte Maigerle gerade zu einem entspannten Solo an, das auch Eric Clapton Ehre gemacht hätte.

»Ist der wirklich von der Kripo?«

Kalli nickte, ohne den anderen anzusehen.

»Und Bestatter stimmt auch?«

Kalli nickte wieder.

»Cool.«

Die Band ließ den Schlusston ausklingen, und als die Saiten von Bass und Gitarre noch nachschwangen, setzte Froelich mit den ersten Akkorden von »Six Feet under« ein.

»Aber die haben schon einen Namen, oder?«

Kalli zuckte mit den Schultern.

»Komm, verarsch mich nicht, Kalli. Ihr habt sie gebucht, also ist das mit dem Namen nur so ein Fake, und am Ende der Show fällt er diesem Kripotypen dann gaaaanz spontan ein, gell?«

Er klatschte Kalli eine flache Hand auf den Rücken. Vermutlich hatte er ihm auf die Schulter klopfen wollen, aber dazu war er zu klein und Kalli zu groß.

»Nö, die haben wirklich noch keinen Namen. Und wir haben sie nicht wirklich gebucht: Sie sind ganz kurzfristig eingesprungen.«

»Ach?«

Der Kleinere schaute nun noch interessierter zu den Musikern hin.

»Was du nicht sagst.«

Er nestelte in seiner Hemdtasche und zog eine Visitenkarte hervor.

»Dann haben die sicher auch noch kein Management, was?«

Kallis Kiefer mahlten, und er dachte einen Moment lang nach, bevor er zu dem Kleineren hinuntersah und ein dünnes Grinsen aufsetzte.

»Da muss ich dich leider enttäuschen«, sagte er. »Da habe ich managementmäßig schon die Hand drauf, sorry.«

Der Kleinere sah ihn prüfend an, aber Kalli behielt sein Grinsen bei und zuckte dazu mit den Schultern.

»Haben erst vorhin unterschrieben«, log er. »Du bist zu spät dran.«

»So ein Pech«, versetzte der andere, aber ein öliges Lächeln schlich sich auf sein Gesicht. »Aber reden kann ich ja trotzdem mal mit denen.«

Jetzt ließ Kalli seine Augen funkeln, ohne das Grinsen ersterben zu lassen.

»Du willst mir doch nicht in die Quere kommen, oder?«

Das ölige Lächeln verflüchtigte sich, und der andere hob beschwichtigend beide Hände.

»Ist ja schon gut, Kalli. Komm wieder runter. Ich pfusch dir nicht ins Geschäft, Ehrensache.«

Kalli musste noch etwas breiter grinsen, weil er das Wort »Ehrensache« nicht recht mit dem windigen Typen vor sich zusammenbringen konnte. Dann nahm er die Visitenkarte, die zwischen den Fingern einer der erhobenen Hände klemmte.

»Ich werd ihnen auf jeden Fall sagen, dass du Interesse hattest«, versicherte ihm Kalli und steckte die Karte ein.

»Gut, mach das.«

Der andere wirkte etwas verstimmt, und nachdem er noch einige Minuten neben Kalli gestanden und zu der Band hinübergeschaut hatte, trollte er sich und stromerte in Richtung der Bühne davon, die oberhalb des Wiesenhangs direkt an der Nordseite des Schlosses aufgebaut war.

* * *

»Ihr habt übrigens ein Angebot«, sagte Kalli, als Maigerle und die anderen mit dem Abbau fertig waren und sich mit einem Bier auf den steilen Wiesenhang setzten. Auf Bühne K, die sie eben geräumt hatten, stimmten vier geschminkte Musiker in Clownskostümen ihre Instrumente. »Der dort droben will euch managen, und vermutlich würde er euch auch gleich einen Plattenvertrag anbieten.«

Dollar schaute in die Richtung, in die Kalli deutete, dann schüttelte er sich, als liefe ihm ein Schauer über den Rücken. An der oberen Kante des Wiesenhangs stand ein untersetzter Mann mit schulterlangen Haaren.

»Dizzy«, knurrte er. »Ausgerechnet!«

»Keine Angst, Dollar. Ich hab ihm gesagt, ihr hättet heute schon bei mir unterschrieben.«

Sie lachten, und Maigerle und die anderen sahen sie fragend an, weil sie keine Ahnung hatten, worüber sich die beiden gerade so amüsierten.

»Dizzy ist der Typ dort oben. Der hat mich vorhin angequatscht, so, wie er jetzt den nächsten anquatscht.«

Der untersetzte Mann stand unweit der benachbarten Bühne ganz eng neben einem Gitarristen, kaugummikauend und sehr wichtig dreinblickend. Er hatte die Daumen in die Taschen seiner Jeans eingehakt und redete unablässig auf den Musiker ein.

»Er heißt eigentlich Dieter Pfleiderer«, erklärte Kalli. »Aber seit er mal in einer regional erfolgreichen Band die Keyboards spielte, nennen ihn alle nur Dizzy. Der hatte die Band damals in Heilbronn gegründet und The Dizzy Lissies genannt – na ja, so klangen sie auch …«

Er lachte böse. Kalli schien den Mann nicht zu mögen.

»Die Band löste sich irgendwann auf. Dizzy hatte die Hand auf ihrem technischen Equipment, und er hielt mit seiner kleinen Plattenfirma auch alle Rechte an den Aufnahmen der Jungs. Er brachte auf eigene Faust noch zwei Liveplatten der Gruppe raus, vermarktete sie recht geschickt und konnte damit und mit ein, zwei anderen Bands, die er unter Vertrag nahm, sein kleines Label als Plattform für Retrorock etablieren. Inzwischen sind noch Labels für Dancepop, Folk, Blues und Heavy Metal dazugekommen – Dizzy ist gewissermaßen Spezialist für alles. Er holt aus den meisten Projekten gut Kohle raus, aber er schaut schon auch drauf, dass dabei für ihn genug rausspringt. Die Bands, die er unter Vertrag hat, kommen erst auf ihre Kosten, wenn er schon längst schwarze Zahlen schreibt. Deshalb sehen ihn manche in der Szene am liebsten von hinten, ihr versteht?«

Maigerle nickte.

»Dass er als Manager nicht zum Zug kommt, hat im Zusammenhang mit mir übrigens fast schon so etwas wie Tradition. Manchmal bin ich wirklich schneller als er, und manchmal behaupte ich es ihm gegenüber auch nur, damit er Leute, die mir sympathisch sind, in Ruhe lässt.«

»Danke«, sagte Maigerle und lächelte ihn an.

»Gern geschehen. Falls ihr wollt, kann ich euch natürlich auch wirklich unter Vertrag nehmen, aber ich glaube nicht, dass sich das für euch lohnen würde. Wenn ich es richtig verstanden habe, macht ihr Musik zum Spaß – und das soll vermutlich auch euer Hobby bleiben, stimmt's?«

»Ja, klar, wir haben ja alle unsere Jobs.«

»Eben. Was soll ich euch also in ein Korsett stecken, damit ihr etwas Kohle nebenbei macht? Damit ihr auch mal Gigs annehmen müsst, die euch vielleicht eine kommerzielle Perspektive eröffnen, aber nicht viel Fun bringen.«

»Na ja«, versetzte Maigerle schmunzelnd, »wir haben natürlich nichts dagegen, für unser Hobby auch etwas Geld zu bekommen.«

Kalli sah ihn prüfend an.

»Aber du willst nicht über zwei, drei Jahre die Ochsentour machen, dich auf Festivals von arroganten Veranstaltern als Kanonenfutter ins Programm nehmen lassen, dich dort als Vorgruppe durchkämpfen oder in ständigen Kurztourneen die gängigen Clubs in Süddeutschland durchackern, um am Ende – vielleicht! – für eure Auftritte auf ein paar hundert Euro Garantiegage pro Nase zu kommen?«

Froelich winkte ab.

»Als Bestatter verdiene ich mehr, als ich brauche. Da kann ich es mir allemal leisten, Musik nur zum Spaß zu machen.«

Kalli nickte zufrieden.

»Und eure Brotjobs bieten dann auch gleich die zweite Möglichkeit für euch«, fuhr er fort. »Der rockende Bestatter, der singende Kommissar, die … was bist du noch mal von Beruf, Inge?«

»Freie Journalistin.«

»Schade, so etwas wie … sagen wir: Metzgerin wäre natürlich besser gewesen, aber egal. Bestatter und Kripomann, das reicht auch schon – und das wäre natürlich ein Pfund. Dann macht ihr noch ein paar YouTube-Videos, immer schön Gottfrieds Bauch im Bild und so – es kann durchaus klappen, dass ihr auf diese Weise auch ohne Ochsentour zu einer Marke werdet.«

Froelich und Maigerle verzogen genervt das Gesicht, Inge rollte mit den Augen, nur Dollar grinste breit. Er schien sich in Gedanken gerade ein solches Video auszumalen.

»Na, seht ihr: Das wär auch nichts für euch. Wozu soll ich euch also einen Vertrag aufdrängen? Und dafür, selbst leidlich lukrative Gigs an Land zu ziehen, die euch obendrein noch Spaß bringen, seid ihr auf jeden Fall gut genug – und clever genug sicher auch.«

Er sah die vier nacheinander an und lächelte.

»Ich werde euch jedenfalls gern weiterempfehlen. Dafür muss ich euch keine Provision berechnen. Wir helfen uns alle hier gegenseitig, wo wir können.«

Kalli lächelte nun ganz beseelt, dann breitete er seine Arme aus und deklamierte pathetisch: »Schließlich sind wir hier alle eine große Familie!«

Dollar prustete, und Kalli stimmte in sein Lachen mit ein.

»Die Band, für die ihr eingesprungen seid, hatte übrigens auch ein Angebot von Dizzy«, erzählte Kalli, als er wieder Luft bekam. »Die Mädels wollten schon unterschreiben, aber Mick Jäger, ihr Begleiter, hat es ihnen ausgeredet. Mick ist … er war ein alter Hase. Inzwischen habe ich übrigens erfahren, wie er gestorben ist. Ganz blöde Sache. Spielt und singt und bekommt mitten im Wohnzimmer einen Stromschlag von seinem Mikro.«

Dollar blies die Backen auf und ließ die Luft dann mit einem lauten »pfff« entweichen.

»Ich hoffe nur«, fuhr Kalli fort, »dass sie jetzt, wo Mick tot ist, nicht doch noch einen Vertrag mit Dizzy schließen. Drei Mädels, sehr jung, sehr hübsch, ganz gute Stimmen – das wäre ein gefundenes Fressen für den.«

Kalli schüttelte den Kopf, halb besorgt, halb amüsiert. Nur Dollar war ganz ernst geworden.

* * *

Inzwischen waren drunten im Tal, wo ganz hinten der Märchengarten lag, die Schatten schon etwas länger geworden, aber hier oben hinter dem Schloss schien noch die Sonne und tauchte alles in ein goldenes Licht. Als Maigerle und seine Mitmusiker nach zwei gefeierten Zugaben aufhörten, zerstreute sich das Publikum zügig, um sich ein Bier oder einen Snack zu besorgen.

Inge stöpselte die Kabel aus, Maigerle verpackte seine Gitarre und Froelich machte sein Keyboard transportfertig. Dollar hatte allen Bier geholt, und nun hockten sie ein paar Meter neben der niedrigen Bühne im Gras und ließen ihren Blick über die hin und her schlendernden Festivalbesucher schweifen.

»Sag mal, Dollar«, begann Froelich nach einer Weile, »hast du mit diesem Manager, diesem Dizzy, schon mal schlechte Erfahrungen gemacht?«

»Kann man sagen.«

Froelich wartete darauf, dass Dollar weitersprach, aber der hatte seine Flasche angesetzt und nahm einen großen Schluck. Dann stellte er das Bier zwischen seinen Beinen ins Gras, hielt den Flaschenhals aber weiterhin in der Hand und sah schweigend vor sich hin.

»Du bist nicht sehr gesprächig«, setzte Froelich schließlich neu an.

»Stimmt. Merkt man das?«

Er grinste Froelich kurz an, wurde aber schnell wieder ernst und stierte auf die Wiese vor sich.

»Na, jetzt erzähl schon. Was für ein Problem hattest du mit ihm?«

Dizzy trank noch einmal, bevor er sich durchrang, sein Schweigen zu brechen.

»Ist schon ein paar Jahre her.«

Wieder eine Pause, wieder ein tiefer Schluck aus der Bierflasche.

»Ich war damals Drummer in einer Band, drüben in Pforzheim. Wir waren gut im Geschäft, spielten vor allem eigene Songs, poppigen Rock, würde ich sagen. Unser Sänger hielt uns für die Größten.«

Ein bitteres Grinsen legte sich auf sein Gesicht.

»Um ehrlich zu sein: Er hielt vor allem sich selbst für den Größten. Da hatte Dizzy leichtes Spiel, als er ihm vorschwärmte, wie erfolgreich er unsere Band machen würde, wenn wir nur erst exklusiv bei ihm unter Vertrag wären.«

Dollar wurde ernst und trank seine Flasche vollends leer.

»Wir unterschrieben also, obwohl ich so meine Bedenken hatte. Kalli kannte ich damals auch schon, er warnte mich vor Dizzy, und ich gab das so an die anderen Jungs weiter – aber ich war der Einzige, der sich dagegen aussprach, also konnte ich mich nicht durchsetzen.«

Kalli kam über die Wiese geschlendert. In seiner rechten Hand baumelte ein Flaschenträger aus Kunststoff. Er setzte sich neben Dollar und reichte ihm und den anderen volle, gekühlte Bierflaschen, auf denen Wassertropfen glitzerten.

»Ich erzähle ihnen gerade von Dizzy und von den Erfahrungen, die ich mit ihm gemacht habe«, erklärte Dollar ihm und stieß mit ihm an.

»Tja, auf Dizzy«, brummte Kalli und hob seine Flasche für einen kurzen Toast. »Und auf alle, die ihre Finger von seinen Geschäften lassen.«

»Irgendwann«, fuhr Dollar fort, »gab es Ärger wegen irgendeines Gigs, den wir laut Dizzy unbedingt spielen sollten – und zu dem mir der Drummer einer anderen Band steckte, dass wir damit über den Tisch gezogen würden. Es ging um ein Open-Air-Festival im Norden, und Dizzy hatte uns erzählt, dass wir dort viel für unseren Ruf tun könnten, aber vermutlich leider kein Geld bekommen würden. Meine Mitmusiker waren ganz heiß auf das Konzert, und mir wäre es im Grunde genommen auch recht gewesen: Wir waren zwischen zwei ziemlich coolen Bands gebucht, die damals recht angesagt waren, und das hätte uns wirklich eine Menge neuer Fans eingebracht. Aber der andere Drummer verriet mir unter der Hand, dass Dizzy mit dem Veranstalter sehr wohl eine Gage für uns ausgehandelt hatte, eine recht ordentliche sogar – und die wollte Dizzy demnach offensichtlich für sich selbst einstreichen.«

Dollar fixierte wieder für eine Weile das Gras zwischen seinen Beinen. Kalli beobachtete ihn dabei aufmerksam, und als er für ein, zwei Minuten verstummte, sah Kalli die anderen an, zuckte mit den Schultern.

»So raffiniert geht Dizzy nicht immer vor«, murmelte er schließlich und stieß Dollar an. »Komm, erzähl ihnen den Rest auch noch.«

»Raffiniert?«, fragte Froelich. »Eine Band zu bescheißen, die man unter Vertrag hat? So wahnsinnig raffiniert kommt mir das nicht vor – und es ist ja auch rausgekommen, durch diesen anderen Drummer.«

»Langsam, langsam«, unterbrach ihn Kalli. »Warte, bis du das Ende der Story kennst.«

Und dann schilderte Dollar den Rest.

»Ich habe Dizzy vor den anderen zur Rede gestellt. Die wussten ja, dass ich von Anfang an nicht gut auf unseren Manager zu sprechen war, und als der alles abstritt, begannen sie schon sauer auf mich zu werden. Also berief ich mich auf meinen Informanten, und Dizzy erklärte sich zu meiner Überraschung sofort dazu bereit, ihn anzurufen und auf die Geschichte anzusprechen. Als sich herausstellte, dass er dessen Nummer in seinem Handy eingespeichert hatte, schwante mir schon etwas – aber erst, als er den Drummer dran hatte, sein Handy auf Lautsprecher schaltete und alle mitanhören konnten, wie dieser Drecksack behauptete, niemals mit mir über das Festival oder auch nur über unseren Manager gesprochen zu haben, wurde mir klar, dass ich in eine Falle getappt war. Die anderen sahen mich finster an, und als Dizzy den Vertrag aus der Tasche zog, in dem das schöne Honorar für unseren Festivalgig schwarz auf weiß nachzulesen war, warfen sie mich fristlos aus der Band.«

Dizzy nahm wieder einen Schluck Bier.

»Wer neuer Drummer in der Band wurde, könnt ihr euch vermutlich denken. Und damit hatte Dizzy den Einzigen aus der Gruppe gekegelt, der ihm gegenüber misstrauisch war.«

»Und was wurde aus der Band?«

»Nicht mehr viel. Sie hatten nach diesem Festival noch zwei, drei größere Auftritte, ein Album ging kommerziell total in die Hose, und am Ende präsentierte Dizzy ihnen eine Rechnung über Produktionskosten, Spesen und vieles mehr – die Schulden stottern sie noch heute bei ihm ab. Dafür spielen sie in irgendwelchen Oldiebars die Hits der Siebziger und Achtziger. Natürlich ohne meinen Nachfolger – der trommelt heute auf fast jeder Rockproduktion mit, die Dizzy in seinem Studio in Heilbronn zusammenpfriemelt.«

»Ihr seht also«, fasste Kalli zusammen und sah Maigerle, Froelich und Inge eindringlich an. »Von Dizzy und seinen tollen Angeboten lässt man lieber die Finger.«

»Schon klar«, stimmte Maigerle ihm zu. »Aber wenn ihr beide das wisst und wenn sich das alles in der Szene rumspricht – wer unterschreibt dann überhaupt noch bei ihm?«

Kalli grinste böse.

»Hab ich nicht vorhin gesagt, dass wir hier alle eine große Familie sind?«

Dollar schnaubte und nahm noch einen Schluck.

»Solange ich mit ›hier‹ dieses Festival meine und die Musiker, die wir nach Ludwigsburg einladen, ist das durchaus positiv gemeint. Ich meine, Linkmichel hast du überall, aber die meisten, die hier auftreten, sind in Ordnung. Das werdet ihr heute Abend merken, wenn wir uns nach der letzten Runde drüben in der Remise zur Session treffen. Aber sonst sind viele Musiker eher Konkurrenten als Kollegen – das fällt dann eher in die Kategorie ›bucklige Verwandtschaft‹. Da gönnt mancher seinem ›Kumpel‹ durchaus, dass er mit einem wie Dizzy auf die Schnauze fällt. Und wenn einer selbst einem Schwätzer auf den Leim gegangen ist, erzählt er es natürlich auch nicht gerne weiter – so blöd will ja hinterher keiner gewesen sein.«

»Aber trotzdem … Es muss doch jedem, der es sehen will, auffallen, wenn dieser windige Manager nur heiße Luft produziert.«

»Tut er ja nicht«, sagte Kalli. »Er hat durchaus schon einige kommerzielle Treffer gelandet.«

Er zählte Bands und Musiker auf, die Maigerle sehr wohl kannte.

»Beeindruckend, oder? Und das zieht halt immer neue Musiker an, die auch einmal im Rampenlicht stehen wollen. Und solange so ein hübsches Mäuschen schön macht, was man ihm sagt und vielleicht ab und zu nachts auch nicht so ist … du weißt schon … so lange kann eine solche Geschäftsbeziehung für alle Beteiligten sehr … befriedigend verlaufen.«

Kalli grinste anzüglich, und Froelich und Inge verzogen wegen der Anspielung das Gesicht.

»Sorry«, fügte er hinzu und warf Inge einen kurzen Blick zu. »Zuletzt lief es allerdings nicht besonders rund für unseren lieben Dizzy. Diese Castingshows ziehen immer mehr Talente zum Fernsehen, da wird die Luft für einen Strippenzieher aus Heilbronn ziemlich dünn mit der Zeit. Ehrlich gesagt: Er ist derzeit ziemlich verzweifelt auf der Suche nach neuen Acts für sein Label. Deshalb streunt er ja auch hier auf dem Festivalgelände herum. Soweit ich mitbekommen habe, wollte er sich kurz nach elf mit dem Sänger einer Band treffen, dem er vorhin schon das Blaue vom Himmel versprochen hat.«

»Und das wirst du ihm ausreden?«, fragte Froelich.

»Nö.«

Froelich stutzte, und Kalli lachte schallend auf.

»Der Sänger ist ein arroganter Schnösel, der sich für den neuen Jon Bon Jovi hält. Der nervt mich schon den ganzen Tag mit seinen Sonderwünschen. Soll er sich doch bei Dizzy eine blutige Nase holen. Vielleicht erdet ihn das wieder.«

»Und uns hast du gewarnt?«

Kalli nickte, erhob sich umständlich und schüttelte seine langen, dürren Beine aus. Er schnappte sich den Plastikträger, steckte seine Flasche hinein und lächelte auf Froelich hinunter.

»Euch mag ich halt.«

Damit stakste er davon.

* * *

Am neuen Platz war alles recht zügig aufgebaut, der Mann am Mischpult erwies sich als ein lustiger Vogel mit viel Sachverstand, und nach einem entsprechend munteren und kurzen Soundcheck waren Froelich und die anderen bereit für ihre letzte kleine Show an diesem Freitag.

Schon auf der zweiten Bühne hatte keiner mehr gemurrt, als sie sich etwas unkoordiniert durch einen improvisierten Soundcheck und ins erste Lied vortasteten. Es sprach sich wohl schon herum, dass sich damit vier gute Musiker auf eine hörenswerte Show vorbereiteten. Diesmal wurde die Menge vor ihnen noch ein wenig größer, und ihre dritte Bühne während des Festivals war die mit Abstand schönste: Von üppigem Grün eingefasst, breitete sich eine leicht ansteigende Wiese vor ihnen aus wie ein kleines Amphitheater. Im vorderen Bereich war bestuhlt, dort war schon vor dem ersten Ton des Soundcheck kein Platz mehr frei. Dahinter lümmelten oder standen die Zuschauer auf der Wiese. Ein knappes Dutzend Mittzwanziger hatte einige Picknickdecken ausgebreitet und sich im Kreis darum gruppiert. Sie warfen sich gegenseitig Oliven in den Mund, bedienten sich mit Löffeln und Gabeln aus diversen Salat- und Snackschüsseln und ließen einige Prosecco-Flaschen kreisen.

Als Maigerle die Menge begrüßte, strömten auch auf dem Weg oberhalb der Bühne die Leute zusammen. Froelich hatte vom Keyboard aus einen prächtigen Blick auf das Publikum: auf die voll besetzten Stühle, die bald ebenso dicht bestückte Wiese, die Leute, die sich bis hinauf zu den Büschen und zum Zaun drängten. Die Stimmung war von Anfang an bestens, der eine oder andere rief auch schon mal den Titel eines Lieds dazwischen, das er gerne hören würde – und wenn er ins Programm passte, taten sie ihm den Gefallen. Meistens wurden schon die ersten prägnanten Akkorde eines bekannten Stücks mit Beifall bedacht, und selbst die eigenen Songs von Maigerle und Froelich schienen einigen im Publikum bereits von den vorherigen Gigs her vertraut.

Froelich, Inge, Maigerle und Dollar schwebten geradezu auf dem Jubel ihres Publikums, und von einigen Passagen abgesehen, in denen sich Maigerle etwas zu ungestüm in einem wilden Solo verhedderte, wurde es der beste Auftritt des Quartetts an diesem Abend.

Kalli kam von der Remise herüberspaziert und stellte sich auf dem Weg oberhalb der Bühne zwischen die Leute. Von hinten schlängelte sich Dizzy Pfleiderer an ihn heran.

»Sag mal«, zischte er, als er endlich neben Kalli angelangt war, »warum hast du mir nicht gesagt, dass diese Bestatterband für Mick und seine Mädels eingesprungen ist?«

Kalli verzog das Gesicht. Er wirkte genervt, hielt seinen Blick aber unverwandt auf die Musiker gerichtet.

»Na ja«, knurrte er nach einer Weile, »jetzt weißt du's ja auch ohne meine Hilfe.«

»Sind die Mädels hier?«

»Nein, die sind völlig am Ende. Du weißt ja sicher auch, warum sie nicht auftreten.«

»Ja, klar, schlimme Sache, das mit Mick. Aber …«

Kalli warf ihm einen kurzen, bösen Seitenblick zu, Dizzy verstummte und presste die Lippen zusammen.

»Du bist und bleibst eine Ratte«, brummte Kalli und schüttelte missbilligend den Kopf. »Mick wird tot in seinem Wohnzimmer gefunden, und du denkst nur darüber nach, wie du nun seine Sängerinnen am besten zu einem Vertrag überreden kannst.«

»Ich …«

»Pfui Teufel, Dizzy!«

Ein-, zweimal musste er sich mit den Fingern durch die blonde Mähne fahren, dann hatte sich Dizzy wieder im Griff. Er legte den Kopf in den Nacken und stierte zu Kalli hinauf.

»Jetzt spiel dich hier nur nicht als heiliger Karl vom Blühenden Barock auf, ja? Du hast auch schon windige Deals gemacht.«

»Auch, aber nicht nur«, versetzte Kalli und wandte sich wieder der Band unten auf der Bühne zu.

Ein paar Minuten standen die beiden Männer schweigend nebeneinander, dann deutete Kalli quer über die Wiese hinauf zu einem der Wege durch das üppige Grün. Es war inzwischen schon ziemlich dunkel, aber der Typ, den Kalli meinte, lehnte an einer Laterne und war knallhell vom Schein der Lampe beschienen.

»Da drüben ist dein neuer Star. Ihr seid ja erst für elf verabredet, aber vielleicht kannst du ihn ja schon jetzt bequatschen. Sieht aus, als hätte er Zeit.«

Dizzy sah zu der Laterne hinüber und erstarrte.

»Woher weißt du das denn jetzt schon wieder?«, maulte er.

»Ich weiß alles, Dizzy.«

»Wenn du meinst, Kalli.«

Damit schob er sich rückwärts aus der Menge, umkurvte ohne große Eile die Zuschauer und erreichte den Mann unter der Laterne, als der sich gerade vom Mast abstieß und davonschlendern wollte. Die beiden unterhielten sich, dann gingen sie miteinander in Richtung des südlichen Teils des Schlossparks, dorthin, wo neben weiteren Bühnen auch einige Getränke- und Essensstände aufgebaut waren. Kalli sah ihnen nach, bis sie hinter einem Verkaufswagen verschwanden, der Maultaschen anbot.

»Dieser Kerl hat doch garantiert wieder irgendeine Schweinerei am Laufen, von der ich noch nichts mitbekommen habe«, murmelte er leise vor sich hin.

Drunten auf der Bühne begann Maigerle gerade mit den ersten Akkorden von »I shot the Sheriff«, und grinsend konzentrierte sich Kalli wieder auf die Band.

* * *

Ihre Gerätschaften stellten sie nach dem letzten Auftritt des Abends in der Remise unter. Nur Maigerle behielt seine Gitarre bei sich, und Dollar nahm seine beiden kleinsten Trommeln mit. Die beiden stellten sich vor einem Vogelkäfig auf dem Weg neben dem Schloss auf und spielten aus dem Stegreif ein, zwei Songs. Passanten blieben stehen, schnippten mit, klatschten, und für eine anrührende Version von Coldplays »Fix you« stimmten auch Froelich und Inge als Begleitstimmen mit ein.

Doch sie wollten weiter. Drüben auf Bühne L hinter dem Schloss stand eine junge Sängerin, die sich mit der Gitarre begleitete und die Inge mal in einer Castingshow im Fernsehen gesehen hatte. Maigerle und Dollar winkten ihnen kurz hinterher, dann zählten sie ein und machten sich an den nächsten Song.

Die junge Sängerin war mittendrin in ihrem Auftritt. Ihre klare Stimme gefiel Inge mehr als Froelich, aber beide applaudierten kräftig und von Herzen, wann immer eine der schönen, deutschsprachigen Balladen zu Ende war. Auch die anderen Zuhörer genossen die melodiöse halbe Stunde, die prima zu der romantischen Atmosphäre passte. Der Park war ringsum stimmungsvoll beleuchtet, und manchmal wehten vom Tal ein paar Takte von einer anderen Bühne herüber. Es war den Tag über leidlich warm gewesen, nun legte sich eine leichte Kühle über den Schlosspark, aber Froelich kam das gerade recht: Inge fröstelte ein wenig, sie legte ihre Strickjacke um und drückte sich eng an ihn. Er umarmte sie und lächelte selig zu der Bühne hin, wo es in den meisten Stücken um die Liebe ging, um verratene Träume oder Ziele, die man auch nach Jahren nicht aus den Augen verlieren sollte.

Als die Sängerin eine letzte Zugabe gespielt hatte, musste sie nicht gleich abbauen. Sie war der letzte Programmpunkt auf dieser Bühne, und so konnte sie sich um die zahlreichen Zuhörer kümmern, die ihre CDs kaufen wollten.

Maigerle hatte Froelich ja erklärt, dass die auftretenden Musiker in aller Regel keine Gage bekamen, sondern dass sie den Hut rumgehen lassen und mit Plattenverkäufen ihre Kasse füllen konnten. Eine Aufnahme hatten Froelich und die anderen noch nicht, aber was in ihrem Hut klimperte und knisterte, sollte am Ende des Wochenendes allemal dazu reichen, ein paar Mal schön miteinander essen zu gehen.

Musikalisch bot die letzte Band, die sie an diesem Tag besuchten, ein krasses Kontrastprogramm. Fünf Spanier standen auf der Bühne im Amphitheater, die Froelich vorher so genossen hatte, und spielten eine mitreißende Mischung aus Klezmer, Swing und Folklore aus aller Herren Länder. Wobei – keiner der fünf stand still. Der Mann mit der Tuba marschierte im Takt der Musik auf der Bühne umher, richtete seinen Blechtrichter zwischendurch auch auf einzelne Zuschauer und gab den flotten Rhythmus vor, unterstützt vom Gitarristen. Klarinette und Akkordeon übertrumpften sich mit Variationen der Melodie, und zwischen ihnen hockte ein bärtiger Typ mit Hut, der entweder mit geschlossenen Augen auf seiner Cajon herumhämmerte oder animierend ins Publikum rief und dazu mit der flachen Hand auf ein Becken schlug.

Die ganze Wiese wogte von Zuhörern, die tanzten, auch in der ersten Reihe waren einige aufgestanden, und immer wieder sprang der Percussionist auf und zog jemanden auf die Bühne hinauf. Schließlich war dort alles proppenvoll, und die Musiker waren nur noch manchmal zu sehen, wenn sie aus dem Gewimmel nach vorne traten oder wenn Klarinette und Tuba hinter den Tanzenden hervorblitzten, in die Luft gereckt wurden und über die Leute hinausragten.

Es war ein großartiges Finale für Inge und Froelich, und die paar Meter zum Künstlerbüro in der Remise legten sie ganz beschwingt und bester Dinge zurück. Maigerle lehnte neben Kalli an der Theke, hinter der das Festivalteam den ganzen Tag über gewirbelt hatte. Dollar hatte sich mit einigen seiner Trommeln im Garten aufgebaut. Ab und zu waren kurze Rufe von ihm zu hören, und immer wieder ein kurzes, beeindruckendes Percussionsolo, dann wieder Applaus, dann wieder ein Solo.

»Na, wie hat's euch gefallen?«, fragte Kalli, als sich Inge und Froelich ein Bier hatten reichen lassen.

»War super«, schwärmte Inge. »Tolles Publikum, tolle Atmosphäre.«

»Tolle Musikerin«, gab Kalli das Lob zurück und zwinkerte Inge zu. »Aber deine drei Männer können schon auch mithalten.«

»Kann man sagen. Doch vor allem muss ich mir von ihnen nicht ständig diese plumpen Bassistenwitze anhören, die ich früher immer zu hören bekam.«

»Oh, da kenn ich auch einen, also …«, begann Kalli, verstummte aber sofort wieder, als Inge die Augenbrauen hob. Maigerle und Froelich prusteten und stießen mit Kalli an; Inge und einen Augenblick später auch der verdutzte Kalli stimmten in ihr Gelächter mit ein. Drüben im Garten begannen ein Mann und eine Frau zu Dollars Rhythmus Janis Joplins »Mercedes Benz« zu singen.

»So, ich geh jetzt mal mit meiner Gitarre rüber«, sagte Maigerle, »damit die Sänger am Lagerfeuer auch ein paar Akkorde bekommen.«

Froelich und Inge folgten ihm, liehen sich von Dollar ein Tambourin und eine kleine Bongotrommel aus und beteiligten sich an der nächtlichen Session.

Nach einer Weile überließen sie das Feld anderen Musikern, sangen gelegentlich mit, applaudierten und johlten, und zwischendurch kamen sie mit einigen am Lagerfeuer ins Gespräch. Es war eine bunt gemischte Gesellschaft. Eine junge Frau in knappem Dirndl hatte wegen der allmählich kühler werdenden Nacht eine dünne Strickjacke um die Schultern gelegt. Neben ihr saß einer aus der geschminkten Clownstruppe, der unablässig auf sie einplapperte und ganz offensichtlich Gefallen an ihr gefunden hatte. Auf ihrer anderen Seite hockte ein etwas älterer Hesse, der sich aber nicht weiter um sie kümmerte, sondern sich prächtig mit einem untersetzten Mittzwanziger mit Rastamähne unterhielt. Die beiden klatschten sich zwischendurch auf die Schenkel und brüllten vor Lachen, offenbar erzählten sie sich Witze oder spaßige Anekdoten aus ihrer Straßenmusikervergangenheit.

Froelich konnte nicht hören, in welcher Sprache sie sich verständigten, aber rund um das Lagerfeuer ging es in Schwäbisch, Bayrisch, Hessisch und Hochdeutsch, in Englisch, Spanisch und Italienisch munter durcheinander. Über allem lag eine Mischung aus Ausgelassenheit und entspannter Zufriedenheit – nun verstand er noch besser, warum Maigerle so sehr von diesem Festival geschwärmt hatte.

Von seinem Platz aus konnte er am Lagerfeuer vorbei den Zufahrtsweg hinaufschauen, der von der Mömpelgardstraße zur Remise führte. Auf dem Weg standen einzelne Grüppchen beisammen, die rauchten oder tranken. Oben auf der Straße trat zwischen den dort geparkten Shuttlebussen und im Schein einer Laterne Dizzy hervor. Er kam ein paar Schritte den Weg herunter, blieb stehen und schaute zum Lagerfeuer. Offenbar suchte er jemanden, und als er die feiernden Musiker erfolglos gemustert hatte, blieb er einen Moment unschlüssig stehen. Es war ihm selbst auf diese Entfernung und im unsteten Licht der Flammen anzusehen, dass er sich gern zu den anderen gesetzt hätte, aber er wandte sich doch ab und trollte sich wieder.

Froelich sah ihm nach, wobei ihm auffiel, dass ein hagerer Typ mit lichtem Haar Dizzy besonders finstere Blicke nachschickte. Der Typ saß ein paar Meter entfernt, und neben ihm war noch Platz auf der zerschlissenen Wolldecke, auf der er im Schneidersitz hockte. Froelich erhob sich und ging zu dem Hageren hinüber.

»Ist da noch frei?«, fragte er aus alter Gewohnheit, aber als der Mann nur verständnislos zu ihm aufschaute, ließ sich Froelich ohne ein weiteres Wort auf der Decke nieder. Der Hagere ließ ihn nicht aus den Augen, sagte aber kein Wort.

»Äh …«, begann Froelich, »sprichst du Deutsch?«

Der andere blieb stumm.

»Do you speak English? Tu parle français? Parla italiano?«

Keine Antwort.

»Hablas español?«

Ein röchelndes Geräusch war nun zu hören, es mündete in ein heiseres Kichern, dazu legte sich das ausgemergelte Gesicht des Hageren in wilde Falten.

»Kannst aufhören. Deutsch hat schon gestimmt.«

Er sprach etwas näselnd, und sein »st« war spitz und scharf.

»Eigentlich schnack ich platt, aber damit komm ich hier bei euch Schwaben nicht weit, was?«

Er lachte.

»Wobei – du scheinst mir ja ein richtiges Sprachgenie zu sein.«

»Nein, nein, ich hab nur ein paar Floskeln auswendig gelernt. ›Ja, nein, bitte, danke, sprichst du …‹, und so weiter, und das in möglichst vielen Sprachen. In meinem Job habe ich immer wieder mal längere Wartezeiten. Da tut es gut, sich nebenbei mit etwas ganz anderem zu beschäftigen. Jahrelang habe ich in Gedanken immer Songtexte geschrieben, seit ein paar Monaten versuche ich es mit Fremdsprachen.«

Froelich hob die flache Hand etwa dreißig Zentimeter über den Boden.

»So einen Stapel Sprachführer habe ich schon daheim. Meine Freundin lacht mich immer aus, weil man Fremdsprachen auch übers Internet lernen kann, kostenlos dazu, aber ich bin da wohl etwas altmodisch.«

Er streckte seine Hand aus.

»Ich bin übrigens Gottfried.«

»Hein«, sagte der andere und schlug ein. »Du spielst hier, oder? Du bist der Keyboarder aus Dollars Bestatter-Bullen-Kombo, richtig?«

»Ich würd's zwar anders ausdrücken, aber: ja.«

Hein grinste und nickte.

»Ihr müsst ganz gut sein, habe ich gehört.«

»Danke. Und in welcher Band spielst du?«

»Ich nenn mich Rockin' Hein, und ich bin allein unterwegs. Kein Ballast und nicht mehr Gepäck, als in einen ordentlichen Rucksack passt – das ist meine Devise. Und dann halt noch mein ganzer Musikkram: Klampfe, Mundharmonika, Trommel und so.«

Er lachte heiser.

»Steht drüben im Künstlerbüro in einer Ecke. Praktisch verschnürt und so verratzt, dass ich es dort auch über Nacht stehen lassen kann – das klaut mir keiner.«

»Du meinst, hier wird geklaut?«, fragte Froelich.

»Eigentlich nicht, aber man kennt ja nun auch nicht alle Kollegen, manche Musiker sind zum ersten Mal da, und man hat sie vielleicht auch noch nicht irgendwo auf der Straße getroffen. Wer weiß schon, ob nicht einer von den Neuen lange Finger macht.«

Er zuckte mit den Schultern.

»Aber egal. Wie gesagt: Mich betrifft das nicht.«

Froelich schaute eine Zeitlang ins Feuer, dann fasste er sich ein Herz und erzählte Hein, was er vorher beobachtet hatte. Das Grinsen verrann zwischen dessen vielen Falten.

»Tut mir leid, wenn ich da einen wunden Punkt getroffen habe«, sagte Froelich schnell. »Wir müssen auch nicht drüber reden. Mich hat das nur irritiert.«

»So? Und warum?«

»Na ja … ganz viele hier scheinen Dizzy zu kennen, keiner scheint ihn zu mögen. Und wenn sogar du als Norddeutscher so wirkst, als hättest du mit ihm schlechte Erfahrungen gemacht …«

Froelich brach ab, schaute aufs Feuer und beobachtete aus den Augenwinkeln die Reaktion von Rockin' Hein. Er sah mit stechendem Blick ins Feuer, und seine Kiefern mahlten.

»Passt schon«, brummte er schließlich. »Weißt du, Gottfried, ich stamme zwar aus Hamburg und hatte dort in einem anderen Leben auch mal Job, Wohnung und das ganze Zeug – aber nun lebe ich schon so lange als Straßenmusiker, dass ich überall dort zuhause bin, wo mir einer ein bisschen Kohle in den Hut wirft.«

Er ließ eine Pause. Froelich wartete geduldig darauf, dass er weiterredete.

»Das Gerede von den Straßenmusikern als einer großen Familie ist zwar ein bisschen dick aufgetragen«, fuhr Hein nach einer Weile fort. »Ich hab auch schon Typen getroffen, die haben dir im Vorübergehen die Scheine aus dem Hut genommen und sind dann schnell in der Menge verschwunden.«

Er grinste böse.

»Wenn da einer dämlich genug ist und dabei gesehen wird, trifft man ihn das nächste Mal vielleicht in einer dunklen Nebenstraße, wo er irgendwie ganz blöd stolpert, und es stehen ein paar Kollegen um ihn herum, die dann halt auch nicht verhindern können, dass er sich dabei weh tut.«

»Aber Dizzy wird dich ja wohl nicht beklaut haben?«

Hein lachte heiser.

»Nö, hat er nicht. Und ich werd dir auch nicht erzählen, warum ich ihn nicht mag. Zu persönlich. So dicke sind wir noch nicht miteinander, Gottfried.«

Er warf einen kurzen Blick auf Froelichs Bauch.

»Sorry, war nicht böse gemeint.«

»Kein Problem.«

»Jedenfalls mag ich ihn nicht. Und Kalli, Dollar und vermutlich ein paar Dutzend weitere Leute hier auf dem Gelände sehen das genauso. Da hat jeder seine Gründe, und sei es nur der, dass man mitbekommen hat, wie ein guter Freund von Dizzy übers Ohr gehauen wurde.«

Hein wandte sich Froelich zu, nahm einen tiefen Zug aus seiner Bierflasche und musterte ihn dabei aufmerksam. Dann setzte er die Flasche ab und grinste wieder.

»Mein Rat: Lass die Finger von allem, was der anfasst. Okay?«

»Okay. Hatte ich eh vor.«

»Gut. Damit liegst du nie verkehrt.«

Hein wechselte das Thema, und sie plauderten angeregt über seine Jahre »on the road«, wie er es nannte. Dann erzählte Froelich ein wenig von seinem Job, und als er auf immer schrägere Anekdoten kam, wuchs seine Zuhörerschaft. Die Musiker, die zuletzt gespielt und gesungen hatten, legten eine Pause ein. Ein paar hörten Froelich zu, einige andere holten Getränkenachschub. Dollar und zwei weitere Percussionisten brachten ihre Trommeln in Position und hämmerten wie wild drauflos. Es war laut und klasse, und eine Melodie vermisste niemand.

Da bemerkte Froelich aus dem Augenwinkel, wie ein Mann im wehenden blauen Arbeitskittel von der Mömpelgardstraße heraneilte. Er fragte sich noch, warum man Hausmeister fast immer auf den ersten Blick erkannte, dann machte er Hein auf den Mann aufmerksam, der mit großen Schritten näherkam und nun nur noch etwa zehn Meter von den Musikern im Remisengarten entfernt war.

»Jetzt gibt's Ärger, oder?«, fragte Froelich.

Statt einer Antwort erhob sich Hein in einer einzigen flüssigen Bewegung, ließ sich von einem anderen eine volle Bierflasche zuwerfen und ging dem Hausmeister entgegen. Der Mann im blauen Kittel eilte auf Hein zu, klatschte ihm freundschaftlich auf die Schulter und griff nach der Flasche, die ihm der Musiker hinstreckte. Die beiden unterhielten sich und lachten und standen wenig später neben den Percussionisten, die ihr Trommelgehämmer keinen Moment lang unterbrochen hatten und nun dem Hausmeister eine ihrer Trommeln überließen.

Der blaue Arbeitskittel flog im hohen Bogen ins Gras, und wenig später bearbeitete der Hausmeister sein Instrument mit so großem Geschick, dass nun sogar einige zu tanzen begannen.

Froelich stand auf, ging zu Inge hinüber, legte den Arm um sie und sah den Trommlern lächelnd zu.

Dieses Festival war wirklich etwas ganz Besonderes.

* * *

Dass Froelich, Inge und Maigerle auf dem Parkplatz der Jugendherberge die Instrumente und Verstärker im Leichenwagen verstauten, lockte einige Schaulustige an. Die Jugendherberge war ausgebucht mit den Musikern, die am Festival teilnahmen, und viele von ihnen brachten ihre Gerätschaften per Shuttlebus hierher und schlossen alles in ihren Zimmern ein. Danach kehrten sie mit dem Shuttle wieder zum Festivalgelände zurück. Maigerle hatte Froelich schon von der allabendlichen Session vorgeschwärmt, die in der Remise, wo das Künstlerbüro untergebracht war, und in dem lauschigen Garten davor angezettelt wurde. Aber Froelich konnte kein weiteres Bier mehr trinken, wenn er noch sicher nach Esslingen kommen wollte. Immer mehr Musiker, die auf den nächsten Shuttlebus warteten, stellten sich in der Nähe des schwarz lackierten Autos auf und beobachteten amüsiert, wie das ungleiche Trio den Leichenwagen belud.

Dollar hatten sie angeboten, dass er seine Trommeln ebenfalls im Leichenwagen lassen konnte. Sie hatten sich für den späten Samstagvormittag eh schon wieder verabredet, um durch die Ludwigsburger Innenstadt zu schlendern oder vielleicht sogar am Marktplatz ein kleines Konzert zwischendurch zu geben. Dollar hatte dankend angenommen, seinen Kram gleich in den Laderaum gepackt, und danach war er verschwunden – als Helfer war auf ihn offenbar kein Verlass. Aber Froelich war noch so sehr beseelt von den Erlebnissen des vergangenen Abends, dass ihm keine Last zu schwer und kein Weg zu viel war. Ein zufriedenes Lächeln spielte die ganze Zeit über um seine Mundwinkel, und Inge und Maigerle stießen sich immer wieder gelegentlich an und mussten über ihn schmunzeln.

Es war aber auch zu schön gewesen. Während sie es von der Stuttgarter Königstraße her schon kannten, dass sie als Band recht gut ankamen, dass sie ein großes Publikum um sich scharen konnten, eilten viele der Zuhörer doch wieder weiter, weil sie noch Einkäufe zu erledigen oder eine Bahn zu erwischen hatten. Im Ludwigsburger Schlosspark dagegen kamen die Menschen, um zu bleiben. Um zuzuhören. Um zu applaudieren, mitzusingen und am Ende lautstark Zugaben zu fordern.

Maigerles schwäbische Bluesrocknummer »Gisela« war zum Beispiel ein Volltreffer gewesen. Die johlende Menge kriegte sich kaum mehr ein und rief noch immer den Frauennamen im Chor, als der letzte Akkord längst verklungen war. Das leise Liebeslied »No woisch was isch«, noch eine von Maigerles Kompositionen, war prächtig angekommen, zu Froelichs Bestatter-Nummer »Six Feet under« hatte es keinen mehr auf seinem Platz gehalten, und das Soul-Medley aus Ray-Charles-Klassikern gab ihnen den Rest.

»So«, sagte Maigerle, als sie die Heckklappe des Leichenwagens zudrückten. »Jetzt kommt der gemütliche Teil des Abends.«

Er schnappte sich die Gitarrentasche, die neben dem Leichenwagen im Gras lag und hängte sie sich um, dabei tackerte ihm seine Vorfreude ein breites Lächeln ins Gesicht. Nachdem er Froelich und Inge kurz gemustert hatte, meinte er: »Ihr wollt wirklich jetzt nach Hause fahren?«

»Ja, klar. Wir können ja schlecht hier auf dem Parkplatz übernachten.«

»Oh, Mann!«

Maigerle klatschte sich mit der flachen Hand auf die Stirn.

»Jetzt hab ich doch tatsächlich vergessen, euch das auszurichten. Sorry!«

Inge und Froelich sahen ihn verständnislos an.

»Kalli hat mir vorhin gesagt, dass die beiden Zimmer, die für Mick Jäger und seine drei Sängerinnen reserviert waren, noch nicht wieder vergeben sind. Mick wohnte in Besigheim, seine drei Mädels sogar noch näher, glaube ich – aber die wollten auf keinen Fall nachts nach Hause, weil sie sich schon sehr auf die abendlichen Sessions gefreut haben. Da ist wirklich jede Nacht Betrieb. Lagerfeuer, Songs, tolle Unterhaltungen – echt klasse, das sag ich euch.«

Er war so begeistert, dass ihm gar nicht auffiel, dass er ihnen all das schon erzählt hatte.

»Wie auch immer«, fuhr er fort: »Die beiden Zimmer von Mick und den Mädels sind noch frei, und wenn ihr euch schnell entscheidet, hättet ihr eine Bleibe. Kalli wollte die JuHe-Betreiber bitten, noch auf eure Antwort zu warten, bevor sie jemanden von der Warteliste nehmen. Hoffentlich haben die auch wirklich bis jetzt gewartet. Entschuldigt bitte, dass ich euch das erst jetzt sage – ich bin noch ganz hin und weg nach unseren tollen Gigs.«

Froelich schien nicht abgeneigt und warf Inge einen fragenden Blick zu.

»Das können wir gern machen«, sagte sie nach kurzem Nachdenken. »Aber Gottfried und ich brauchen nur ein Zimmer. Wir sind ja immer noch frisch verliebt, nicht wahr?«

Sie grinste und knuffte ihn leicht in die Seite.

»Das mag schon sein«, erwiderte Maigerle. »Aber für Mick war ein Einzelzimmer reserviert, für seine Mädels eines mit drei Betten. Entweder habt ihr es ziemlich eng …« Er warf Froelich einen amüsierten Blick zu. »Also: sehr eng. Oder ihr müsst noch jemanden mit aufnehmen in eure Honeymoon-Suite. Die JuHe ist bis unters Dach voll, sogar in den Tagungsräumen schlafen einige Musiker, dort wurde ein Matratzenlager eingerichtet. Ich glaube nicht, dass die JuHe-Betreiber da ein Bett frei lassen wollen.«

Für einen Moment wirkte Froelich enttäuscht, aber Maigerle klatschte ihm die Hand auf die Schulter.

»Wir können es ja so machen: Inge bekommt das Einzelzimmer, und im anderen Raum schlafen du, Dollar und ich – wenn ich das Einzelzimmer, das Kalli für mich reserviert hat, wieder freigebe, nimmt das sicher gleich einer mit Handkuss.«

Froelich lächelte, dann schien ihm noch ein Gegenargument in den Sinn zu kommen.

»Oh«, fragte Maigerle, dem die Veränderung sofort auffiel. »Musst du dich im Institut noch um etwas Dringendes kümmern?«

»Nein«, sagte Froelich. »In unserem Kühlraum liegt niemand, der nicht bis nach Pfingsten Zeit hätte, aber …«

»Aber?«

»Ich hab kein Waschzeug dabei, Zahnbürste und so.«

Einen Moment lang war Maigerle sprachlos, dann schüttete er sich aus vor Lachen, hakte Froelich unter und zerrte ihn zu dem Zufahrtsweg hin, auf dem gerade das nächste Shuttle heranfuhr.

»Mensch, Gottfried, vergiss doch deine Zahnbürste! That's Rock' n' Roll!«

Er lachte noch, als sie in den Bus stiegen, und ein paar der Umstehenden, die Froelichs Bedenken mitangehört hatten, gönnten sich ein spöttisches Grinsen. Inge hatte ihm zwischendurch so leise zugeflüstert, dass es niemand außer ihm mitbekam: »Ich hab alles Nötige eingepackt, Gottfried. Auch deine Zahnbürste. Ich wollte für alle Fälle gerüstet sein.«

Und so wuchtete er sich mit breitem Lächeln auf seinen Shuttlesitz und rief in die Runde: »Yeah, Leute, Maigerle hat recht: That's Rock' n' Roll!«

Der Shuttlebus fuhr mit fröhlich durcheinanderrufenden Passagieren in die Nacht und zurück zum Blühenden Barock.

* * *

Gegen halb drei wurde es etwas ruhiger in der Remise und am Lagerfeuer im Garten. Einer nach dem anderen waren die Musiker zum Shuttlebus geschlurft und hatten sich müde in die Sitze sinken lassen, die meisten schliefen schon, als der Bus voll genug für die nächste Fahrt zur Jugendherberge war. Auch Inge ging sofort ins Bett. Sie hatte sich von Maigerle die Zimmernummer nennen lassen, und für den späten Vormittag hatten sie sich am Frühstücksbüfett verabredet. Dollar hatte seine Trommeln vor einer Stunde weggepackt und sich nur noch dem Freibier gewidmet. Nun hockte er mit hängenden Schultern am Lagerfeuer und stierte trübe in die Flammen.

Ein Musiker um die dreißig hatte sich von seinem Nebensitzer zwei kleine Bongos ausgeliehen, auf denen er seither unablässig leise, raffinierte Rhythmen spielte. Er war ein sympathischer Bursche ohne Allüren, der am Festival als Solist mit seiner Marimba und zwei Caisas auftrat – zwei Blechhauben, in die mit dem Hammer verschiedene Tonfelder eingearbeitet waren. Froelich hatte ihn zwar bisher noch nicht spielen hören, aber nachdem er sich eine Weile nett mit ihm unterhalten hatte, stand dessen Auftritt am kommenden Abend ganz weit oben auf seiner Wunschliste. Dem Vernehmen nach brachten manche Zuhörer den Mund in seinen Konzerten vor Staunen oft gar nicht mehr zu.

Als er nun seine Bongos zur Seite legte, um sich ein neues Bier zu holen, schnappte sich Hein seine akustische Gitarre, die er schon vor einer Stunde aus dem verschnürten Paket in der Remise genestelt und seither neben sich liegen hatte, und erhob die Stimme.

»Leute, ich möchte ja jetzt nicht den Stimmungskiller spielen, aber mir ist das wirklich ein Anliegen.«

Alle sahen ihn an. Manche brauchten ein wenig länger, bis sie mit ihren benebelten Sinnen herausgefunden hatten, woher die Stimme kam. Aber als Hein die Aufmerksamkeit aller Anwesenden hatte, fuhr er fort.

»Wie einige von euch schon wissen, ist Mick Jäger tot.«

Der Marimba-Spieler kam zurück und setzte sich auf seinen Platz. Ihm schien der Name nichts zu sagen, aber die meisten anderen in der Runde nickten und schauten betrübt drein.

»Wahrscheinlich hat ihn nicht jeder von euch so gut gekannt wie Kalli oder Dollar. Oder wie ich.«

Hein schluckte und es wirkte, als müsste er sich erst wieder sammeln, bevor er weitersprechen konnte.

»Ich will jetzt auch gar nicht die große Rede schwingen. Ihr wisst, das ist nicht meine Art. Aber ein Lied, finde ich, könnten wir für ihn singen.«

Er begann auf seiner Gitarre eine kleine Begleitmelodie zu zupfen, die Froelich sofort erkannte.

»Das war immer Micks Lieblingslied. Jede Band, in der er Bass spielte, jeder Chor, den er leitete, musste dieses Stück ins Repertoire aufnehmen. Und deshalb singen wir das jetzt für ihn, okay?«

Damit war Heins Ansprache auch schon beendet, er zupfte die Saiten etwas stärker, und dann sang er die ersten Zeilen von Leonard Cohens »Hallelujah«. Nacheinander stimmten alle am Lagerfeuer mit ein, auch Froelich und Maigerle sangen mit, sogar Dollar, der sonst aus gutem Grund den Mund hielt, krächzte den Refrain, so gut er konnte.

Es wurde die schönste Version, die Froelich jemals gehört hatte. Und in den trüben Minuten, die dem Ende der Ballade folgten, erhob sich Froelich, verabschiedete sich von den anderen und schlenderte zum Shuttlebus hinüber.

Samstag, 23. Mai

Dollar blinzelte müde über den Rand seiner Kaffeetasse und grinste, als Froelich mit dem nächsten gut gefüllten Teller an den Tisch zurückkam.

»Du hast ja einen gesegneten Appetit, Gottfried. So früh am Tag geht bei mir außer Kaffee noch gar nichts.«

Es war kurz nach elf, und der Speisesaal begann sich allmählich zu leeren.

»Ooch«, brachte Froelich zwischen zwei Happen hervor, »das Problem kenne ich nicht.«

Er biss noch einmal von seinem Brot ab und trank etwas Kaffee nach.

»Aber was ganz anderes geht mir im Kopf herum, Dollar. Du hast diesen Mick Jäger doch auch gekannt, oder?«

Dollar nickte, seine Fröhlichkeit war mit einem Mal wie weggeblasen.

»Eine Scheißgeschichte ist das, mit diesem Stromschlag und so.«

Er schüttelte den Kopf, als könnte er es noch immer nicht fassen.

»Kommt das häufiger vor, dass jemand von seinem Mikrofon einen Stromschlag abbekommt?«, fragte Froelich. »Ich hab das mal gelesen oder gehört, irgendeine Geschichte aus den Sechzigern – und ich weiß nicht mal, ob das auch wirklich passiert ist oder ob es nur eine dieser üblichen Rock'-n'-Roll-Legenden war. Aber heute ist die Technik doch viel weiter als damals, und dieser alte Fall … ich glaube, da ging's um einen Sänger, der unter freiem Himmel auftrat, eine E-Gitarre umhatte und im Regen stand. Mick starb aber bei sich daheim im Wohnzimmer – so hat's Kalli uns doch erzählt, oder?«

Dollar nickte.

Inge sah ihren Gottfried nachdenklich an. Das Wort »Fall« ließ sie kurz zusammenzucken. Witterte er schon wieder ein Verbrechen, wollte er sich schon wieder in Ermittlungen einmischen?

»Da wird also kein Regen oder überhaupt Wasser im Spiel gewesen sein«, fuhr Froelich ungerührt fort und tat so, als hätte er Inges Blick nicht bemerkt. »Meinst du, da hat sich einer an dem Mikrofon oder an der Bassgitarre zu schaffen gemacht?«

Dollar zuckte mit den Schultern und schlürfte noch einen Schluck von seinem Kaffee.

»Jetzt komm, Dollar, lass dir nicht alles aus der Nase ziehen. Erzähl mir was von diesem Mick.«

Dollar sah ihn eine Zeitlang prüfend an, dann schob er die Kaffeetasse etwas von sich weg, knetete seine Finger und begann.

»Du hast ja schon mitbekommen, dass Mick in der Szene bekannt war wie ein bunter Hund.«

Froelich nickte.

»Mick war ein richtig guter Typ. Etwas spießig vielleicht für meinen Geschmack, aber sein Wort galt etwas, er hat nie einen gelinkt, und als Bassist war er ein Ass.«

Dollar hing kurz seinen Erinnerungen nach, ein wehmütiges Lächeln huschte über sein Gesicht.

»Er selbst hat das wahrscheinlich anders gesehen. Ich weiß noch, wie er sich nach fünf Bier drüber im Garten bei der Remise mal bei mir ausgeheult hat, weil er dieses und jenes nicht konnte. Slapping war nicht seins, du weißt schon: mit dem Daumen immer drauf auf die Saiten und mit den anderen Fingern reißen.«

Froelich nickte wieder.

»Und wenn er jemanden für einen Jazzklassiker begleiten sollte und derjenige von Mick exakt den Basslauf des Originals haben wollte – das haute nicht so richtig hin. Aber hey, Musik ist doch, wenn sie von innen kommt, aus dir selbst, aus deinem Herzen, und nicht, wenn ich irgendwelches Zeug nachbete, das sich vor langer Zeit mal einer ausgedacht hat, oder?«

Dollar erwartete nicht wirklich eine Antwort. Er seufzte und sprach nach einer kurzer Pause weiter.

»Um es kurz zu machen: Mick war kein Bassist für eine Coverband – er machte aus allen Bassparts, die er nachspielen sollte, etwas Eigenes, manchmal etwas Besseres als im Original, auf jeden Fall aber etwas Neues, Spannendes. Deshalb hielt ich ihn schon immer für einen der ganz Guten, und die meisten seiner Bandkollegen haben das wohl auch so gesehen. Er konnte sich jedenfalls nicht über Angebote beklagen. Außerdem hat er sich nicht auf den Bass beschränkt.«

Er sah Inge entschuldigend an.

»Viele Bassisten sind ja musikalisch nicht gerade erste Sahne, und auch sonst sind sie nicht immer vorne dran.«

Dollar tippte sich vielsagend an die Schläfe.

»Mick dagegen hatte nicht nur seine vier Saiten im Sinn. Der hat Songs geschrieben, Arrangements und Texte, und wenn er andere anleiten konnte und die sich auf ihn einließen, kam immer etwas Gutes dabei heraus. Versteh mich nicht falsch, Gottfried: Mit seiner Chormusik und mit diesen drei Popmädels, die er sich da zuletzt ans Bein gebunden hat, kann ich musikalisch wirklich nichts anfangen. Aber dass da – gemessen an dem jeweiligen Genre – etwas Gutes entstanden ist, hört man auch, wenn man es nicht allzu sehr mag.«

»Hatte er zuletzt Streit mit jemandem?«, fragte Froelich dazwischen. Die Lobpreisung ging ihm nun ein wenig zu weit, und sie brachte ihm auch keine Informationen, mit denen er viel anfangen konnte.

»Ach, unter Bandkollegen kabbelt man sich immer mal, aber wirklich gestritten …«

Dollar dachte nach, dann schüttelte er den Kopf.

»Mit diesem Dizzy soll er sich nicht so gut vertragen haben. Jedenfalls habe ich euch gestern so verstanden.«

»Wer versteht sich schon mit dem! Aber Dizzy … nein, warum sollte der Mick Böses wollen. Wenn der ihm eine Abfuhr erteilt hat, sucht er sich halt das nächste potenzielle Opfer für seine schmierigen Deals. Ich glaube, Dizzy hält sich nicht lange mit seinen Fehlschlägen auf. Da hätte er ja viel zu tun.«

Dollar lachte böse.

»Aber hat Kalli nicht befürchtet, dass Dizzy jetzt, nachdem Mick ihm nicht mehr im Weg ist, noch einmal mit den drei Sängerinnen sprechen könnte, mit denen Mick auf dem Festival spielen wollte?«

»Ja, das, aber … nein, da musst du dir nichts zusammenreimen. Dizzy ist eine linke Bazille, aber der tut keiner Fliege was zuleide. Okay, außer dass er sie halt finanziell über den Tisch zieht.«

Dollar griente, sehr zufrieden mit seinem schrägen Wortspiel, und griff nach seiner Kaffeetasse.

»Und was ist mit anderen Bands, in denen er zuletzt mitspielte?«, fragte Froelich in Dollars lautes Schlürfen hinein. »Mit den Chören, die er leitete?«

»Von den Chören kenne ich niemand persönlich. Ich hab dir ja schon gesagt, dass ich damit musikalisch nichts anfangen kann. Und Bands … hm … Ich habe Mick eigentlich vor allem hier auf dem Festival getroffen, über die Jahre hinweg liest man mal was in der Zeitung über eine seiner Gruppen, aber sonst …«

»Mensch, Dollar! Du erzählst mir, wie gut du diesen Mick Jäger kennst, schwärmst über ihn als Bassisten, Arrangeur und Chorleiter – und dann hast du keine Ahnung, in welchen Bands der mitgespielt hat?«

»Heh, Gottfried – man trifft sich halt ab und zu, eher zufällig, trinkt ein Bier miteinander, lässt ein Tütchen kreisen und hat einen guten Abend. Da spricht man über dies und das, vielleicht auch mal über die Bands, in denen man gerade spielt. Aber du kennst doch den Spruch: Wer sich an einen solchen Abend erinnern kann, war nicht dabei.«

Er lachte meckernd, das Lachen ging in einen Hustenanfall über, und Dollar stand auf.

»Ihr hört's ja, Leute. Ich muss dringend an die frische Luft.«

Er zog eine Selbstgedrehte hervor und hielt sie grinsend in die Höhe.

»Du kennst also keine seiner Bands?«, hakte Froelich noch einmal nach.

Dollar verdrehte die Augen.

»Vor ein paar Jahren ist er mal mit den Stony Rolls aufgetreten. Das ist so eine Holzhacker-Rockband aus Marbach. Nicht besonders gut, eigentlich unter Micks Niveau, und ich wusste damals auch gar nicht, warum er sich auf die Gruppe eingelassen hat. Der Sänger und Gitarrist heißt Richie, hält sich für den großen Boss, und ich glaube, sie haben damals auch in seinem Keller geprobt. Aber von denen hat man zuletzt nicht mehr viel gehört, spielten ein paar kleinere Gigs in Clubs und Kneipen rund um Stuttgart. Ich habe sie lange nicht mehr live gesehen, und Konzertberichte werden über solche Bands nicht veröffentlicht, weder im Lokalblatt noch im Internet. Ob Mick da also noch mitgespielt hat … kann ich dir nicht sagen, sorry.«

»Aber wo er wohnte, das wirst du wissen, oder?«

»Korea«, sagte Dollar knapp und machte Anstalten, hinauszugehen.

»Wie, Korea?«

»Korea, das ist ein Besigheimer Stadtteil. Der heißt eigentlich ganz anders, irgendwas mit Wachturm oder Wartturm oder so. Liegt etwas außerhalb, auf einem Plateau über dem Neckar. Ich hab Mick dort mal besucht. Da hat er mir erzählt, die alten Besigheimer hätten sich darüber lustig gemacht, dass die Häuser dort schon bezogen wurden, als es noch keine Gärten und kaum fertige Wege gab. So ähnlich haben die sich damals wohl Korea vorgestellt.«

Er zuckte mit den Schultern.

»Keine Ahnung, ob das stimmt, ist ja auch egal, aber da hat er gewohnt. Und da wird er wohl auch gestorben sein.«

»Hm«, machte Froelich.

Dollar sah auf ihn herab, ob er wohl noch weitere Fragen an ihn hatte, aber Froelich war mit den Gedanken schon ganz woanders.

* * *

»Ah, Herr Froelich«, sagte Lena Fischer, und sie wirkte ehrlich erfreut, als sie hörte, wer am Telefon war. »Wie geht's Ihnen denn?«

Achim Fischer kam gerade vom Büro herüber und sah sie fragend an. Sie hörte gerade zu und beschrieb mit der freien rechten Hand einen großen Halbkreis vor ihrem Körper. Nun wusste auch er, wer gerade anrief.

»Ja«, sagte Lena nach einer Weile. »Den haben wir zur Obduktion gebracht. Ja, ins Bosch, wie immer … Gestern … Die Kripo ermittelt, die Spurensicherung war in der Wohnung … Nein, das wissen wir nicht, tut mir leid … Die Leiche ist noch nicht freigegeben, aber wir werden angerufen, sobald wir ihn wieder abholen können. Soll ich Ihnen dann gleich Bescheid geben?«

Sie hörte wieder zu.

»Ja, ich kannte ihn. Er leitet den Chor, in dem ich singe. Ob ich Ihnen mehr über ihn erzählen kann? Ja, sicher, aber … Gut, nein, kein Problem. Kommen Sie doch einfach vorbei. Wir essen normalerweise zwar nicht zu Mittag, aber ich kann schnell was improvisieren, wenn Sie Appetit haben … Oder so. Prima, dann bis nachher. Wir freuen uns, Herr Froelich.«

Sie legte auf, ihr Mann sah sie fragend an.

»Der Chef«, sagte sie. »Er interessiert sich für den Tod von Mick Jäger. Ich soll ihm erzählen, was ich über ihn weiß. Er bringt Kuchen mit.«

* * *

Inge hatte das Telefonat mit angehört, nun schnappte sie ihre Handtasche.

»Ich geh in die Stadt«, brummte sie, »einkaufen, bummeln, Kaffee trinken, mich mit den anderen treffen. Du bist ja fürs Erste beschäftigt.«

Damit war sie auch schon auf dem Weg aus der Jugendherberge, um sich nach einer Möglichkeit umzusehen, in die Stadtmitte zu kommen. Maigerle, der gerade die Treppe heruntergekommen war, sah fragend zwischen Froelich und der davoneilenden Inge hin und her.

»Was ist denn jetzt schon wieder?«, fragte er, als Froelich keine Anstalten machte, ihm Inges wütenden Abgang zu erklären.

»Ach, sie hat da was in den falschen Hals bekommen.«

Froelich steckte das Handy weg und sah Maigerle an.

»Sag mal, Alex«, begann er dann, »könntest du für mich jemanden anrufen?«

»Und wen?«

»Du kennst doch sicher jemanden bei der Kripo Ludwigsburg. Die ermitteln im Todesfall Mick Jäger. Die Spurensicherung war in dessen Wohnung, und da dachte ich mir ...«

Maigerle lachte schallend.

»Jetzt ist mir klar, was Inge die Laune verdorben hat. Mensch, Gottfried, du bist schon eine Marke! Wir spielen hier auf diesem wunderschönen Festival – und du kannst es nicht lassen und musst schon wieder deine Nase in eine Geschichte stecken, die dir komisch vorkommt.«

Er schüttelte den Kopf, aber Froelich lachte nicht mit, sondern sah ihn weiterhin bittend an.

»Meinetwegen«, gab Maigerle schließlich nach. »Ich kenn da einen Kollegen, der kann mir vielleicht mehr erzählen. Aber du baust keinen Mist, ja? Und was immer ich für dich herausfinde, behältst du gefälligst für dich!«

»Versprochen«, beteuerte Froelich. »Meine Nummer hast du ja. Gib mir bitte möglichst bald Bescheid. Ich muss los.«

»Los? Wohin willst du denn?«

Da war Froelich schon weg, und Maigerle war nicht sicher, ob er seine letzte Frage wirklich nicht gehört oder nur so getan hatte. Er schlenderte durch die Eingangshalle der Jugendherberge und blieb auf dem Platz vor dem Gebäude stehen. Froelich eilte zu seinem Leichenwagen. Als er das Gefährt etwas umständlich aus der Parklücke gelenkt und gewendet hatte, blieb er neben Inge stehen, die dort offenbar auf den nächsten Shuttlebus wartete. Maigerle konnte nicht hören, was gesprochen wurde, aber die Szene war auch so eindeutig: Froelich ließ das Fenster auf der Beifahrerseite herunter und beugte sich in Inges Richtung; er sagte ein paar Worte, Inge versteifte sich ein wenig, wandte sich abrupt ab und ging ein paar Schritte von dem Fahrzeug weg. Kurz darauf rollte der Leichenwagen die Auffahrt hinauf.

* * *

Als Gottfried Froelich den Leichenwagen auf dem Parkplatz vor der Alten Kelter abstellte, stand Lena Fischer im ersten Stock am Fenster und winkte ihm zu. Bis er die paar Meter zum Eingang des Bestattungsinstituts – über die Hauptstraße, an der Schlange vor der Ausgabetheke der Eisdiele vorbei ein kurzes Stück in die Kirchstraße hinein – hinter sich gebracht hatte, erwartete ihn Lena bereits in der offenen Haustür. Sie ging ihm voraus die Treppe hinauf und ins Esszimmer. Er kannte den Weg natürlich noch immer bestens, und er erinnerte sich gern an die Zeit, die er hier mit Inge verbracht hatte. An den Fall des toten Gourmetkritikers, an die dramatischen Szenen auf dem Neckarschiff oder oben im Schochenturm. Felice, den Wirt seines italienischen Lieblingsrestaurants in Esslingen, hatte er damals kennengelernt. Und im Keller der Buchhandlung hatte er eine sehr schöne, sehr intensive Geburtstagsparty gefeiert.

Doch seit er vor bald vier Jahren mit Inge nach Esslingen gezogen war und für sein Besigheimer Institut Achim Fischer als Geschäftsführer eingestellt hatte, achtete er sehr genau darauf, dass sich die Fischers hier heimisch fühlen konnten – und er sich als der Gast benahm, der er seither war.

»Soll ich uns unten aus der Eisdiele schnell noch etwas Sahne holen?«, fragte Lena Fischer, als Froelich die ersten Kuchenschnitten aus ihrer Verpackung befreit hatte. Nun reihte er einige üppige Tortenstücke nebeneinander auf, und sie lachte: »Nein, das werde ich doch wohl lieber lassen.«

Zuerst saßen sie zu dritt eine Weile zusammen, ließen sich Kuchen, Torten und Kaffee schmecken, und dann entschuldigte sich Achim Fischer, weil er zu einer Besprechung mit den Hinterbliebenen einer 99-Jährigen verabredet war, die am Vorabend friedlich eingeschlafen war.

»Mein Mann hätte Ihnen ohnehin nichts über Mick Jäger erzählen können«, sagte Lena Fischer, als ihr Mann die Treppe hinuntergeeilt war und nun mit dem Motorroller aus der Einfahrt des Bestattungsinstituts fuhr. »Er kannte ihn nicht persönlich, und es nervte ihn manchmal, wenn ich mal wieder davon schwärmte, wie gut er die Chorprobe wieder gestaltet hatte.«

Lena Fischers Lachen war ansteckend. Sie war eine fröhliche Mittdreißigerin, schlank, etwa einssiebzig groß, die gut schulterlangen hellbraunen Haare zu einem Pferdeschwanz gesteckt – eine angenehme, sportliche Erscheinung, die einen angenehmen Kontrast zu ihrem etwas verhockten, hüftsteifen Mann abgab.

»Was wollen Sie denn über Mick wissen?«

»Im Grunde alles. Ich …«

Froelich druckste ein wenig herum.

»Ach, Herr Froelich, ich weiß längst, dass Sie gern den Hobbydetektiv spielen.«

Sie hatte das gut gelaunt und leichthin gesagt. Erst danach schien ihr bewusst zu werden, dass sie ja mit dem Eigentümer des Bestattungsinstituts sprach, und sie räusperte sich und schaute betreten drein.

»Das haben Sie schon richtig ausgedrückt«, gab Froelich zu. »Und meine Freundin Inge würde dafür sicher weit weniger freundliche Worte finden.«

Lena Fischer atmete erleichtert auf.

»Haben Ihnen die Besigheimer also von meiner Vorliebe fürs Kriminalistische erzählt?«

»Wundert Sie das?«

Er schüttelte den Kopf und lächelte.

»Um ehrlich zu sein, kamen auch manche zu uns, wenn sie glaubten, irgendwo etwas Illegales beobachtet zu haben. Sieht ganz so aus, als hätten sie das Berufsbild des Bestatters in den Augen der Besigheimer nachhaltig verändert.«

»Aber Sie ... nun ja ... ermitteln nicht auch, oder?«

»Gott bewahre! Wir hören uns alles an, aber jede Geschichte, ob Gerücht oder Tatsache, endet bei uns. Ehrensache. Ich habe so gar kein Faible für Krimis, und mein Mann hat immer gar nicht verstanden, was die Leute von ihm wollten, wenn sie ihm anvertraut hatten, dass der Nachbar verschwunden oder eine Hintertür aufgebrochen war.«

Sie grinste.

»Mein Achim ist ein guter Bestatter, aber Fantasie ist nicht seine Stärke. Und mit Menschen geht er zu deren Lebzeiten auch nicht übertrieben gern um.«

»Dass Sie und Ihr Mann Ihr Handwerk verstehen, kann ich ja jedes Jahr an den Zahlen ablesen. Ich bin sehr froh, dass Sie die Leitung des Instituts übernommen haben. Aber zurück zu Mick Jäger. Wissen Sie von irgendwelchen Streitigkeiten, die er in letzter Zeit hatte?«

Lena Fischer dachte nach, bis Froelich das nächste Tortenstück verputzt hatte.

»Nein«, sagte sie dann, »da kann ich Ihnen nicht weiterhelfen. Er war bei allen in unserem Chor sehr beliebt, er ging mit allen sehr höflich und einfühlsam um. Zwei Sängerinnen, die mit seiner musikalischen Auswahl nicht einverstanden waren, haben den Chor zwar verlassen – aber eher im Guten. Manchmal kommen sie zu unseren Auftritten, trinken hinterher noch ein Schorle mit uns, und auch Mick gegenüber haben sie sich immer freundlich benommen, wenn auch etwas distanziert, verständlicherweise.«

»Wissen Sie von anderen Chören, die er geleitet hat?«

Sie nannte einige Ensembles aus der Umgebung, deren Namen Froelich aber nichts sagten.

»Kontaktadressen habe ich da aber nicht. Allerdings kann Ihnen Magda Schöller sicher mehr sagen, sie hat Mick damals vorgeschlagen und ihn auch angesprochen, als wir einen neuen Chorleiter brauchten. Das war vor etwa vier, fünf Jahren – ich müsste nachsehen, wenn Sie das genau wissen möchten.«

»Nein, das ist nicht nötig – aber wenn Sie mir die Telefonnummer oder Adresse dieser Frau Schöller hätten, das wäre gut.«

»Schreibe ich Ihnen gleich raus.«

»Außerdem soll Mick Jäger in Bands gespielt haben. Wissen Sie da von einer, in der er zuletzt noch Mitglied gewesen war?«

»Hm, ob er dort zuletzt noch mitgespielt hat, weiß ich gar nicht, aber ich habe ihn mal mit einer Gruppe gehört. Stony Rolls hießen die – waren aber nicht nach meinem Geschmack. Mick am Bass war klasse, aber die anderen … na ja.«

»Diese Band wurde mir schon einmal genannt. Ich schau mal, ob die eine Homepage haben, damit ich mit einem von denen sprechen kann.«

»Da kann Ihnen auch der Wirt vom Gasthaus drüben weiterhelfen«, sagte Lena Fischer. »Der hatte diese Stony Rolls für ein kleines Fest in der Kirchstraße engagiert. Das war im vergangenen Jahr, Spätsommer, Herbst, so was. Und der Bandleader stammt hier aus Besigheim. Ich glaube, seine Mutter wohnt noch dort – und wenn ich mich richtig entsinne, müssen er und Mick als Kinder direkt nebeneinander gelebt haben. Aber wie gesagt, fragen Sie den Wirt, der müsste das wissen.«

* * *

Die paar Schritte vom Bestattungsinstitut zum Gasthaus hatte Froelich schnell hinter sich gebracht. Er setzte sich auf ein kleines Radler an einen der Tische am Straßenrand und bat die Bedienung, sie möge ihm doch bitte den Wirt schicken. Der kam auch bald heraus, stutzte einen Moment, als er Froelich sah, aber nicht gleich zuordnen konnte, dann stellte sich Froelich vor und der Wirt begrüßte ihn überschwänglich lachend. Sie unterhielten sich eine Weile über dies und das, dann brachte Froelich das Gespräch auf die Stony Rolls und auf deren Bandleader.

»Ach«, sagte der Wirt und grinste, »sind Sie wieder auf heißer Spur unterwegs?«

Er beugte sich ein wenig vor und senkte seine Stimme.

»Unser neuer Bestatter ist ja eher eine Spaßbremse, und als Spürnase fällt er ebenfalls aus.«

Der Wirt kicherte, dann wurde er wieder ernst.

»Es geht Ihnen um Mick, oder? Blöde Sache. Ich hab's heute früh von seiner Mutter erfahren. Die ist natürlich völlig fertig, die alte Frau.«

»Mick Jägers Mutter?«

»Ja, Ruth Jäger. Sie wohnt gleich dort die Türkengasse runter.«

Er deutete auf das nächste Sträßchen, das von der Kirchstraße abging.

»Sie können das Haus gar nicht verfehlen: Die Gasse führt direkt drauf zu.«

Froelich machte Anstalten sich zu erheben. Der Wirt legte ihm eine Hand auf den Arm.

»Lassen Sie Frau Jäger heute lieber noch in Ruhe, Herr Froelich. Sie war vorhin bei mir, wir werden den Leichenschmaus nach der Bestattung ausrichten. Einen Termin können wir ja noch nicht verabreden, Micks Leichnam ist wohl noch nicht freigegeben – aber alles andere haben wir besprochen. Die gute Frau ist mir am Ende fast vom Stuhl gerutscht, so erledigt war sie. Ich habe den Arzt rufen lassen, der hat sie nach Hause begleitet und hat ihr ein Medikament gegeben, damit sie jetzt erst einmal ein wenig schlafen kann und wieder zu Kräften kommt.«

Froelich ließ sich wieder auf seinen Stuhl sinken und nickte.

»Frau Fischer hat erwähnt, dass Mick und der Chef dieser Stony Rolls, für die er Bass gespielt hat, Jugendfreunde waren«, sagte er nach einer Weile.

»Ja, stimmt. Richie heißt der Bandleader. Mick und Richie müssen die Türkengasse damals ordentlich unsicher gemacht haben mit ihren Streichen und später mit ihrer lauten Musik und den frisierten Mofas. Auch Richies Mutter wohnt noch in ihrem alten Haus, direkt gegenüber den Jägers. Richie ist der Gitarrist und Sänger der Stony Rolls, und er kümmert sich um das Management. Ich hatte die Stony Rolls vergangenen Herbst gebucht, war ganz gut. Ein bisschen laut halt.«

Er grinste und machte eine Geste zu den Nachbarhäusern.

»Richie spielt sich manchmal ein bisschen arg auf, aber er ist zuverlässig. Eigentlich heißt er Richard Kieß und wohnt inzwischen drüben in Marbach, seine Handynummer und die Adresse kann ich Ihnen geben, die hab ich drinnen irgendwo in meinen Unterlagen.«

»Ja, gerne.«

Als der Wirt zu Froelich zurückkehrte und ihm einen Zettel mit der Nummer gab, fuhr gerade ein Porsche mit dem Kennzeichen »LB-DR …« aus der Türkengasse und brummte untertourig in Richtung Schochenturm davon.

»Ah, der Arzt ist fertig«, sagte der Wirt und nickte zu dem Heck des davonrollenden Sportwagens hin. »Dr. Bille, Frau Jägers Hausarzt. Ihn habe ich rufen lassen.«

Er warf Froelich einen Blick zu, während der dem Porsche sehr interessiert nachsah.

»Das heißt aber nur, dass Frau Jäger jetzt schläft«, betonte der Wirt und blickte streng auf seinen Gast hinunter. »Und dass sie ihren Schlaf jetzt auch dringend braucht.«

»Natürlich, natürlich«, versicherte Froelich, legte ein paar Münzen auf den Tisch und verabschiedete sich.

»Sie lassen die arme Frau jetzt doch in Ruhe, oder?«, rief ihm der Wirt noch hinterher. »Und Richies Mutter am besten auch. Sie haben ja nun Richies Nummer, das sollte reichen. Bitte!«

Froelich nickte und ging davon. Natürlich wollte er sich trotzdem zumindest kurz in der Türkengasse umsehen, und einen Moment lang überlegte er, direkt in die kleine Straße abzubiegen, aber er konnte die Blicke des Wirts in seinem Rücken geradezu spüren. Also ging er weiter die Kirchstraße entlang, bis er außer Sichtweite war. Erst dann drehte er sich um und kehrte über einen Umweg die Stadtmauer entlang zur Türkengasse zurück. Er lugte zur Kirchstraße hinüber, aber von hier aus waren weder das Gasthaus noch der Wirt zu sehen.

Ohnehin hatte Froelich nicht vor, Mick Jägers Mutter zu behelligen. Dass sie mit den Nerven völlig am Ende war, war ihm als Bestatter natürlich nur zu klar – und für seine Fragen bedeutete es, dass er kaum mit nützlichen Antworten rechnen konnte. Aber er wollte sich das Haus der Jägers mal aus der Nähe ansehen, und er schaute sich an den umstehenden Gebäuden nach einem Klingelschild um, auf dem »Kieß« stand.

»Kann ich Ihnen helfen?«

Die schnarrende Stimme ertönte links hinter Froelich und ziemlich nahe bei ihm. Er schrak auf und fuhr herum. Vor ihm stand eine hochmütig wirkende Frau von etwa siebzig Jahren – kastanienrot gefärbte Haare, die schon etwas grau ausgewachsen und hinter dem Kopf zu einem strengen Dutt gebunden waren; ein faltiges Gesicht, in das sich eine Mischung aus Missbilligung und Unzufriedenheit längst fest eingegraben hatte; elegante, aber etwas altmodische Kleidung in Schwarz- und gedeckten Erdtönen. Froelich musterte sie einen Moment, dann blähten sich die Nasenflügel der Frau ein wenig. Geduld schien nicht zu ihren Stärken zu gehören.

»Frau Jäger hat unser Bestattungsinstitut beauftragt, sich um ihren Sohn Michael zu kümmern«, sagte Froelich, weil ihm nichts Besseres einfiel.

»Soweit ich das mitbekommen habe, hat Ruth schon alles mit dem Institut besprochen.«

Sie sah ihn verächtlich an, bevor sie mit einem noch ätzenderen Tonfall fortfuhr.

»Und wenn ich mich recht entsinne, war Ihnen der Bestatter nicht sehr ähnlich. Vor allem war er … schlanker.«

Die alte Frau musste sehr zufrieden damit sein, dass sie selbst ein halbes Knochengestell war und nirgendwo auch nur ein Gramm Fett zu viel aufwies. Froelich hatte keine Probleme mit seiner Statur, auch wenn er derzeit abzunehmen versuchte – aber Unverschämtheiten konnte er nicht ausstehen. Trotzdem verkniff er sich die scharfe Erwiderung, die ihm auf der Zunge lag, und ließ seine Stimme im Gegenteil nun sogar besonders einschmeichelnd und respektvoll klingen.

»Sie sind eine Verwandte von Frau Jäger?«, fragte er stattdessen.

»Na, das fehlte noch«, zischte die Alte. »Wir sind Nachbarn, ewig schon. Das reicht.«

Mehr noch als zuvor war ihr nun anzusehen, dass ohnehin alle glücklich sein konnten, die im gleichen Ort wie sie wohnen durften.

»Dann sind Sie wohl Frau Kieß?«, fragte Froelich aufs Geratewohl.

Sie hob die Augenbrauen.

»Meine Mitarbeiter im hiesigen Bestattungsinstitut, das Ehepaar Fischer, hat mir berichtet, dass die Familien Jäger und Kieß seit vielen Jahren Nachbarn sind – und wohl auch befreundet.«

Er streckte seine Hand aus.

»Froelich«, stellte er sich vor, »Gottfried Froelich.«

Nun war Achim Fischer sein Geschäftsführer und nicht sein Mitarbeiter, und die genannten Informationen hatte er genau genommen auch nicht von den Fischers – aber dass er sich auf diese Weise als Eigentümer des Bestattungsinstituts »Fürchtegott Froelich & Söhne, Niederlassung Besigheim«

vorstellte, der hier in letzter Instanz das Sagen hatte und der alten Beißzange gegenüber einen betont höflichen und ehrerbietigen Ton anschlug, verfehlte seine Wirkung nicht. Einen Moment zögerte sie noch, dann reichte sie ihm ebenfalls die Hand.

»Angenehm«, flötete sie. »Mein Name ist Erdmute Kieß.«

Innerlich schüttelte es Froelich jedes Mal, wenn er Menschen begegnete, die alle von oben herab behandelten – bis sie erfuhren, dass sie es mit einem Würdenträger oder Firmeninhaber zu tun hatten. Aber wenn ihm das nützte, sollte es ihm für eine Weile recht sein.

»Herr Jäger hat in der Band Ihres Sohnes mitgespielt, wurde mir erzählt«, setzte er vorsichtig an.

»Ach Gott, ja, die Buben.«

Sie lächelte gönnerhaft.

»Irgendwie ist mein Richard noch nicht richtig erwachsen geworden. Ich meine: Musik, eine Band, als Mann von gut vierzig Jahren – ich bitte Sie!«

Sie sah ihn mit einem Blick an, der Einverständnis heischte. Froelich musste sich sehr beherrschen, ihr mit einem Lächeln und einem Kopfnicken anscheinend recht zu geben.

»Aber was soll man machen, nicht wahr? Als Mutter ist man irgendwann ja nur noch im Weg.«

Ein bitterer Zug spielte um ihren faltigen Mund.

»Vor allem seit mein Richard geheiratet hat, und dann noch ausgerechnet diese … diese … Daniela …«

Sie hatte nach einem Ausdruck gesucht, der ihre Verachtung für ihre Schwiegertochter angemessen ausdrückte, aber dann begnügte sie sich doch damit, den Vornamen geradezu auszuspucken. Froelich hatte die Familienidylle der Jägers trotzdem hinreichend vor Augen.

»Solchen Kummer hat Michael seiner Mutter nicht bereitet«, knurrte sie weiter. »Er wird wohl schon auch ab und zu eine Freundin gehabt haben, aber er hat ihr keine … solche … solche … Schlampe ins Haus geschleppt.«

Nun war sie doch noch fündig geworden.

»Ach«, fragte Froelich ganz scheinheilig und nahm ihre Formulierung wörtlich, obwohl er ja schon wusste, dass Richard und Daniela Kieß in Marbach wohnten. »Ihr Sohn und Ihre Schwiegertochter leben bei Ihnen im Haus?«

»Puh, das nun Gott sei Dank nicht!«

Sie wirkte ehrlich erschrocken.

»Richard hat dieser Kuh ein wunderschönes Häuschen in Marbach hingestellt. Er ist von früh bis spät arbeiten, damit die feine Dame sich einen schönen Lenz machen kann – und wenn er abends nach Hause kommt, muss er womöglich noch nach der Wäsche sehen oder die Spülmaschine ausräumen.«

Erdmute Kieß wirkte empört, dann fiel ihr auf, dass Froelich die Tragweite ihrer Beschreibung offenbar noch nicht ganz erfasst hatte. Sie beugte sich ein wenig vor.

»Als ich sie gestern Nachmittag angerufen habe, weil ich meinem Sohn vom Tod seines Freundes erzählen wollte, hatte sie sich gerade hingelegt. Stellen Sie sich vor: am helllichten Tag! Ich bin ja nur froh, dass die beiden keine Kinder haben, die eines Tages einer Scheidung im Weg stehen würden.«

Sie schüttelte den Kopf.

»Mein Gott, wenn mein Richard wüsste, was die alles hinter seinem Rücken treibt!«

»Sie meinen, sie hat einen Liebhaber?«

Die Frage war ihm so rausgerutscht, aber auf das Gesicht von Erdmute Kieß legte sich nun ein sehr verschwörerischer Ausdruck, und er wartete gespannt darauf, was nun kam.

»Sehen Sie, das war auch Ihr erster Verdacht, Herr Froelich. Sag ich's doch: Sie ist eine Schlampe!«

»Und warum reden Sie nicht mit Ihrem Sohn?«

Er wollte das Gespräch irgendwie am Laufen halten, vielleicht würde sich diese Giftspritze ja noch auf eine Art verplappern, die ihm helfen würde.

»Was soll ich ihm denn sagen? Dass er mit dieser Daniela einen fürchterlichen Fehler gemacht hat? Dass sie ihn gar nicht verdient hat? Dass er sie rausschmeißen soll? Oder gleich das

Haus in Marbach verkaufen und zurück hierher in sein Elternhaus ziehen soll?«

Froelich hatte seine Miene wohl nicht ganz im Griff gehabt, denn die alte Frau nickte nun.

»Sag ich doch! Das kann ich mir genauso gut auch sparen. Natürlich wird er letztendlich zu ihr halten, wie immer.«

Sie schnaubte.

»Aber wenn Sie von einer Affäre wissen«, wandte Froelich ein, »dann wird er Ihnen doch glauben, meinen Sie nicht auch?«

Dieser letzte Versuch noch, etwas Hilfreiches über Mick Jägers alten Kumpel zu erfahren, dann würde er sich trollen. Dass diese Frau vor Hass triefte und die Trennung von ihrem – vermutlich einzigen – Sohn nie verwunden hatte, wusste er auch so schon. Das Gespräch war offenbar in eine Sackgasse geraten.

»Was heißt schon wissen!«, stieß Erdmute Kieß hervor und machte eine wegwerfende Handbewegung. »Tief in mir drin weiß ich das natürlich, aber ich kann ihr nichts beweisen. Ich habe sie nie mit einem Kerl erwischt, aber ich weiß, dass da was läuft. Als Mutter spürt man so was.«

Als es Froelich wenig später geschafft hatte, sich unter einem Vorwand von Erdmute Kieß zu verabschieden, ging er ganz in Gedanken die Gasse entlang und bog in die Kirchstraße ein. Die alte Frau widerte ihn an und tat ihm zugleich leid. Dass ihn der Wirt aus der Türkengasse kommen sah und ihm missbilligend hinterherschaute, war nun auch schon egal.

* * *

Daniela und Richard Kieß bewohnten eine Doppelhaushälfte in der Steigäckerstraße, einem schön gelegenen Wohngebiet im Süden von Marbach am Neckar. Auf der gegenüberliegenden Straßenseite reihten sich Mehrfamilienhäuser aneinander, und an der Rückseite grenzten die Gärten der Wohngebäude an die Nachbarparzellen, aber schon dahinter ging der Blick hinaus in die freie Landschaft.

Froelich hatte Lena Fischer angerufen und sie informiert, dass er im Zusammenhang mit dem Tod von Mick Jäger ein wenig nachforschen wolle. Und er hatte mit ihr verabredet, dass er sich dessen Bekannten als Eigentümer des Bestattungsinstituts vorstellte (was ja auch der Wahrheit entsprach) und dass er ihnen sagen würde, er helfe den Fischers bei den Vorbereitungen für Jägers Bestattung (was die wirklichen Umstände doch recht frei auslegte). Dass er das bereits gegenüber Erdmute Kieß so gemacht hatte, ließ er unerwähnt – und Lena Fischer versprach, sie werde ihrem Mann alles möglichst schonend beibringen.

Gegen zwei Uhr nachmittags klingelte Froelich an der Doppelhaushälfte im Süden von Marbach, um – wie er es sich für das Gespräch mit dem Bandkollegen von Jäger und dessen Ehefrau zurechtgelegt hatte – Informationen für eine möglichst persönliche Trauerrede durch den Pfarrer zu sammeln.

Niemand öffnete, Froelich klingelte erneut, und als ihm das Warten zu lang wurde, hielt er auf die kleine Seitenstraße zu, die direkt neben dem Kieß'schen Grundstück entlangführte. Eine mannshohe Hecke begrenzte den Garten des Wohnhauses. Sie endete ein kleines Stück vor der Grundstücksgrenze, und daneben führte eine kleine Metalltür von hinten in den Garten. Die Tür reichte Froelich knapp bis zur Brust, und er konnte im Garten eine blonde Frau Ende dreißig sehen, die sich mit einer Harke an einem kleinen Beet zu schaffen machte.

»Frau Kieß?«, rief er über die Tür hinweg, aber die Frau reagierte nicht.

Sie stand seitlich zu ihm und bearbeitete verbissen einen Flecken Erde, auf dem nicht das kleinste Unkrautpflänzchen zu sehen war. Dafür hatte sie sich an dieser Stelle mit der Harke schon zwanzig, dreißig Zentimeter tief in das Beet gegraben.

»Frau Kieß? Hallo!«

Auch das lautere Rufen löste keine Reaktion aus. Die Frau harkte unverdrossen weiter, den Blick konzentriert auf den

Boden vor sich gerichtet. Froelich sah sich um, und als niemand zu sehen war, drückte er die Klinke des Gartentürchens hinunter und schob. Die Tür war unverschlossen. Froelich betrat den Garten, machte ein paar kleine Schritte auf die Frau zu und winkte immer wieder, um sie auf sich aufmerksam zu machen. Inzwischen hatte er das weiße Kabel entdeckt, das von dem Ohr, das sie ihm zuwandte, in ihre Hosentasche führte.

Nach seinem nächsten Schritt schien sie ihn jedoch aus den Augenwinkeln wahrzunehmen. Ihr Kopf fuhr herum, ihre Augen weiteten sich vor Schreck, die Harke glitt ihr aus den Fingern, und schon saß sie breitbeinig im Beet. Ihr Atem ging schnell und stoßweise. Sie zog die Kopfhörer aus den Ohren, steckte sie in die Brusttasche ihres groben Holzfällerhemds und sah Froelich wütend an.

»Sind Sie irre?«

»Ich …«

»Wieso schleichen Sie sich denn in meinen Garten und erschrecken mich?«

Froelich trat noch einen Schritt auf sie zu und streckte die rechte Hand aus, damit sie sich an ihr hochziehen konnte. Sie blickte argwöhnisch zwischen der Hand und seinem Gesicht hin und her.

»Ich habe mehrmals geklingelt«, sagte Froelich, »aber Sie haben nicht geöffnet. Dann bin ich um die Hecke herumgegangen und habe ein paar Mal Ihren Namen gerufen.«

Er deutete mit der freien Hand auf sein linkes Ohr.

»Aber Sie haben mich leider nicht gehört. Da bin ich langsam auf Sie zu und …«

»Ja, ja, schon gut«, sagte sie, nahm Froelichs Hilfe an, kam mühelos auf die Beine und klopfte sich ein paar Erdkrümel vom Hintern.

Daniela Kieß war schlank und hübsch, ihr blondes Haar hatte sie mit einem Haarband straff aus dem Gesicht gezogen, in ihrem Rücken fielen die glatten Strähnen locker über den Hemdkragen.

»Und was wollen Sie von mir?«

»Froelich ist mein Name«, stellte er sich vor. »Gottfried Froelich. Ich bin … Mein Institut in Besigheim kümmert sich um die Bestattung von Michael Jäger.«

Ein Schatten legte sich auf ihr Gesicht.

»Ich sammle nun ein paar Informationen, damit der Pfarrer, der die Trauerrede halten soll, einige persönliche Aspekte mit reinnehmen kann.«

»Und warum macht der das nicht selbst?«

»Wir Bestatter helfen den Geistlichen da ab und zu, so auch diesmal.«

Das war nicht falsch, allerdings hatte Froelich keine Ahnung, wer den Trauergottesdienst für Mick Jäger halten würde und wie genau er den Verblichenen vielleicht schon kannte.

»Außerdem …«

Froelich zögerte einen Moment, bevor er fortfuhr, aber er kam zu dem Schluss, dass er damit bei der Frau eines Musikers nur Pluspunkte sammeln konnte.

»Außerdem bin ich selbst Musiker. Ich kannte Michael Jäger zwar nicht persönlich, aber … er war für das Straßenmusikfestival in Ludwigsburg gebucht, und als er … nun ja … sind meine Musikerkollegen und ich ganz kurzfristig für sein Quartett eingesprungen.«

Sie wirkte wirklich prompt etwas weniger ablehnend.

»Ach? Sie sind auch Musiker?«, fragte sie. »Was spielen Sie denn?«

»Klavier. Dann sind noch ein singender Gitarrist und ein Percussionist dabei. Und meine Freundin spielt Bass.«

Daniela Kieß presste die Lippen zusammen und nickte.

»Eigentlich wollte ich mit Ihrem Mann Richard reden. Herr Jäger spielte mit ihm in einer Band, das stimmt doch?«

Sie nickte wieder.

»Richard ist gerade nicht da«, sagte sie, inzwischen mit etwas brüchiger Stimme. »Er ist vorhin losgefahren, wollte noch etwas für seine Soundanlage kaufen, ich weiß gar nicht, was. Und nachher …«

Sie räusperte sich und sah auf die Armbanduhr.

»Um halb drei, drei wollte er sich mit seiner Band zu einer letzten Probe treffen, bevor sie heute Abend einen Auftritt drüben im Café Provinz haben. Das ist ein kleiner Laden, ein Bistro, in dem ab und zu Livekonzerte stattfinden. Der Proberaum ist bei uns im Keller, die müssten also demnächst alle hier eintreffen. Wenn Sie mögen, mache ich Ihnen einen Kaffee, dann können Sie gerne auf meinen Mann warten.«

Froelich zuckte mit den Schultern.

»Er müsste jeden Moment wiederkommen«, sagte sie und kickte die Harke mit den Gummistiefeln ein wenig zur Seite. »Ich hab eh keine Lust mehr zum Unkrautharken.«

Sie marschierte auf die offenstehende Terrassentür zu, legte mit ihren Stiefeln eine Spur über die hellen Steinplatten und tappte danach auch ins Wohnzimmer, ohne sich die Schuhe abzustreifen.

»Soll ich die Schuhe ausziehen?«, fragte Froelich trotzdem.

Sie blieb stehen, wie vom Donner gerührt, sah an sich hinunter und musterte dann die Spur aus braunem Dreck, die sich über ein kurzes Stück Parkett und quer über die Terrasse zog.

»Scheiße«, zischte sie, dann sah sie Froelich entschuldigend an und lächelte. »Ich bin wohl gerade nicht so ganz bei der Sache.«

Sie ging mit zwei großen Schritten zurück auf die Terrasse, streifte die Stiefel ab und kehrte auf Socken ins Haus zurück. Froelich zog seine Schuhe aus, folgte ihr nach drinnen und achtete darauf, nicht in die Erdkrumen zu treten, die sie auf dem Wohnzimmerboden hinterlassen hatte.

»Entschuldigen Sie bitte, wenn ich etwas durcheinander bin«, ließ sich Daniela Kieß aus der Küche vernehmen. »Es kommt ja nicht jeden Tag vor, dass ein …«

Klappern, Zischen, und schon kam sie mit zwei dampfenden Kaffeetassen ins Wohnzimmer.

»… dass ein Musikerkollege meines Mannes stirbt.«

Sie stellte die Tassen auf einem großen Tisch aus hellem Holz ab und bot Froelich einen Platz an. Dann deutete sie auf eine Schale mit Schokokeksen, Zuckertütchen und Milchdöschen.

»Bitte, nehmen Sie.«

»Danke. Spielte Herr Jäger denn schon lange mit Ihrem Mann in einer Band?«

Sie lächelte wehmütig.

»Es klingt seltsam, wenn Sie ihn ›Herr Jäger‹ nennen. Für uns war er immer nur der Mick. Wissen Sie, wenn man sich so lange kennt wie wir, hat man sich so an den Spitznamen gewöhnt ...«

»Wie lange kennen Sie und Ihr Mann ihn schon, den Mick?«

Sie dachte eine Weile nach, dann zuckte sie mit den Schultern.

»Eigentlich schon immer. Mein Mann und Mick waren schon als Kinder immer zusammen. Die sind beide in Besigheim aufgewachsen, in der Türkengasse, die Mütter wohnen noch immer dort.«

Froelich nickte.

»Ach ja, klar, als Bestatter haben Sie natürlich schon mit Micks Mutter gesprochen, dann wissen Sie das schon.«

»Vor dem Haus habe ich Ihre Schwiegermutter getroffen«, sagte er darauf nur.

Daniela Kieß seufzte.

»Na fein. Was hat sie denn wieder zu zetern gehabt? Über Mick sollte sie eigentlich nichts Schlechtes erzählt haben – den mochte sie.«

»Sie eher nicht, hatte ich den Eindruck.«

Daniela Kieß lachte bitter.

»Das haben Sie jetzt aber sehr höflich ausgedrückt. Die Frau hasst mich, aber mir geht es mit ihr nicht anders. Und solange sie nur ab und zu mal anruft, soll sie ihr Gift verspritzen, wo sie mag – das halte ich schon aus.«

Sie sah wirklich so aus, als käme sie mit der Abneigung ihrer Schwiegermutter einigermaßen zurecht. Und das war auch nicht das Thema, das Froelich interessierte.

»Wie lange gibt es die Band Ihres Mannes denn nun schon?«

»Die Stony Rolls? Das müssten inzwischen achtzehn, neunzehn Jahre sein. Aber es war nicht die erste Band, in der

Richard und Mick zusammengespielt haben. In der Schulzeit fing das an, wechselnde Gruppen, wechselnde Mitmusiker – erst mit den Stony Rolls ist das beständiger geworden. Mick war als Bassist von Anfang an dabei, Richard als Sänger und Gitarrist – an den anderen Instrumenten gab es ab und zu mal einen Wechsel.«

Sie nahm einen Schluck Kaffee, verzog das Gesicht, leerte zwei Zuckertütchen in die Tasse und rührte um.

»Mein Mann hatte zuletzt wieder mehr Zeit in die Band gesteckt. Er wollte wohl noch einmal durchstarten. Beruflich läuft es bei ihm seit etwa zwei Jahren eher zäh. Er arbeitet bei einem Autozulieferer, mittlere Führungsebene, wie man das so nennt. Das heißt, man hat viel Druck von oben, aber nicht viel zu sagen – und das Team, das man führen soll, sieht einen eher als Kollegen denn als Vorgesetzten. Das ist eine Zeitlang ganz okay, vor allem, wenn man darauf hoffen darf, dass es bald die nächste Stufe auf der Karriereleiter hinaufgeht. Aber da sah es für meinen Mann wohl nicht besonders gut aus. Ich weiß allerdings nicht, warum – er erzählte in letzter Zeit nicht mehr so gern über seine Arbeit. Entweder hatte er nicht die nötigen Beziehungen, oder er war vielleicht auch nicht gut genug, keine Ahnung.«

Sie zuckte mit den Schultern. Froelich beobachtete sie – die Karrierechancen ihres Mannes schienen ihr eher gleichgültig zu sein.

»Finanziell braucht er eine Beförderung nicht unbedingt, seine Firma zahlt ganz gut. Aber fürs Ego wär's halt schön, nehme ich an. Aber so hängt er irgendwie dazwischen. Er geht früh ins Geschäft und kommt spät heim, hat keine Aussicht darauf, dass ihn das wirklich voranbringt. Und wenn er dann endlich daheim ist, stänkert er herum und ist muffelig und zu nichts zu gebrauchen.«

Daniela Kieß trank etwas Kaffee.

»Irgendwann hatte ich die Nase voll von seiner Laune. Da hab ich ihm zugeredet, er soll sich das alles nicht so sehr zu Herzen nehmen – und er soll sich wieder mehr um sein Hobby, die Musik, kümmern. Da hat er wohl mal auf mich gehört.«

Sie klang nicht, als wäre das oft der Fall.

»Seitdem hatte ich wieder Frieden im Haus. Nur im Proberaum hat's wohl ab und zu mal gekracht, weil er sich manchmal mit mehr Engagement auf Details stürzte, als es den anderen recht war. Aber das bekomme ich meistens eher am Rand mit.«

»Wissen Sie, worum es da ging?«

»Nicht so genau, aber ich nehme an, es war der übliche Kleinkram: Welcher Song wird nachgespielt, wer singt die erste Stimme, wer bekommt Raum für ein Solo – solches Zeug eben. In der Band werden Männer manchmal wieder wie kleine Kinder.«

Sie lächelte.

»Hat sich Ihr Mann auch mit Mick Jäger gestritten?«

»Ja, sicher. Je länger man ein gemeinsames Hobby betreibt, desto mehr Reibungspunkte gibt es doch auch, nicht wahr? Aber das ging nicht über die üblichen Kabbeleien hinaus. Mick hat mir mal erzählt, dass mein Mann penibel darauf achtete, dass er in möglichst wenigen Songs als Sänger im Mittelpunkt stand – und wenn Mick ein Stück vorschlug, das sie nachspielen sollten, war es meistens mein Mann, der dagegen war.«

Daniela Kieß grinste.

»Wie gesagt, die werden da wieder zu kleinen Kindern. Trotzphase, Futterneid, Eifersucht – vielleicht haben sie dort drunten im Proberaum auch immer mal wieder mit den Füßen aufgestampft.«

»Und davon hat Ihnen Mick Jäger erzählt?«

»Ja, klar, wieso auch nicht?«

»Ich meine: Er spricht mit Ihnen über Ihren Mann – bei welchen Gelegenheiten denn?«

Sie stutzte, schluckte, nahm noch etwas Kaffee, dann sah sie Froelich prüfend an.

»Was wollen Sie damit sagen?«

»Nichts. Mir ist das nur gerade aufgefallen, da habe ich nachgefragt. Ein Reflex, eine Angewohnheit – nennen Sie es, wie Sie wollen.«

»Unverschämt, vielleicht?«

Ihre Augen blitzten angriffslustig.

»Entschuldigen Sie bitte, ich wollte Ihnen wirklich nicht zu nahe treten, Frau Kieß.«

»Wenn Sie mit meiner Schwiegermutter gesprochen haben, wird Sie kräftig über mich gelästert haben. Dass ich ihren Musterknaben von Sohn gar nicht verdiene. Dass ich mir auf seine Kosten einen sonnigen Lenz mache. Dass ich … was weiß ich … dass ich morgens meine Liebhaber ins Haus lasse, sobald Richard ins Büro gefahren ist. All so was, richtig?«

Nun zuckte Froelich mit den Schultern. Sie nickte und wirkte etwas deprimiert.

»Klar hat sie so was behauptet. Was die Leute in Besigheim dank meiner Schwiegermutter über mich denken, will ich lieber gar nicht wissen. Wer mich kennt, weiß es besser. Das muss genügen.«

Sie warf Froelich einen scharfen Blick zu.

»Und Sie sollten nicht alles glauben, was diese alte Kuh über mich in die Welt setzt. Zumal es mit der Trauerrede auf Mick Jäger nicht das Geringste zu tun hat. Mick war ein guter Kerl, ein prima Freund und ein toller Musiker. Das wird Ihnen sicher auch mein Mann bestätigen.«

Sie hatte ein Geräusch an der Haustür bemerkt und stand auf.

»Da kommt er übrigens gerade.«

Daniela Kieß ging in den Flur hinaus. Froelich erhob sich und ging seine Schuhe holen, die noch auf der Terrasse standen. Als er sich umwandte, stand ein groß gewachsener Schlaks in der Tür zum Wohnzimmer. Er sah Froelich fragend an, der in Strümpfen auf ihn zukam, die Schuhe an der linken Hand baumelnd, die rechte Hand zur Begrüßung ausgestreckt.

»Wer sind Sie denn?«

Richard Kieß schien von Höflichkeit nicht allzu viel zu halten. Er warf noch einen mürrischen Blick auf Froelichs Strümpfe, dann warf er die Plastiktüte, die er bei sich trug, aufs

Sofa und stellte sich breitbeinig dem Gast entgegen, die Fäuste in die Hüfte gestemmt.

»Herr Froelich ist Bestatter«, erklärte Daniela Kieß, bevor Froelich sich selbst vorstellen konnte. »Er kümmert sich um Micks Beerdigung.«

»Hm.«

Richard Kieß nickte knapp, dann sah er sich im Wohnzimmer um. Er schien den Tisch, die Kaffeetassen, den Dreck auf dem Boden und die Spuren auf der Terrasse regelrecht zu scannen.

»Wann wird er denn beerdigt?«, fragte er dann.

Sein Tonfall war noch immer nicht besonders freundlich, und er ließ Froelich dabei keinen Moment aus den Augen.

»Das steht leider noch nicht fest. Die Kriminalpolizei hat seinen Leichnam noch nicht freigegeben. Aber wenn Sie möchten, kann ich Sie anrufen lassen, sobald ein Termin festgelegt wurde. Ihre Handynummer habe ich ja.«

Kieß runzelte die Stirn. Froelich erklärte ihm, dass der Wirt des Lokals in der Besigheimer Kirchstraße ihm die Nummer gegeben habe.

»Gut. Und unter dieser Nummer hätten Sie am besten auch angerufen, bevor Sie hierher kommen. Ich mag es nicht so gern, wenn ich heimkomme und schon Besuch antreffe.«

Er streifte seine Frau mit einem kurzen Blick. Die tat so, als habe sie es nicht bemerkt, und räumte die Kaffeetassen ab.

»Ich hatte Ihrer Frau schon erzählt, dass ich dem Pfarrer ein bisschen behilflich bin. Ich höre mich ein wenig unter Mick Jägers Freunden um, damit er seine Trauerrede möglichst persönlich gestalten kann.«

»Mick? So nennen ihn eigentlich nur seine Kumpels. Haben Sie ihn denn gekannt?«

»Nein, aber ich …«

Er zuckte mit den Schultern und lächelte Kieß entschuldigend an.

»Ich bin selbst Musiker, und es hat sich ergeben, dass ich beim Straßenmusikfestival in Ludwigsburg mit meiner Band für Mick Jäger eingesprungen bin.«

»Ach, Sie sind Musiker?«

Er sah Froelich prüfend an und blieb einen Moment länger als nötig an dessen stattlichem Bauch hängen. Ein abschätziges Grinsen spielte um Kieß' Lippen.

»Keyboards«, sagte Froelich, ohne auf das Grinsen zu reagieren. »Wir spielen Blues, Soul, Rhythm & Blues, Klassiker und weniger bekannte Stücke, und dazu ein paar eigene Songs.«

»So, so, auf dem Straßenmusikfestival. Mick hat mir nach unserer Probe am vergangenen Samstag erzählt, dass er dort auftreten will. Zusammen mit diesen drei Sängerinnen, richtig?«

»Ja, soweit ich gehört habe. Wollten Sie dort nicht auch mitspielen?«

»Na ja, Straßenmusik ...«

Sein Grinsen wurde nun noch etwas herablassender.

»Ich bin nicht so der Typ, der sich für ein paar Münzen im Hut in die Fußgängerzone stellt. Wenn ich das mal nötig habe, lass ich es wohl lieber sein. Aber Mick hat musikalisch so manches gemacht, was für mich nicht infrage käme. Chöre hat er geleitet, und diese Band mit den drei Mädels, mit der er im Blühenden Barock auftreten wollte, wären auch nichts für mich gewesen. Ich steh auf Rock' n' Roll, und der ist Männersache. Mit diesen Ladies hätte Mick auch eher Folk und solches Zeug gespielt.«

Er schnaubte.

»Meinetwegen – wer's mag.«

Richard Kieß wurde Froelich mit jedem Satz unsympathischer.

»Können Sie mir denn etwas über Ihren Jugendfreund erzählen?«

Kieß hob eine Augenbraue.

»Ihre Frau hat mir schon gesagt, dass Sie Mick Jäger schon ewig kennen. Und auch Ihre Mutter habe ich heute getroffen, in Besigheim, direkt vor Ihrem Elternhaus.«

Daniela Kieß, die inzwischen wieder bei ihnen im Wohnzimmer stand und zuhörte, versteifte sich etwas.

»Sie sind aber fleißig«, sagte Kieß. »Da bleibt für den Pfarrer nicht mehr viel zu tun, was?«

»Wie gesagt, ich helfe ein bisschen. Und könnten Sie mir nun ein bisschen was über Ihren Freund erzählen?«

Kieß sah auf die Armbanduhr.

»Viel Zeit habe ich nicht mehr. Die anderen Jungs müssten demnächst hier eintreffen. Wir haben um drei Uhr noch einmal eine letzte Probe für einen Auftritt heute Abend, und ich muss drunten im Proberaum noch was anschließen, bevor wir loslegen.«

»Ach, wenn es Sie nicht stört, kann ich mit Ihnen runtergehen in den Keller. Sie machen dort alles fertig und erzählen mir nebenbei, was Ihnen Wichtiges zu Mick Jäger einfällt.«

Kieß zögerte, aber als er den Blick seiner Frau auffing, ermunterte sie ihn mit einem Nicken.

»Na gut, dann kommen Sie mal mit«, sagte er daraufhin, wandte sich ab und ging in den Flur, ohne darauf zu achten, ob ihm sein Gast auch folgte.

Froelich verabschiedete sich schnell von Daniela Kieß und eilte ihrem Mann auf Strümpfen hinterher. Am unteren Ende der Steintreppe holte er ihn wieder ein, und als Kieß eine der vom Kellergang abgehenden Türen öffnete, schlug ihm ein Schwall muffiger Luft entgegen. Froelich ließ sich auf der zweituntersten Treppenstufe nieder und schlüpfte in seine Schuhe, bevor er den Proberaum betrat. Die Tüte, die Kieß auf dem Weg die Treppe hinunter wieder bei sich getragen hatte, lag inzwischen leer auf einem Keyboard, das links von der Eingangstür auf einem schwarzen Stahlständer ruhte und die dortige Ecke des Raumes beherrschte. Kieß öffnete gerade eine Pappschachtel und packte ein Mikrofon aus. Er schloss ein Kabel an, das lose von einem Mikrofonständer baumelte, und steckte das Mikro in die Halterung.

Hinter dem Mikrofonständer waren zwei Gitarrenboxen zu sehen und darüber ein älterer Röhrenverstärker. Daneben stand ein tragbarer Gitarrenverstärker, und zu Füßen des Mikrofonständers waren zahlreiche kleine Effektgeräte auf eine

Holzleiste montiert. Rechts davon reihten sich eine halbakustische und drei elektrische Gitarren bis zur rechten Wand des Proberaums.

Der Eingangstür gegenüber war ein Schlagzeug aufgebaut, vor der ramponierten Basstrommel bauschte sich ein speckiger Teppich über ein paar schlampig verlegten Kabeln. Froelich sah sich um. Überall waren mehr oder weniger sorgfältig Kabel ausgelegt, die Wände waren mit Eierbechern und Teppichen versehen, darüber war das eine oder andere Plakat aufgehängt – aber einen Verstärker oder eine sonstige Ausrüstung für einen Bassisten konnte er nicht entdecken.

»Wo hatte denn Mick Jäger seinen Platz?«, fragte er deshalb.

Mick Jäger warf Froelich einen kurzen, eigenartigen Blick zu, dann nickte er auf die freie Fläche zwischen Schlagzeug und Keyboard.

»Dort drüben«, sagte er.

Froelich stutzte.

»Nahm Mick Jäger seinen Kram immer mit nach Hause?«

»Nein, nur manchmal. Aber er hat …«

Kieß bückte sich und schob die Leiste mit den Effektgeräten umständlich hin und her, bis sie sich schließlich wieder exakt auf dem bisherigen Platz befand. Dann richtete er sich wieder auf und sah Froelich abweisend an.

»Er hat die Band verlassen.«

»Ach? Und wann, wenn ich fragen darf?«

»Was geht Sie das an?«, brauste Richard Kieß auf, beherrschte sich aber so gut es ging, als er bemerkte, dass Froelich seinen Ausbruch sehr aufmerksam zur Kenntnis nahm.

»Es tut mir leid, wenn ich da einen wunden Punkt berührt habe«, versicherte Froelich in die entstehende Pause hinein. »Aber ich möchte dem Pfarrer ja keine falschen Informationen geben. Stellen Sie sich vor, er kommt auf Mick Jägers musikalische Projekte zu sprechen, die ja einen wichtigen Teil seines Lebens ausgemacht haben. Er preist Sie und die anderen Mitglieder der Stony Rolls als die besten und engsten Freunde des Verstorbenen, und dabei …«

»Und dabei?«

»… und dabei sitzen Sie und Ihre Bandkollegen da in der Aussegnungshalle und hören den Pfarrer reden und wissen doch nur zu gut, dass Mick die Gruppe im Streit verlassen hat.«

»Im Streit? Woher …« Kieß unterbrach sich und setzte neu an. »Woher wollen Sie das denn wissen?«

»Nun ja, als ich jünger war und selbst in diversen Gruppen mitgespielt habe, verließ kaum einer seine Band, wenn die Chemie zwischen den Mitgliedern noch stimmte. Da war fast immer Streit im Spiel. Der eine konnte die Songs nicht durchsetzen, die er unbedingt spielen wollte. Der andere hätte gern häufiger die Leadstimme gesungen. Dem nächsten passte es nicht, dass er nicht mehr so viele Soli spielen durfte wie früher. Solche Sachen eben.«

Kieß rang sich ein verächtliches Grinsen ab. Es wirkte dünn und aufgesetzt.

»Vielleicht ist das einfach schon zu lange her bei Ihnen. Vielleicht ist heute längst alles ganz anders. Das können Sie natürlich nicht wissen, nicht wahr?«

Froelich wusste, dass Kieß ihn mit solchen Bemerkungen verletzen wollte, aber wenn ihm jemand unsympathisch war, konnte er so etwas mühelos an sich abprallen lassen. Ohnehin klang die Spitze aus dem Mund von Kieß etwas albern: Er konnte nicht mehr als zwei oder drei Jahre jünger sein als Froelich.

»Und«, fragte Froelich deshalb seelenruhig, »war es bei Ihnen und Mick ganz anders?«

Das Grinsen wurde noch etwas dünner.

»Ich wüsste zwar wirklich nicht, was Sie das angeht«, versuchte sich Kieß an einem besonders herablassenden Tonfall, »aber bevor Sie sich etwas Falsches zusammenreimen und der Pfarrer in seiner Trauerrede Blödsinn erzählt: Mick wollte sich musikalisch neu orientieren. Er hatte mit diesen drei Mädels beim Straßenmusikfestival angeheuert, obwohl wir heute Abend einen Auftritt in einem wichtigen Club haben. Außerdem hatte er wohl auch mit seinen Chören und all den anderen Projekten so viel um die Ohren, dass er nicht mehr mit ganzem Herzen Bassist der Stony Rolls sein konnte.«

»Ach, und da haben Sie ihn rausgeworfen?«

Kieß presste die Lippen aufeinander.

»Ich meine«, schob Froelich nach, »immerhin hat er Ihre Band hängenlassen, um sein anderes Projekt voranzutreiben.«

»Ich ...«

»Sie sind immerhin der Bandleader. Bei Ihnen im Haus wird geprobt. Sie haben die Stony Rolls mitgegründet.«

»Wir sind im gegenseitigen Einvernehmen auseinandergegangen«, sagte er, und es klang so hölzern wie seine Wortwahl.

»Und wann?«

»Am vergangenen Samstag nach der Probe.«

»So kurzfristig hat er Sie hängen lassen? Also, ich wäre da sauer.«

»Mick und ich waren so lange befreundet, da muss man so etwas auch mal aushalten.«

»Und den Auftritt mussten Sie trotzdem nicht absagen? Wie haben Sie denn so schnell Ersatz für Ihren Bassisten gefunden?«

»Ach«, winkte Kieß ab. »Man soll über Tote ja nicht schlecht reden, aber als Bassist war Mick leider nicht so besonders. Über die Jahre lernt man den einen oder anderen Musiker kennen, also habe ich einen Bekannten gefragt, und der war auch gleich bereit, für Mick einzuspringen. Musikalisch werden wir uns dadurch sicher nicht verschlechtern, so viel ist sicher.«

Er hatte das alles so dahingesagt, aber es schwang schon eine gewisse Abneigung gegen Mick Jäger mit. Froelich konnte nicht überhören, dass das »gegenseitige Einvernehmen«, von dem Kieß erzählt hatte, ähnlich verlogen war wie in den meisten Fällen in Sport und Wirtschaft.

»So«, fügte Kieß noch an und sah sehr auffällig auf seine Armbanduhr, »ich muss jetzt auch. Mehr Zeit habe ich leider nicht für Sie. Ich bring Sie noch schnell zur Tür.«

Damit ging er aus dem Proberaum, blieb auf der untersten Stufe der Treppe stehen, bis Froelich zu ihm aufgeschlossen hatte, und ging seinem Gast voran zum Ausgang. Er drückte die Klinke und ließ die Tür aufschwingen. Es war ein Rauswurf erster Klasse.

Draußen fuhr ein Lieferwagen vor, drei Männer um die vierzig stiegen aus und zogen die seitliche Schiebetür auf. Kieß winkte den Männern zu. Froelich drückte sich an ihm vorbei aus dem Haus, dann drehte er sich noch einmal um.

»Ihre Frau sprach gar nicht davon, dass Sie Mick Jäger … ich meine: dass er die Band verlassen hat«, sagte Froelich. »Aber Sie kennen ihn beide schon so viele Jahre, dass sie sicher nicht vergessen hätte, mir gegenüber seinen Ausstieg zu erwähnen. Kann es sein …«

Kieß hatte gar nicht mehr auf Froelich geachtet, nun sah er ihn irritiert an.

»Kann es sein, dass Ihre Frau davon noch gar nichts weiß?«

»Ach ja, das muss ich ihr noch …«

Froelich ließ ein leichtes Lächeln um seine Lippen spielen. Die Miene von Richard Kieß wurde ausgesprochen ärgerlich, und Froelich nickte daraufhin, als wäre ihm soeben etwas klar geworden. Eine Geste, die Kieß nur noch wütender werden ließ.

»Raus hier, jetzt, sofort!«

Froelich wandte sich zum Gehen, grüßte die drei Männer aus dem Lieferwagen, die an ihm vorbei einen Bassverstärker, eine sperrige Lautsprecherbox auf einem Sackkarren und einen Bassgitarrenkoffer aufs Haus zuschleiften. Am Gehweg angelangt, drehte er sich noch einmal um. Richard Kieß achtete schon nicht mehr auf ihn, stattdessen klatschte er die drei Männer ab und gab ihnen den Weg in den Flur frei.

»Du kennst den Weg ja schon, Ralf«, sagte er zu dem Mann mit dem Bassgitarrenkoffer, der als Letzter das Haus erreicht hatte. »Einfach immer rein mit dir.«

Als Kieß ihnen den Rücken zukehrte, um die Eingangstür zuzudrücken, sah er Froelich neben dem Lieferwagen stehen.

Er fing dessen aufmerksamen Blick auf und ließ daraufhin mit sehr mürrischer Miene die Tür ins Schloss fallen.

* * *

Weil das Ehepaar Kieß am Südrand von Marbach wohnte, hatte er die Stadt über den Kreisel am Ortsende in Richtung Ludwigsburg-Poppenweiler verlassen, und er war auf der Ebene hoch über dem Neckar gerade auf die Straße zu dem ebenfalls zu Ludwigsburg gehörenden Dorf Neckarweihingen eingebogen, als sein Handy klingelte. Er griff nach dem Telefon, das in der Mittelkonsole vor sich hin dudelte, und fuhr einhändig weiter. Er hatte nicht erst auf die Nummer auf dem Display geachtet, und als sich Alexander Maigerle meldete, fragte er ihn gleich, was er nun von seinem Kripokollegen in Ludwigsburg erfahren habe.

»Mein Kollege hat mir das alles natürlich unter der Hand verraten, und ich will auch nicht, dass du das herumposaunst, sonst kommen wir beide in Teufels Küche.«

»Natürlich, Alex, ich schwöre.«

»Das würde ich bleiben lassen, sonst fährst du vollends freihändig. Du hörst dich nicht so an, als würdest du über die Freisprecheinrichtung mit mir telefonieren.«

Froelich setzte schon zu einer lahmen Entschuldigung an, aber Maigerle lachte nur.

»Fahr halt nirgends drauf. Also: Mick Jäger hat von seinem Mikrofon einen Stromschlag bekommen, der dazu geführt hat, dass er nach hinten gestürzt ist und sich die Hirnblutung zuzog, das wussten wir ja schon.«

»Und Kalli auch«, merkte Froelich an. »Er hat es uns schließlich erzählt. Woher der das wohl hat?«

»Die Leute quatschen halt, wenn einer in der Nachbarschaft tot daliegt, und vielleicht hat sich derjenige verplappert, der ihn tot in der Wohnung fand. Das macht dann natürlich schnell die Runde. Oder dein Geschäftsführer in Besigheim …?«

»Achim Fischer? Unmöglich. Der ist so korrekt, dass es kaum mit ihm auszuhalten ist – dem kommt kein falsches Wort über die Lippen, das kannst du mir glauben.«

»Schon gut, Gottfried. Ich wollte dem Mann ja auch nichts unterstellen.«

Froelich sah ein kurzes Stück vor sich auf der rechten Seite einige Gartengrundstücke und danach die Einmündung eines Feldwegs. Er bremste und stellte den Wagen auf dem Weg ab.

»Wer hat den Leichnam eigentlich entdeckt?«

»Ein gewisser Klaus Hardtmann.«

»Aha? Und wie kam der in die Wohnung von Mick Jäger?«

»Der hatte einen Schlüssel. Und jetzt halt dich fest, Gottfried: Dieser Hardtmann ist Elektriker, er wollte gestern ein paar Reparaturarbeiten in Jägers Wohnung ausführen.«

»Und an Jägers Mikro könnte durchaus jemand herumgefummelt haben, der sich mit Elektrik auskennt, klar. Hat er den Wohnungsschlüssel denn vom Hausmeister bekommen?«

»Der Hausmeister sagt nein, und Hardtmann beteuert, dass ihm Jäger den Schlüssel übergeben hat, damit er auch dann in die Wohnung kann, wenn niemand da wäre. Mick Jäger konnte vorher wohl nie genau sagen, wann er da und wann er unterwegs war.«

»Deine Ludwigsburger Kollegen haben den Elektriker gleich mitgenommen, nehme ich an?«

»Hätten sie gerne, aber als sie in Jägers Wohnung ankamen, war Hardtmann schon weg.«

»Was ihn natürlich sehr verdächtig erscheinen lässt.«

»Nicht unbedingt: Er ist in die Wohnung gefahren, in der er gemeldet ist. Er und drei andere Personen – eine WG, wie es aussieht. Es kann also durchaus auch sein, dass er einfach völlig durch den Wind war, als er plötzlich einen Toten vor sich liegen sah. Damit hat ja nicht jeder so viel Erfahrung wie du, Gottfried. Zwei Kollegen haben ihn dort angetroffen und haben ihn zur Befragung mitgenommen. Es muss wohl recht turbulent zugegangen sein, aber am Ende ist er friedlich mitgegangen und hat auch alle Fragen beantwortet.«

»Und was kam raus?«

»Dass die Kripo Ludwigsburg ihn gestern Abend wieder heimgehen lassen musste. Hardtmann schwor Stein und Bein, dass Mick Jäger schon reglos am Boden gelegen habe, als er am Freitagvormittag die Wohnung betrat. Das passt auch zu allem, was die Rechtsmedizin herausgefunden hat: Jäger starb am Donnerstagabend so gegen elf Uhr, und rechnet man die Zeit mit ein, während der die Hirnblutung zum Tod führte, müsste Mick Jäger den Stromschlag etwa um neun Uhr abends abbekommen haben. Mit dem Schlüssel hätte Hardtmann natürlich auch schon am Vorabend in der Wohnung sein können, aber am Mikrofon waren weder Fingerabdrücke von ihm zu finden noch Spuren, die darauf hinweisen, dass da in jüngster Zeit etwas abgewischt wurde oder dass jemand mit Handschuhen drangefasst haben könnte.«

»Bleibt noch die Möglichkeit, dass er das Mikro schon vor einiger Zeit manipuliert hat. Weiß die Kriminaltechnik denn da schon Genaueres?«

»Du bist nicht schlecht, Gottfried. Falls das mit dem Bestatten mal nicht mehr laufen sollte, kann ich dich gerne für einen Job bei der Kripo empfehlen.«

»Ach, gestorben wird immer, wie schon mein Großvater Fürchtegott selig sagte. Und – weiß die Kriminaltechnik da schon etwas?«

»Nein, da sind sie noch dran. Das wäre die letzte Möglichkeit, die gegen den Elektriker sprechen würde. Wobei sich niemand vorstellen kann, welches Motiv dieser Hardtmann haben könnte – aber da sind die Kollegen ebenfalls noch dran.«

»Sag mal, Alex«, hakte Froelich nach einer kurzen Pause nach. »Würdest du einem Handwerker einfach so deinen Wohnungsschlüssel geben?«

»Ich weiß nicht recht. Wenn ich ihn gut genug kenne, vielleicht schon. Und das scheint hier auch der Fall gewesen zu sein. Klaus Hardtmann war wohl der Bruder einer Sängerin, mit der Mick Jäger zuletzt zusammenspielte. Auch sie wohnte in dieser WG.«

»Eines der drei Mädels, mit denen er im Blühenden Barock auftreten wollte?«

»Kann sein, aber dazu konnte mir mein Kollege bisher noch nichts sagen.«

»A propos – darf ich deinen Kollegen in Ludwigsburg mal anrufen, wenn ich was herausfinde – oder vielleicht noch selbst eine Frage an ihn habe?«

Maigerle lachte.

»Hab ich mir's doch gedacht!«, sagte er dann. »Ich hab ihn schon vorgewarnt, dass genau das passieren könnte. Erst war er etwas reserviert, weil er mir alles ja nur ganz im Vertrauen erzählte – aber dann habe ich ihm etwas mehr über dich erzählt, und ich habe ihm Stein und Bein geschworen, dass du alles für dich behältst, was du von ihm hörst. Und dass du nichts unternehmen wirst, was der Polizei ins Handwerk pfuschen und die Ermittlungen stören könnte.«

Froelich seufzte.

»Und, Gottfried?«, drängte Maigerle.

»Ich versprech's dir.«

»Du bist inzwischen rechts rangefahren, oder?«

»Ja, warum?«

»Gut, dann kannst du ja jetzt schwören. Also: Schwör's! Bei ... bei deinem Keyboard.«

Maigerle ließ nicht locker, aber es war ihm anzuhören, dass er den Schwur nur im Spaß verlangte. Erleichtert nickte Froelich, kreuzte die Finger der linken Hand und sagte: »Ich schwöre.«

* * *

Froelich war noch nicht wieder losgefahren und hatte das Handy gerade erst wieder in der Mittelkonsole abgelegt, als es schon wieder klingelte. Diesmal war Lena Fischer dran.

»Mich hat gerade jemand angerufen, und ich dachte, dass Sie das vielleicht interessieren könnte. Eine Christina Gienger hat mich gefragt, ob wir denn schon einen Termin für Mick Jägers Begräbnis hätten. Und als ich das verneinte, hat sie mich gebeten, dass ich sie anrufen solle, sobald ein Termin feststeht.«

»Ist sie eine Verwandte des Toten?«, fragte Froelich.

»Nein, sie hat sich als eine Sängerin vorgestellt, die mit Mick Jäger zu einer Folkband gehört. Sie ist wohl eine der drei Frauen, die mit ihm in Ludwigsburg auftreten wollten – die Band, für die Sie kurzfristig eingesprungen sind, Herr Froelich. Ich weiß ja nicht, ob Sie von den drei Frauen schon eine Kontaktadresse haben, aber falls nicht: Ich kann Ihnen die Telefonnummer geben.«

Froelich notierte sich die Nummer. Die Vorwahl war die 07141 von Ludwigsburg, und gleich nach dem Gespräch mit Lena Fischer tippte er die Nummer ein.

»Gienger«, meldete sich eine angenehm raue Stimme am anderen Ende.

Froelich stellte sich als Eigentümer des Besigheimer Bestattungsinstituts vor und er erwähnte, dass ihn Lena Fischer gerade über ihren Anruf informiert habe. Er sagte seine übliche Ausrede von der Recherche für die Trauerrede des Pfarrers auf und fragte, ob er vielleicht kurz vorbeikommen könne. Die Frau wirkte ein wenig überrumpelt, und als sie sich nach kurzem Zögern einverstanden zeigte, bekam Froelich einen Moment lang ein schlechtes Gewissen: Christina Gienger klang sehr bedrückt. Aber seine Neugier behielt die Oberhand. Sie nannte eine Adresse im Sudetenring in Neckarweihingen.

»Vierter Stock«, sagte sie dann noch, »aber Sie haben Glück, der Aufzug ist seit gestern wieder in Betrieb.«

Fünf Minuten später rollte der Leichenwagen vor ein Ensemble aus drei siebengeschossigen, direkt aneinandergebauten Mehrfamilienhäusern. Der Sudetenring war von einigen Reihenhäusern, größtenteils aber von drei- bis siebenstöckigen Wohnblöcken umstanden. Ein breiter Hochhausklotz von zwölf Etagen bildete nach Osten hin einen mächtigen Riegel.

Froelich fand eine hinreichend geräumige Parklücke und stellte den Wagen ab. Zwei ältere Passanten schauten interessiert auf die Milchglasscheiben des Laderaums, aber als sie merkten, dass sie nicht ins Innere des Wagens schauen konnten, schlurften sie enttäuscht weiter. Froelich war nicht ganz sicher, aber er glaubte, dass sie im Weggehen etwas sagten wie: »Erst die Polizei, jetzt der Leichenwagen – was da wohl schon wieder los ist?«

Er überflog unter der genannten Hausnummer die Reihe der Klingelschilder, bis er das richtige gefunden hatte: »Gienger/Waassen/Mopeser«. Er klingelte, und schon im nächsten Moment summte der Türöffner. Der Aufzug funktionierte zwar, aber er wirkte weder allzu neu noch allzu sauber. Die abgestandene Luft und das ruckelnde Anfahren und Stoppen der Kabine schnürten Froelich fast den Atem ab, und so war er heilfroh, als sich im vierten Stock die Türen öffneten und er auf den Flur hinaustreten konnte. Eine der Wohnungstüren stand offen, und davor wartete eine Frau Mitte zwanzig, an der ihm als Erstes die mächtige Knubbelnase auffiel, die ihr sonst sehr hübsches Gesicht dominierte.

»Herr Froelich?«

»Ja, und Sie sind Frau Gienger, nehme ich an?«

»Nein, mein Name ist Diana Waassen. Ich wohne auch hier. Tina ist im Wohnzimmer, ich ... Ich weiß nicht recht, ob es wirklich besonders sinnvoll ist, wenn Sie jetzt mit ihr reden.«

»Aber ich habe sie doch gerade am Telefon gesprochen. Sie hat gesagt, ich könne gerne vorbeikommen. Das war vor etwa fünf Minuten.«

Sie machte eine entschuldigende Miene.

»Ich will natürlich nicht aufdringlich sein«, lenkte Froelich ein und blieb stehen, machte aber keine Anstalten wieder zum Aufzug zurückzukehren.

Dessen Türen hatten sich inzwischen wieder geschlossen, es war zu hören, wie sich die Kabine ruckelnd und ratternd wieder in Bewegung setzte. Diana Waassen hatte kurz nachgedacht, nun zuckte sie mit den Schultern.

»Ach, es wird schon gehen. Sie werden als Bestatter ja einfühlsamer sein als ...«

Sie ließ den Satz unvollendet, drehte sich um und ging Froelich voraus in die Wohnung. Er folgte ihr und zog die Eingangstür leise hinter sich zu. Die Wohnung roch angenehm nach Tee und Blumen. Der Flur war mit Parkett oder Laminat ausgelegt, an den weiß getünchten Wänden hingen kleine Aquarelle, die Flusslandschaften oder die Dachgebirge mediterraner Städte zeigten. Vom Flur gingen links und rechts mehrere Türen ab. Eine halb geöffnete Tür linker Hand ließ einen Blick auf eine einfach eingerichtete Küche zu, an der Tür daneben war eine Metalltafel gehängt, auf der »We are open« stand. Vermutlich stand auf deren Rückseite »We are closed«, und dahinter verbarg sich das Badezimmer oder eine Toilette. Die drei Türen auf der rechten Seite waren geschlossen, und auf jeder prangte das Bild eines anderen afrikanischen Wildtieres: eines Löwen, eines Leoparden und eines Nashorns.

An seinem Ende mündete der Flur in ein großes, freundlich möbliertes und sonnendurchflutetes Wohnzimmer. Eine helle Wohnlandschaft, ein Couchtisch und mehrere halbhohe Anrichten aus hellem Holz, dazu Bücher in Regalen, die bis unter die Decke reichten. Dazwischen waren große Pflanzen in Terracottatöpfen platziert, und jeder darüberhinaus verfügbare Platz war vollgestellt mit Gitarrenständern, Percussioninstrumenten und Mikrofonen auf Galgenstativen. An den Wänden hingen Poster, auf denen Joan Baez, Woody Guthrie und Mumford & Sons abgebildet waren. Ein Konzertplakat von Wendrsonn war ebenfalls an die Wand gepinnt – eine Band aus der Backnanger Gegend, die Froelich mal live erlebt und die ihn mit ihrem rockigen Schwabenfolk ordentlich in Wallung gebracht hatte. Das größte Poster zeigte allerdings eine Gruppe, die er nicht kannte. Der Name Värttinä deutete auf eine Herkunft aus Finnland hin, zu sehen waren drei Frauen in roten und schwarzen Röcken und Oberteilen, und dahinter standen einige männliche Musiker, einer davon – geschickt in der Bildmitte postiert – spielte einen spektakulär aussehenden elektrischen Kontrabass, dessen Korpus kaum breiter war als das Griffbrett und der in einen langen metallenen Dorn mündete, auf dem das Instrument aufgestellt war.

Froelich hörte weiche Sohlen langsam und leise über den Holzboden streichen, und als er sich umdrehte, sah er eine vollschlanke Frau mit kurzen rotblonden Haaren zur Couch schlurfen. Sie hatte sich bei Diana Waassen untergehakt und ließ sich von ihr auf einen Platz in der Ecke der Sitzlandschaft führen, der mit bunt bedruckten Kissen weich ausgepolstert war. Die rotblonde Frau – auch sie etwa Mitte zwanzig wie ihre Mitbewohnerin – sank auf die Couch, rückte ein bisschen hin und her, bis sie es gemütlich genug hatte, dann blinzelte sie zu Froelich hin, der inzwischen einen guten Meter von ihr entfernt stand.

»Nehmen Sie doch bitte Platz«, sagte Diana Waassen, wies auf einen Sessel, der ihrer Freundin gegenüberstand, und huschte in den Flur hinaus.

Froelich nickte der Frau auf der Couch kurz zu, schwieg aber. Hinter der modernen Brille schimmerten große graugrüne Augen, die sich langsam mit Tränen füllten. Froelich nahm ein Päckchen Papiertaschentücher auf, das vor ihm auf dem Tisch lag. Er beugte sich ein wenig nach vorn und reichte der Frau ein Taschentuch.

»Danke«, brachte sie leise und etwas zittrig hervor. Sie schob sich die Brille auf die Stirn, tupfte sich die Augen trocken und rückte die Brille wieder zurecht.

»Herr Froelich, richtig?«

Ihre Stimme vibrierte auch in dieser geringen Lautstärke leicht, ein raues, eindringliches Timbre. Froelich nickte.

»Wir haben telefoniert«, sagte Christina Gienger noch, dann verstummte sie wieder, schniefte und tupfte sich mit dem Taschentuch die Nase.

Draußen hörte man Diana Waassen mit Geschirr hantieren. Eine Kaffeemaschine sprang an, und wenig später saßen sie zu dritt um den Couchtisch herum, gefüllte Tassen, eine Thermoskanne, Milch und Zucker zwischen sich auf dem Tisch.

Diana Waassen hatte sich ganz dicht neben ihre Mitbewohnerin gesetzt, streichelte nun ganz behutsam ihren Oberarm und warf ihr ab und zu besorgte Blicke zu. Allmählich schien sich die junge Frau wieder zu fangen, und nach einigen Minuten zerknüllte sie das Taschentuch und steckte es sich in die Hosentasche.

»Mein herzliches Beileid«, sagte Froelich schließlich mit sanfter Stimme.

Christina Gienger schrak hoch und sah ihn mit aufgerissenen Augen an. Auch Diana Waassen hatte ihn für einen Moment angestarrt, aber als sie bemerkte, dass ihr Gast von der Reaktion der beiden Frauen irritiert war, entspannte sie sich wieder etwas.

»Danke«, sagte sie. »Mick Jäger war wie ein alter Freund für uns, auch wenn wir uns noch nicht so lange kannten.«

Nun saß auch Christina Gienger nicht mehr so verkrampft da, und sie nickte zu den Worten der anderen. Dazu nestelte sie das zerknüllte Taschentuch wieder aus der Hosentasche hervor. Froelich musterte die beiden Frauen und wartete.

»Sie dachten zuerst, ich rede von einem anderen Toten, nicht wahr?«, sagte er schließlich.

Christina Gienger schniefte, Diana Waassen nickte.

»Und von wem, wenn ich fragen darf?«

Nun sank Christina Gienger langsam nach vorn, sie vergrub ihren Kopf zwischen den Armen, und ihre runden Schultern bebten. Diana Waassen warf Froelich einen kurzen Blick zu, der aber eher entschuldigend als vorwurfsvoll wirkte, dann half sie ihrer Freundin vom Sofa auf und führte sie in Richtung Badezimmer davon. Froelich saß allein im Wohnzimmer. Er nippte an dem starken Kaffee, gab etwas Milch und Zucker dazu, rührte um und wartete und horchte. Ab und zu war durch die Badtür ein gedämpftes Schluchzen zu hören, irgendwann lief das Wasser, dann war wieder Ruhe. Als Diana Waassen die Badezimmertür leise hinter sich zuzog und ins Wohnzimmer zurückkehrte, waren gut fünfzehn Minuten vergangen.

»Tina macht sich Sorgen um ihren Bruder Klaus«, sagte sie und setzte sich wieder. »Der ist seit Micks Tod ziemlich durch den Wind, und da …«

Sie seufzte, ließ den Satz aber unvollendet.

»Tut mir leid«, sagte Froelich und machte Anstalten, sich aus dem Sessel zu wuchten. »Ich wollte Ihrer … Freundin nicht wehtun.«

Diana Waassen hatte die kleine Pause im Satz bemerkt, und ganz kurz spielte ein spöttisches Lächeln um ihre Lippen.

»Tina, Carina und ich leben hier als WG zusammen. Wir sind inzwischen tatsächlich Freundinnen geworden, aber wenn wir gemeinsam um die Häuser ziehen, haben wir eher Männer im Auge.«

Froelich schwieg betreten. Er hatte nichts andeuten wollen, er war nur für einen Moment unsicher gewesen, wie er sich ausdrücken sollte. Nun brannte sein Gesicht vor Scham wie Feuer, und er wäre am liebsten im Boden versunken.

»Sie müssen sich nicht genieren, Herr Froelich«, fuhr Diana Waassen fort, von seiner Verlegenheit offenbar schon wieder mit ihm versöhnt. »Nicht für Tinas Tränen und nicht für Ihren Irrtum von eben. Micks Tod hat uns dreien sehr zugesetzt – und jetzt noch das mit Klaus …«

Er sah sie fragend an.

»Die Polizei war hier. Erst die Kripo, gestern um die Mittagszeit. Und jetzt eben – in den paar Minuten zwischen Ihrem Telefonat mit ihr und Ihrem Eintreffen bei uns – noch einmal zwei Beamte in Uniform.«

Sie lächelte gequält.

»Die haben ihren Streifenwagen direkt vor dem Hauseingang abgestellt – und jetzt sind Sie auch noch ausgerechnet mit einem Leichenwagen gekommen. Das Gerede der Nachbarn kann ich mir schon jetzt lebhaft ausmalen.«

Froelich dachte an die beiden älteren Passanten, die er vorhin wohl doch richtig verstanden hatte, aber er sagte nichts dazu. Diana Waassen entschuldigte sich für einen Moment, ging noch einmal ins Badezimmer, um nach ihrer Freundin zu sehen. Dann kehrte sie ins Wohnzimmer zurück und sah ihn nachdenklich an.

»Worüber wollten Sie eigentlich mit Tina reden?«

»Mein Institut in Besigheim kümmert sich um die Beerdigung von Mick Jäger. Und Frau Gienger hat dort angerufen, weil sie sich nach dem Termin für die Trauerfeier erkundigen wollte.«

»Ja. Eigentlich wollte ich anrufen, aber sie war schneller. Den Namen Ihres Instituts hatten wir von Micks Mutter. Mit ihr haben wir gestern noch telefoniert. Wir machen ja nicht nur Musik mit Mick ...«

Sie unterbrach sich und schluckte.

»Wir waren auch sehr gut befreundet. Mick ist jemand, zu dem man schnell einen guten Draht bekommt. Musikalisch sowieso, aber auch menschlich. Zwischen ihm und uns hat einfach die Chemie gestimmt.«

Diana Waassen blinzelte, dann lächelte sie traurig.

»Sie sind gut im Zuhören, Herr Froelich.«

Er zuckte mit den Schultern.

»Das bringt mein Beruf so mit sich.«

»Aber was Sie mit Tina besprechen wollten, haben Sie mir noch nicht gesagt. Dass es noch keinen Termin gibt, hat sie schon am Telefon erfahren. Und Ihre Mitarbeiterin hat sich unsere Nummer notiert und wollte Bescheid geben, sobald der Tag der Bestattung feststeht. Warum sind Sie also extra hierhergefahren?«

Froelich dachte kurz daran, seinen üblichen Spruch von der Trauerrede und der Hilfe für den Pfarrer abzuspulen, aber warum auch immer: Diesmal fühlte sich das für ihn falsch an.

»Auf den Tod von Mick Jäger bin ich nur zufällig gestoßen«, begann er. »Das Institut in Besigheim gehört mir zwar, aber ich habe mit dem Tagesgeschäft dort nichts zu tun. Darum kümmert sich das Ehepaar Fischer, da braucht's mich nicht. Ich habe noch einige weitere Niederlassungen, und persönlich kümmere ich mich vor allem um mein Institut in Esslingen, wo ich auch wohne. Ich bin selbst Musiker, hobbymäßig natürlich nur, und die Band, in der ich mitspiele, sprang kurzfristig für Ihr Quartett ein.«

Sie hob die Augenbrauen.

»Kalli – der Name sagt Ihnen was?«

Sie nickte.

»Der kennt den Gitarristen und Sänger meiner Band, die beiden trafen sich am Nachmittag, und kurz darauf haben wir unseren Kram ins Auto gepackt und sind nach Ludwigsburg gefahren.«

»Ins Auto gepackt?«, echote sie. »Sie meinen … in den Leichenwagen?«

Froelich nickte.

»Sie sind schon eine Marke, Herr Froelich!«

Leise lachend schüttelte sie den Kopf.

»Na ja … und ich habe eine Schwäche dafür, manchmal ein bisschen den … sagen wir: Privatdetektiv zu spielen.«

Er erzählte ihr von den vier Mordfällen, in denen er bisher auf eigene Faust recherchiert hatte. Und davon, dass die Polizei in der Regel ganz gut damit zurechtkam, dass sie in ihm eine Art freien Mitarbeiter hatte – solange er alles für sich behielt beziehungsweise nur an die Polizei weitergab, was er in Erfahrung brachte.

»Gibt es für Bestatter auch so etwas wie eine Schweigepflicht?«, fragte sie.

»Nein, rechtlich gesehen nicht – aber ich persönlich bin nicht nur gut im Zuhören, sondern auch im Für-mich-Behalten.«

»Hm«, machte Diana Waassen und sah ihn nachdenklich an. »Und was versprechen Sie sich davon, dass Sie sich wegen Micks Tod umhören?«

»Informationen«, sagte Froelich. »Hinweise auf Zusammenhänge, die der Polizei vielleicht entgangen sind. Oder die sie ohne die Hilfe von Freunden, Mitmusikern, meinetwegen auch Konkurrenten von Mick Jäger nicht richtig einordnen kann.«

Diana Waassen sah aus, als versuchte sie, aus dem Mann vor sich schlau zu werden.

»Manche Menschen tun sich leichter«, fuhr Froelich fort, »mit mir zu reden als mit der Kripo. Der eine hat Angst, dass er sich womöglich selbst in Schwierigkeiten bringt. Die andere ist sauer auf die Polizei, weil sie ihrer Freundin gestern und heute so weh getan hat.«

Er zuckte mit den Schultern und lächelte Diana Waassen an.

»Und in diesem speziellen Fall kommt noch dazu, dass ich als Musiker einen ganz anderen Zugang zu den Machern und den Teilnehmern des Straßenmusikfestivals habe als ein Kripobeamter, der dort eine offizielle Befragung beginnt.«

Froelich ließ eine kurze Pause. Die Frau vor ihm kratzte sich an der Nase, nahm noch einen Schluck Kaffee und fuhr sich mit den Fingern durch den akkurat gestutzten Pagenschnitt.

»Übrigens soll ich Ihnen von Kalli und einigen anderen ausrichten, dass Sie sich vorsehen sollen.«

»Vorsehen? Weswegen?«

»Kennen Sie Dieter Pfleiderer?«

»Sie meinen Dizzy, oder? Ja, den kenne ich.«

Sie verdrehte die Augen.

»Kalli meinte, dass Dizzy nun, wo Mick tot ist, versuchen könnte, Sie und Ihre beiden Freundinnen unter Vertrag zu nehmen. Mick Jäger hat ihn zuvor wohl schon abblitzen lassen.«

»Da kommt Ihre Warnung zu spät, Herr Froelich.«

Er stutzte.

»Dizzy war schon hier«, sagte sie. »Wir haben uns hier auch schon beim ersten Mal getroffen, als Mick noch ... als er diesen Dizzy noch weggeschickt hat.«

»Und? Haben Sie unterschrieben?«

Sie warf ihm einen empörten Blick zu.

»Also bitte!«, schnaubte sie. »Da sieht man die heiße Luft doch schon von weitem wabern! Ich war allein hier, als er ankam. Das war heute Vormittag, so gegen halb elf. Ich habe so getan, als wäre ich grundsätzlich interessiert, aber ich habe ihm dann ein paar Bedingungen genannt, die wir haben. Die Prozente, die wir uns vorstellen. Auftritte, die er zwingend für uns an Land ziehen muss. Vertragsstrafen, die andernfalls für ihn fällig werden. Und schließlich der Bandname, auf den wir bestehen.«

»Und der wäre?«

»Tina, Mops & Dolly. Er hat dann auch recht schnell das Weite gesucht.«

»Tina ist klar – aber warum nennen Sie beiden anderen sich Mops und Dolly?«

»Mein Spitzname ist Dolly – weil ich meiner älteren Schwester wie aus dem Gesicht geschnitten aussehe. Leider.« Sie deutete auf ihre knubbelige Nase. »Wie geklont, Sie verstehen? Dolly, das Schaf …«

»Und Ihre Freundin Carina ist etwas fülliger?«

»Nö, das ist die Magerste von uns dreien – wir haben ihren Nachnamen Mopeser etwas verkürzt.«

Froelich nickte.

»Gut, dass Sie diesen Dizzy vergrault haben. Den scheint auch von den Leuten beim Festival kaum einer zu mögen.«

Dann setzte er neu an.

»Mick Jäger war dagegen sehr beliebt bei allen, die ihn kannten. Wir saßen gestern Nacht noch lange im Garten der Remise zusammen. Lagerfeuer, Gitarren, Percussion – eine tolle Stimmung ist das dort. Und jeder, der mir etwas über Mick erzählen konnte, schwärmte geradezu von ihm. Als Musiker und als Mensch.«

Diana Waassens Augen schimmerten ein wenig. Und ein bisschen schämte sich Froelich, dass er nun noch einen draufsetzte, um sie endlich zum Reden zu bringen.

»Gestern, am Lagerfeuer, hat einer der Musiker, ein Typ aus Hamburg, eine kurze Rede auf Mick Jäger gehalten, eine sehr kurze, und hat dann Micks Lieblingslied angestimmt.«

»Cohens ›Hallelujah‹?«

»Ja, genau das. Alle haben mitgesungen, es war die schönste Version, die ich je gehört habe. Das war sehr ergreifend.«

Sie nickte, und Froelich wartete einige Minuten, bis sie wieder den Blick hob, ihn noch einmal prüfend ansah und dann endlich zu erzählen begann.

»Tinas Bruder Klaus hat Mick gefunden. Er sollte etwas in seiner Wohnung reparieren, Klaus ist Elektriker. Da hat er ihn mitten im Wohnzimmer liegen sehen.«

»Ach, Klaus Hardtmann ist der Bruder von Frau Gienger?«, fragte Froelich.

Diana Waassen stutzte, Froelich zuckte mit den Schultern.

»Der Gitarrist in meiner Band ist bei der Kripo, und ...«

Sie schüttelte grinsend den Kopf.

»Gienger – Hardtmann«, fragte er dann, »wer von den beiden Geschwistern hat denn geheiratet?«

»Klaus hat den Namen seiner Frau angenommen.«

Sie verzog einen Moment lang das Gesicht.

»Seiner Exfrau. Unschöne Geschichte, aber wenigstens ohne Tote.«

Diana Waassen schnaubte und versank in grüblerisches Schweigen. Froelich wartete eine Zeitlang, aber als sie nicht weiterreden wollte, fragte er nach.

»Wann hat Frau Giengers Bruder den toten Mick gefunden?«

Sie hob den Blick und wirkte einen Moment lang, als müsste sie sich besinnen, was Froelich eigentlich von ihr wollte.

»Das war gestern Vormittag«, antwortete sie schließlich, »so gegen halb elf, dreiviertel elf. Er war ganz aufgelöst, Tina musste ihn erst einmal beruhigen – und sie hat ihm auch angeboten, dass sie den Notarzt rufen könne. Aber er hat nur gemeint, dass er das schon gemacht habe und dass der Arzt jeden Moment da sein müsse. Gut eine halbe Stunde später war Klaus dann hier bei uns. Völlig durch den Wind war er, wir haben immer wieder nachfragen müssen, um zu verstehen, was er uns erzählen wollte. Ich glaube, er hat einen Wahnsinnsdusel gehabt, dass er überhaupt heil mit dem Wagen von Besigheim bis zu uns nach Neckarweihingen kam.«

Diana Waassen schien nun doch froh darüber zu sein, dass sie sich das Erlebte endlich einmal von der Seele reden konnte.

»Wir haben ihm Kaffee gemacht, er hat ein paar Tassen in sich hineingeschüttet, und zwischendurch ist er immer wieder durch die Wohnung getigert. ›Was soll ich jetzt machen?‹, hat er ständig gefragt. ›Der sah mausetot aus!‹ Und: ›Warum muss ausgerechnet ich den finden?‹ Und so weiter und so fort, das ging wie in einer Endlosschleife. Ich bin schier verrückt geworden wegen Klaus, aber Tina hat mit einer Engelsgeduld auf ihn eingeredet, und irgendwann hat er sich dann wieder gefangen. Wirklich ruhig war er nicht, aber er konnte wenigstens mal sitzen bleiben und hat mit seinen Selbstgesprächen aufgehört.«

Sie schüttelte den Kopf.

»Wissen Sie, Herr Froelich, ich habe Klaus noch nie so erlebt. Er wohnt seit ein paar Monaten bei uns im vierten Zimmer, dort drüben.«

Sie nickte zu einer Tür in der Ecke des Wohnzimmers hinüber, die Froelich bisher noch nicht aufgefallen war. Sie befand sich hinter einem Bücherregal, das wie ein kleiner Raumteiler gestellt war, und an der Tür hing das Bild eines Wasserbüffels. Diana Waassen sah Froelichs fragenden Blick und grinste.

»Kennen Sie die Big Five? Die fünf afrikanischen Tiere, die unter Großwildjägern am beliebtesten sind?«

Froelich nickte.

»Wir drei Mädels haben einen kleinen Afrikatick. Jedes unserer Zimmer schmückt ein anderes Tier der Big Five. Tina hat den Löwen, Carina den Leopard, ich natürlich das Nashorn.«

Sie tippte sich auf die klobige Nase.

»Das vierte Zimmer ist so eine Art Gästezimmer: Zu klein zum Vermieten, aber gerade groß genug für ein Bett. Das ist der Büffelraum. Und für das Wohnzimmer haben wir den Elefanten genommen.«

Diana Waassen deutete zur offenstehenden Wohnzimmertür hin. Erst jetzt fiel Froelich auf, dass auch dort das passende Tierbild angebracht war.

»Passt der Büffel zu Klaus Hardtmann?«, fragte Froelich nach einer Pause.

»Ich kenne mich mit Wasserbüffeln nicht so gut aus, aber wenn die stark und verlässlich sind, dann schon. Seit ich Tina kenne, war er immer ihr Fels in der Brandung. Klaus ist gut zwanzig Jahre älter als sie, und er war jahrelang so etwas wie ein Ersatzvater für sie. Immer besonnen, immer irgendwie unverwüstlich – ein bisschen langweilig vielleicht, natürlich ein fürchterlicher Spießer, aber ein guter Kerl und immer da, wenn Tina ihn brauchte. Und diesen gestandenen Kerl wie ein Häuflein Elend zu erleben, wie er auf die Couch sinkt und jammert und durch die Wohnung stromert und lamentiert …«

Sie schüttelte wieder den Kopf.

»Und als wenig später die Kriminalpolizei kam und ihn mitnehmen wollte, ist er völlig ausgerastet.«

Diana Waassen deutete auf ein Sideboard, auf dessen Oberfläche Froelich bei genauem Hinsehen ein paar Kratzer erkennen konnte. Die Wand dahinter hatte einige Schrammen.

»Dort stand bis gestern eine große Vase. Ein ziemlich hässliches Teil, aber Tina hat sie immer in Ehren gehalten – die hatte früher den Eltern gehört. Ob sie was wert war, weiß ich nicht, aber für Tina persönlich … Na, egal. Als die Kripo Klaus gestern mitnehmen wollte, hat er sich heftig gewehrt. Er hat nach den beiden Polizisten getreten und hat sie weggeschubst, aber die kennen so was wohl und haben ihn geschickt in die Enge getrieben. Dabei redeten sie die ganze Zeit beruhigend auf ihn ein, aber das hat nicht recht gefruchtet. Also haben sie irgendwann nach ihm gegriffen, es kam zu einer Rangelei, und schließlich polterte die Vase vom Sideboard. Klaus muss es aus dem Augenwinkel bemerkt haben, denn noch bevor das Teil zunächst hinten gegen die Wand schepperte und dann auf dem Fußboden vollends zerschellte, erstarrte er mitten in der Bewegung. Klaus kümmerte sich gar nicht mehr um die beiden Kripoleute, sondern beobachtete die fallende Vase. Und als sie dann in Scherben auf dem Boden lag, ließ er sich ohne weitere Gegenwehr aus der Wohnung führen.«

Froelich sah sich noch einmal um. Von den kleinen Schrammen abgesehen, deutete nichts darauf hin, dass hier einmal Unordnung geherrscht haben könnte. Diana Waassen bemerkte seinen Blick und lächelte nachsichtig.

»Tina hat einen Putzfimmel. Alles muss in Ordnung sein, alles muss an seinem Platz sein, kein Staub, kein Fussel, kein Durcheinander. Sie können sich vorstellen, dass sie eine Weile gebraucht hat, bis sie endlich die richtigen Mitbewohner gefunden hatte. Carina und ich sind zwar nicht halb so ordnungsversessen wie Tina, aber wir machen das Spiel halt mit. Und richtige Schlamper sind wir schon auch nicht. Kaum war gestern die Polizei wieder weg, haben wir alles wieder richtig hingeräumt, haben aufgekehrt und die Scherben entsorgt. Tina selbst war dazu nicht in der Lage. Ihr war es so vorgekommen, als würde die Kripo den Tod von Mick Jäger als Verbrechen einstufen – und als würden sie in Klaus vor allem einen Tatverdächtigen sehen. Sie hat herumtelefoniert und versucht herauszufinden, was sie für ihren Bruder tun konnte.«

»Warum hat sie ihn nicht zur Polizei begleitet?«

»Sie war noch ganz verdattert, als die beiden mit ihrem Bruder schon längst das Haus verlassen hatten. Und dann war es auch schon zu spät. Sie hat noch kurz überlegt, ob sie den Kripoleuten hinterherfahren sollte, aber dann hat sie sich ans Telefon gehängt und hat versucht, was sie auf diese Weise ausrichten kann. Bei der Polizei kam sie nicht weiter. Dann hat sie einen Anwalt angerufen, der ihren Bruder mal vertreten hatte, und der hat dann versprochen, sich darum zu kümmern.«

»In welcher Angelegenheit hatte sich dieser Anwalt denn um den Bruder Ihrer Mitbewohnerin gekümmert?«

Diana Waassen zuckte mit den Schultern und verstummte. Einen Moment lang kämpfte Froelich mit sich, ob er ihr sagen durfte, dass der dringende Tatverdacht gegen Klaus Hardtmann inzwischen nicht mehr bestand, aber da redete sie schon wieder weiter.

»Klaus wurde dann gestern Abend auch wieder zu uns zurückgebracht. Die Kripo war wohl zu dem Schluss gekommen, dass er den toten Mick als Erster gesehen hatte – dass er aber nicht schuld an seinem Tod sein konnte. Das hätte ich denen gleich sagen können. Klaus kann keiner Fliege etwas zuleide tun.«

Sie verstummte wieder und biss sich auf die Lippen.

»Ist Ihnen gerade eine Situation eingefallen, in der er das doch konnte?«, hakte Froelich nach, als sie nicht weitersprach. Diana Waassen wirkte sehr nachdenklich. Sie ließ eine kurze Pause, ging aber nicht auf Froelichs Zwischenfrage ein.

»Dann war er plötzlich wie vom Erdboden verschwunden. Ich stand heute früh gegen halb acht auf, Carina ein paar Minuten später. Tina saß da schon vor einer Tasse mit kaltem Kaffee in der Küche und stierte zum Fenster hinaus. Klaus war nicht mehr da, und Tina sagte, er sei schon weg gewesen, als sie gegen halb sieben aufgestanden war. Ich bin in sein Zimmer rüber. Sein Bett sah aus, als hätte er es heute Nacht gar nicht benutzt.«

Sie schenkte sich Kaffee nach und nahm einen Schluck.

»Carina und ich sind dann einkaufen gegangen und haben etwas zu Mittag gekocht. Tina saß nur die ganze Zeit in der Küche und sagte kein Wort. Wenigstens kam sie zum Essen an den Tisch, und danach schien es ihr auch ein wenig besser zu gehen. Carina musste noch einmal weg, und als sie gerade fort war, haben Sie angerufen, und ich habe mich noch gewundert, dass Tina es sich zutraute, mit Ihnen zu reden. Direkt danach ging die Türglocke. Tina drückte den Öffner und machte sich mir gegenüber noch darüber lustig, dass Sie ja wirklich von der ganz schnellen Truppe seien. Sie stand an der Wohnungstür und ich hantierte in der Küche, da ging das Geschrei auch schon los. Ich flitzte zu ihr. Vor Tina standen zwei Polizisten in Uniform, denen es sichtlich unangenehm war, dass Tina sie so lautstark anging. Sie beschimpfte die beiden, warf ihnen vor, ihren Bruder aus der Spur geworfen zu haben – sie gab recht wirres Zeug von sich, ich begriff nur die Hälfte, und alles hallte im Treppenhaus wider. Ich bat die Polizisten kurz zu warten, dann brachte ich Tina in ihr Zimmer und fragte sie, was sie denn so hatte ausrasten lassen. Aber sie heulte nur noch und brachte kein Wort mehr heraus.«

Diana Waassen musste sich kurz sammeln, bevor sie weiterreden konnte.

»Daraufhin hab ich halt die Polizisten gefragt. Sie waren immer noch ganz verdutzt, was da gerade abgegangen war. Sie hatten Tina gefragt, ob sie ihren Bruder noch einmal sprechen könnten. Und als sie sagte, dass er gerade nicht da sei, baten sie darum, ob sie einverstanden sei, wenn sie ein paar DNA-Vergleichsproben von Klaus mitnehmen würden. Haare oder seine Zahnbürste, so etwas. Da ging Tina an die Decke.«

Sie seufzte.

»Ich kann sie ja verstehen. Erst liegt Mick tot in seiner Wohnung – nur ein paar Stunden, bevor wir eigentlich mit ihm zusammen beim Straßenmusikfestival spielen wollten. Dann findet ihn ausgerechnet Klaus. Dann wird er als Tatverdächtiger von der Polizei vernommen. Und kaum haben sie ihn wieder gehen lassen, ist er verschwunden – und die Polizei hat ihn offenbar immer noch im Visier.«

Froelich wollte fragen, was sie damit meinte, dass »ausgerechnet Klaus« den toten Mick Jäger gefunden hatte, aber Diana Waassen redete wie ein Wasserfall und ließ keine Pause für eine Zwischenfrage. Und Froelich wollte sie auch nicht unterbrechen.

»Ich bin zu ihr ins Zimmer. Sie hatte sich schon wieder etwas beruhigt. Ich habe ihr gut zugeredet und habe sie gefragt, ob sie es denn für möglich halte, dass Klaus etwas mit Micks Tod zu tun haben könne. ›Natürlich nicht!‹, hat sie sofort gerufen. Da habe ich ihr erklärt, dass diese Polizisten dann doch ruhig Haare von Klaus mitnehmen sollen – das könne ihn dann ja nur entlasten. Das hat sie eingesehen. Ich habe die beiden Polizisten in das Zimmer von Klaus geführt und habe ihnen im Bad seinen Kamm gezeigt. Sie haben ein paar Kleinigkeiten in so kleine Klarsichttütchen verpackt, dann sind sie wieder gegangen. Der eine hat mich noch gefragt, ob wir Hilfe bräuchten und ob es meiner Freundin wieder besser ginge – der war ganz besorgt, ein ganz netter Kerl, eigentlich.«

Sie nahm noch einen Schluck Kaffee, aber so, wie sie das Gesicht verzog, war der inzwischen wohl kalt geworden.

»Tja, und kurz danach waren Sie an der Haustür. Den Rest haben Sie ja mitbekommen.«

* * *

»Na, da waren Sie ja schon recht fleißig.«

Froelich war mit seiner Schilderung dessen, was er bisher erfahren hatte, zum Ende gekommen. Björn Radegerst, Kriminalhauptkommissar der Kripo Ludwigsburg, strich die Sahne auf seinem Stück Erdbeerkuchen glatt, stach mit der Gabel die Spitze ab und schob es sich grinsend in den Mund.

»Alex hat mir schon erzählt, dass Sie als Hobbydetektiv ganz gut sind. Und wenn Sie sich an Ihr Versprechen halten, keinen Mist zu bauen und alle Information zuerst und möglichst ausschließlich an uns weiterzuleiten, will ich gerne so tun, als wüsste ich nichts davon, dass Sie da draußen Ihre Nase in unseren Fall stecken.«

Radegerst war ein netter Typ. Sympathisches Äußeres, unkomplizierte Art, und dass er ein guter Bekannter von Alexander Maigerle war, erleichterte den Umgang natürlich zusätzlich.

»Sie dürfen natürlich nicht als ... als unser freier Mitarbeiter auftreten, wenn Sie Leute befragen, das ist klar. Wie Sie Ihre Gesprächspartner zum Reden bringen, ist Ihr Problem – aber nach allem, was Sie mir gerade erzählt haben, scheinen Sie das ja im Griff zu haben.«

»Und welche Informationen haben Sie für mich?«

Radegerst sah ihn einen Augenblick lang verdutzt an, dann brach er in schallendes Lachen aus. Eine ältere Dame mit blaugrau leuchtendem Schopf drehte sich zu ihm um und warf dem Kripomann einen tadelnden Blick zu, bevor sie sich wieder ihrer Sahnetorte widmete.

»Auch da hat Alex nicht zu viel versprochen. Herr Froelich, Sie sind echt eine Marke.«

»Das habe ich heute schon mal gehört.«

»Ja, das kann ich mir vorstellen. Im Moment komme ich mir zwar vor wie in einem dieser alten Agentenfilme, wo Männer mit hochgeklapptem Mantelkragen geheime Botschaften austauschen – aber meinetwegen.«

Radegerst deutete mit der Gabel auf den Rest Erdbeerkuchen auf seinem Teller.

»Lassen Sie mich noch kurz aufessen, dann gehen wir ein Stück und ich überlege mir, was ich Ihnen verraten darf.«

Wenig später schlenderten sie die Ludwigsburger Fußgängerzone entlang.

»Hat es sich denn schon bestätigt, dass Mick Jägers Mikrofon manipuliert wurde?«, fragte Froelich, als Radegerst noch immer darüber nachdachte, welche Informationen er wohl ungestraft preisgeben durfte.

Radegerst sah ihn prüfend an.

»Alex Maigerle hat mir erzählt, dass Sie ihm versprochen, eigentlich sogar geschworen haben, dass Sie nichts ausplaudern, was Sie von der Polizei in diesem Fall erfahren. Das stimmt doch, oder?«

»Das versteht sich von selbst«, beteuerte Froelich, und er hoffte, dass Radegerst nicht auffiel, dass er der Frage nach dem Schwur auswich. »Ich kann Sie ja schlecht um Infos bitten, die Sie aus ermittlungstaktischen Gründen nicht an die Öffentlichkeit geben wollen – und das dann brühwarm irgendjemandem weitererzählen.«

Radegerst lächelte, und Froelich zuckte mit den Schultern.

»Ich meine das wirklich so, auch wenn ich mich jetzt etwas hölzern ausgedrückt habe.«

»Nein, nein, war alles korrekt so.«

Er lächelte noch mehr und schüttelte dabei den Kopf.

»Und? Was ist nun mit dem Mikrofon?«, hakte Froelich nach.

»Da haben wir einen ähnlichen … freien Mitarbeiter wie Sie mit im Boot. Ein Kollege von mir, der auch zu unserer Soko gehört, hat einen Kumpel, der für einen Musikalienhändler in

Fellbach arbeitet und der dort unter anderem der Experte für Mikrofone ist. Unsere Techniker haben natürlich feststellen können, was Jäger den Stromstoß verpasst hat – die Ursache dafür war nicht allzu schwer zu finden. Aber wir wollen außerdem wissen, ob solche Manipulationen womöglich aus irgendeinem Grund üblich sind oder vielleicht irgendeinen Vorteil bringen. Sie wissen schon. So wie Jugendliche ihre Mofas aufbohren, damit sie schneller fahren oder wenigstens lauter sind.«

»Und was meint der Experte?«

Radegerst sah auf die Uhr.

»Kann ich Ihnen noch nicht sagen. Er kommt erst gegen fünf, halb sechs zu uns. Ich muss also demnächst dringend los. Ich glaube, er wollte danach zum Straßenmusikfestival – ist Ihre Band gut?«

»Ich hoffe doch.«

»Ich kann Sie ihm ja empfehlen. Wie heißt die Gruppe denn?«

»Wir haben noch keinen richtigen Namen. Die Veranstalter hatten für den ersten Tag ein ›tba‹ in den Ablaufplan eingetragen. Na ja, bisher sind wir beim ›to be announced‹ geblieben, so sollte es also auch heute im Plan stehen. Und wie heißt Ihr Experte?«

»Matthias, glaube ich, aber seinen Nachnamen kenne ich nicht. Mein Kollege redet immer nur von ›Matze‹.«

»Das Festival wimmelt eh von Leuten, die sich alle nur dem Spitznamen nach kennen. Das passt dann ja.«

Froelich nannte ihm einige, Radegerst amüsierte sich prächtig.

»Die Ehe von Klaus Hardtmann scheint nicht gut gelaufen zu sein«, wechselte Froelich nach einer Weile das Thema. »Wissen Sie da Näheres?«

»Nur, was in den Akten steht, und da sieht es für Herrn Hardtmann nicht gut aus. Er scheint ein Problem damit zu haben, seine Aggressionen unter Kontrolle zu halten. Am ersten Weihnachtstag 2013 ruft seine damalige Ehefrau Rebecca die

Polizei zu Hilfe. Sie gibt an, dass er sie geschlagen hat, und spätere ärztliche Untersuchungen bestätigen das auch – wobei sie mit zwei Prellungen und einem kleineren Bluterguss glimpflich davongekommen ist.«

Er hob abwehrend die Hände.

»Verstehen Sie mich nicht falsch: Häusliche Gewalt ist ekelhaft, und jeder Schubser, jeder Knuff, jeder Schlag ist einer zu viel. Aber meine Kollegen haben schon Frauen erlebt, die wesentlich übler zugerichtet waren – die Untersuchung von Frau Hardtmann deutete nicht gerade darauf hin, dass ihr Mann ein brutaler oder auch nur ein geübter Schläger war. Aber trotzdem: Er hat sie geschlagen, und er hat es auch nicht abgestritten. Es tat ihm – so steht es im Protokoll – furchtbar leid, und er entschuldigte sein Verhalten damit, dass er seine Frau mit einem anderen erwischt habe. Rebecca Hardtmann stritt alles ab – und die Kollegen haben es dabei bewenden lassen. Es ging in der Befragung ja nicht um eheliche Untreue, sondern um häusliche Gewalt. Und wie gesagt, die stritt er auch gar nicht ab. Die beiden sind inzwischen geschieden, und Klaus Hardtmann hat sich seit Weihnachten 2013 auch von seiner heutigen Exfrau ferngehalten – zumindest wurde nichts anderes aktenkundig.«

Froelich ging nachdenklich neben Radegerst her, doch als der nicht weitersprach, sah er zu ihm hinüber. Der Kommissar erwiderte seinen Blick und blieb stehen.

»Ich habe auch noch mit einem der Kollegen gesprochen, die damals zu Frau Hardtmann gerufen wurden. Er erinnert sich daran, dass der beschuldigte Ehemann deutlich ramponierter aussah als seine damalige Frau. Blaue Flecken im Gesicht, an den Handgelenken waren Spuren von Schürfungen und Quetschungen zu sehen.«

»Also doch ein Seitensprung der Frau, und der Liebhaber verprügelt den gehörnten Ehemann?«

Radegerst zuckte mit den Schultern.

»Die Kollegen haben ihn gefragt, wo er sich die Verletzungen zugezogen hat, aber er sprach nur davon, dass er sich in der Wohnung an Möbeln gestoßen hatte.«

»Das hören Sie aus dem Mund eines Mannes nicht so oft, oder?«

»Nein, so etwas behaupten meistens Frauen, die ihren gewalttätigen Ehemann decken wollen, aus falscher Rücksichtnahme oder aus blanker Angst.«

»Und diesmal?«, fragte Froelich. »Ein betrogener Ehemann, der sich nicht die Blöße geben will, von seinem Nebenbuhler verdroschen worden zu sein?«

»Vielleicht.«

»Ich habe mit Diana Waassen ja auch über Klaus Hardtmann gesprochen. Sie schilderte ihn nicht als gewalttätigen Typen, sie meinte, dass er ›eigentlich keiner Fliege etwas zuleide tun kann‹ – so ähnlich drückte sie sich aus.«

»Tja, da sieht man mal wieder, dass es mit dem ›eigentlich‹ so eine Sache ist …«

* * *

Inge war nach dem Shoppen noch kreuz und quer durch die Ludwigsburger Innenstadt geschlendert. Aus der Ferne sah sie Gottfried, wie er gerade von einem Stuhl vor einem Café aufstand, etwas Geld auf den Tisch legte und mit einem Mann davonspazierte. Die beiden gingen nebeneinander her, ohne miteinander zu reden, und in Inge stieg Ärger auf, weil sie vermutete, dass Froelich von dem anderen sicher etwas zum Tod von Mick Jäger erfahren wollte. Also ging sie den beiden nicht hinterher, sondern bog ab und marschierte mit finsterer Miene in einem Bogen auf den Marktplatz zu, den sie sonst geradewegs erreicht hätte.

Entsprechend spät gelangten sie dann auch an die Stelle, an der Maigerle und Dollar ein Plätzchen für ihr kleines Straßenkonzert gefunden hatten, und als sie endlich die letzte Reihe der dichten Menschentraube erreichte, die sich um die Musiker drängelte, kündigte Alex gerade an, dass sie jetzt das letzte Stück spielen wollten. Mit einigen gemurmelten Entschuldigungen schob sie sich durch die Menge nach vorn, bis sie direkt neben dem breitkrempigen Hut zu stehen kam, der für Münzen und Scheine bereitlag. Viel war noch nicht drin, also schnappte sie sich die speckige Kopfbedeckung und machte die Runde durchs Publikum. Maigerle war zur Mundharmonika gewechselt, klampfte dazu bluesige Akkorde, während Dollar eifrig vor sich hin klöppelte – dazu glänzte Rockin' Hein, der sich für diesen kleinen Gig zu ihnen gesellt hatte, mit einem Gitarrensolo, das sich wirklich hören lassen konnte. Zusammen mit Inges Aufforderung an die Umstehenden sorgte die Musik des Trios dafür, dass es nun vernehmlich im Hut klimperte und knisterte. Und als Maigerle, Dollar und Rockin' Hein nach reichlich Applaus und vielen Verbeugungen ihre Instrumente zusammenpackten und sich die Menge zerstreute, konnte Inge ihnen einen ansehnlichen Betrag hinhalten.

»Na, wo hast du denn deinen Gottfried gelassen?«, fragte Maigerle, worauf sich Inges Miene sofort wieder verfinsterte. »Oh, der schnüffelt schon wieder?«

Inge nickte, und die anderen beiden sahen sie fragend an.

»Unser lieber Gottfried ist gewissermaßen Privatdetektiv«, erklärte Maigerle ihnen. »Das wird von der Polizei manchmal geduldet, wie diesmal wohl auch, weil ich einen meiner Freunde bei der hiesigen Kripo angesprochen und gebeten habe, Gottfried mal machen zu lassen.«

»Vielen Dank auch«, maulte Inge.

»Ach, Inge, du weißt doch, wie er ist. Und ich glaube …« Er zwinkerte ihr zu und stieß sie sanft in die Seite. »Ich glaube, insgeheim hast du auch schon deinen Frieden damit gemacht, oder?«

»Was bleibt mir denn übrig?«

»Eben. Und so löst Gottfried seine Kriminalfälle, und wir müssen es halt aushalten. Und meistens hast du ihn privat ja auch für dich, Inge, nicht wahr?«

»Ist er das nicht, dort drüben?«, fragte Dollar und deutete quer über den Marktplatz.

Froelich verabschiedete sich gerade von dem Mann, mit dem ihn Inge vorhin vom Café hatte weggehen sehen.

»Aha«, machte Maigerle, »und der andere ist mein Kollege von der hiesigen Kripo. Ermittler Froelich bei der Arbeit.«

Er lachte und schüttelte den Kopf.

»Kommt, Leute, wir sammeln unseren Gottfried mal lieber schnell ein, bevor er über seinem neuen Fall noch vergisst, dass wir um sechs Uhr auf der Bühne stehen sollen.«

* * *

Diesmal spielten sie den ersten Song pünktlich um sechs Uhr. Die Bühne C, auf der sie den zweiten Abend des Straßenmusikfestivals begannen, befand sich direkt beim Haupteingang, durch den tagsüber die Gäste ins Blühende Barock strömten. Sie hatten einen tollen Blick aufs Ludwigsburger Schloss – und natürlich auf die ansehnliche Zuschauermenge, die sich schon vor dem Beginn des Auftritts vor ihnen versammelt hatte und nach den ersten Takten schnell größer wurde.

Die Veranstalter des Festivals waren, nachdem Maigerle mit keinem offiziellen Bandnamen dienen konnte, auch für den Auftrittsplan am Samstag bei »tba« geblieben – und inzwischen gefiel den Musikern der provisorische Name ganz gut. Unter das Publikum mischten sich nun auch einige andere Teilnehmer des Festivals, und die meisten nickten immer wieder anerkennend oder wippten sogar ganz leicht im Rhythmus mit, waren dabei aber natürlich sehr darauf bedacht, nicht uncool zu wirken. Nur Rockin' Hein ließ von Anfang an alle Zurückhaltung fahren: Er schüttelte seinen Kopf gleich zur ersten Nummer so wild, dass man fast befürchten musste, der letzte lichte Rest seines schütteren Haupthaares würde dadurch auch noch ausfallen.

Die angenehmste Überraschung wartete auf Froelich allerdings, als sie nach einer bejubelten Zugabe ihre Instrumente abgebaut und die Bühne für die nächste Gruppe geräumt hatten.

»Mensch, Gottfried«, rief jemand mit leichtem italienischem Akzent, »ihr seid ja super! Und ihr habt euch völlig verausgabt in dieser halben Stunde. Du musst jetzt erst einmal was essen!«

Froelich wandte sich dem Mann zu, dessen Stimme er sofort erkannt hatte, und er staunte nicht schlecht, als er hinter dem Feinkosthändler Luigi Gaudente auch den Musikalienhändler Ferdinand »Kanne« Östreicher und seinen Bestatterkollegen Joseph »Sepp« Reuchlin erblickte. Er hatte die drei vor zwei Jahren kennengelernt, als er in Pforzheim recherchierte, um einen Doppelmord in Esslingen aufklären zu helfen. Seither hatten sie sich immer wieder getroffen, und der Kontakt war auch deshalb leicht aufrecht zu erhalten, weil der Esslinger Bestatter Richard Sanfftleben mit Reuchlin seit vielen Jahren eng befreundet war – und auch der greise Kollege schob sich jetzt durch die Menge der allmählich abwandernden Zuschauer auf ihn zu.

Sanfftleben war es, wie sich herausstellte, auch gewesen, der am Vorabend den Freunden aus Pforzheim alles über Froelichs musikalisches Engagement in Ludwigsburg mitgeteilt hatte. Sie waren fürs Wochenende verabredet gewesen – für Froelich und Inge hätte es ein Überraschungsbesuch werden sollen, und der wurde nun eben ins Blühende Barock verlegt.

Luigi jedenfalls hielt Froelich einen Kanten Käse hin, und der ließ sich ihn nur zu gerne schmecken. Er stellte Dollar und Maigerle die drei Männer vor, und unter fröhlichem Geplapper machten sie sich mit ihrem Kram auf den Weg zur Remise, um die Zeit bis zum nächsten Auftritt für ein gemütliches Bierchen zu nutzen. Erst beim Losmarschieren war Froelich aufgefallen, dass Kanne Östreicher eine längliche schwarze Tasche auf dem Rücken trug – er hatte für alle Fälle sein Saxofon mitgebracht.

Er durfte sein Instrument auch gleich im Garten der Remise einsetzen, und direkt danach nahm Maigerle ihn zur Seite und besprach mit Östreicher, in welchen Songs er schon während des nächsten Auftritts von »tba« Soli übernehmen konnte.

Zwischen zwei Auftritten unterhielt sich Froelich mit Dollar und Maigerle über den Mikrofonexperten, den die Ludwigsburger Kripo für ihre Ermittlungen mit hinzugezogen hatte.

»Matze?«, rief Maigerle aus. »Klar kenn ich den. Guter Mann, netter Typ – der war übrigens vorhin im Publikum. Ich habe mich kurz mit ihm unterhalten, aber er musste danach gleich wieder weg.«

»Mist. Ich wollte ihn fragen, was sich zu den Manipulationen an Mick Jägers Mikrofon ergeben hat.«

»Na, das wird er dir gerade auf die Nase binden!«

Maigerle schüttelte den Kopf.

»Er will übrigens morgen wiederkommen, und dann hat er versprochen, dass er bis zur Session in der Remise bleibt. Aber mein Kollege Radegerst hat ihm sicher eingeschärft, dass er alles für sich behalten muss, was er im Zusammenhang mit diesem Fall erfährt. So wie dir ja auch, gell?«

»Ja, natürlich – aber können sich zwei ›freie Mitarbeiter‹ der Kripo nicht auch mal ganz zwanglos austauschen?«

Froelich grinste, und Dollar nickte nur dazu.

»Keine Sorge, Gottfried, Matze wird dir alles erzählen, was du wissen willst.«

»Echt? Wieso?«

»Ach, der gute Matze schuldet mir was.«

Froelich sah ihn verblüfft an, aber Dollars Miene machte klar, dass es sich nicht lohnte, danach zu fragen, warum der Techniker in seiner Schuld stand. Und damit war das Thema erledigt.

* * *

Dieser Abend wurde für Froelich noch schöner als der erste, und mit dem durch das Saxofon zusätzlich aufgewerteten Sound ernteten Maigerle und die anderen noch mehr Applaus als bisher schon. Highlight des zweiten Festivaltages wurde ihr Auftritt auf der Bühne H, wo sie um viertel neun eingeplant waren: ein überdachtes Amphitheater direkt neben dem Eingang zum Märchengarten, in dem üblicherweise Scherenschnittfilme gezeigt wurden. Hier entwickelte das Repertoire von Maigerle, Froelich, Dollar, Inge und ihrem Gast Kanne eine ungeheure Wucht, und die Zuschauer wollten gar nicht mehr aufhören mit ihrem Jubel und ihren »Zugabe«-Rufen.

Davon redeten sie alle noch, als sie gegen halb zwölf in den Garten der Remise zogen, wo natürlich längst wieder das Lagerfeuer brannte und sich einige Musiker und Sänger zur nächsten Session versammelt hatten. Froelich zog sein Handy aus der Tasche und schaltete es ein. Das Display zeigte den Eingang einer ganzen Reihe von Nachrichten und Anrufen, und kaum hatte er sich in eine Ecke der Remise zurückgezogen, um alles zu überfliegen, klingelte das Telefon auch schon wieder. Die Nummer, die auf dem kleinen Bildschirm aufleuchtete, sagte ihm nichts, und er dachte daran, das Gespräch gar nicht erst anzunehmen und sich morgen darum zu kümmern – da fiel ihm ein, dass er heute allen, mit denen er über Mick Jäger gesprochen hatte, seine Handynummer gegeben hatte. Er warf einen kurzen Blick in Richtung Lagerfeuer. Inge saß dort neben den anderen und wippte im Takt eines Gassenhauers, der gerade angestimmt wurde. Sie achtete im Moment nicht auf ihn, also tippte er auf das grüne Hörersymbol und meldete sich.

»Ah, endlich, Herr Froelich, endlich erreiche ich Sie! Haben Sie meine Nachrichten abgehört? Was können wir denn nur tun? Hallo, Herr Froelich, sind Sie noch da?«

Es war Diana Waassen, und sie redete ohne Punkt und Komma. Als sie unsicher wurde, ob er noch zuhörte, ließ sie eine kurze Pause, und Froelich ergriff die Gelegenheit.

»Was ist denn passiert, Frau Waassen?«

»Tina ist weg. Ich suche sie schon den halben Abend, nirgendwo eine Spur. Ich habe alle möglichen Freunde angerufen – niemand weiß, wo sie ist. Ich bin ganz verzweifelt, und Sie habe ich auch nicht erreicht.«

»Sie wissen doch, dass ich mit meiner Band am Festival im Blühenden Barock teilnehme. Ich kann während der Auftritte schlecht telefonieren.«

»Ja, stimmt, aber ich …«

Sie atmete laut ein und aus, dann räusperte sie sich.

»Entschuldigen Sie bitte, Herr Froelich, aber ich bin … ich bin etwas durch den Wind. Erst die Sache mit Mick, dann wird Klaus von der Polizei mitgenommen, dann verschwindet er – und jetzt ist auch noch Tina weg. Ich bin ganz … ich …«

Ganz sicher war er nicht, aber das gedämpfte Geräusch, das jetzt aus seinem Handy drang, klang, als würde sich jemand die Hand vors Gesicht halten und dabei schluchzen.

»Frau Waassen, hören Sie, ich würde Ihnen ja gern helfen, aber ich weiß nicht, ob ich hier weg kann.«

Am anderen Ende der Leitung hörte das Schluchzen auf. Diana Waassen schniefte laut und vernehmlich, dann räusperte sie sich wieder.

»Alles klar, Herr Froelich, Sie haben ja recht. Ich … bitte entschuldigen Sie meinen … meinen Überfall. Natürlich haben Sie jetzt anderes im Sinn, ich …«

Ihre Stimme brach, nach einer kurzen Pause setzte sie erneut an.

»Machen Sie sich um mich keine Sorgen, Herr Froelich, ich werde schon jemanden finden, der mir … Vielleicht ist Tina ja auch nur …«

Wieder Schluchzen. Froelich zerriss es beinahe. Er trat ein paar Schritte auf den Garten zu und versuchte, die Stimmung von Inge einzuschätzen. Sie sah aus, als hätte sie Spaß. Sie hatte Luigi auf der einen und Sanfftleben auf der anderen Seite untergehakt und krähte aus vollem Hals die Melodie des Stückes mit, das inzwischen gespielt wurde. Kurz zögerte er noch, dann war seine Entscheidung gefallen.

»Wo sind Sie gerade, Frau Waassen?«

Keine Reaktion.

»Frau Waassen?«

Ein Schniefen, dann die Antwort, mit leiser und belegter Stimme.

»Ja, ich bin noch dran.«

»Ich komme vorbei. Sind Sie in Neckarweihingen?«

»Ja, aber ...«

»Aber?«

»Aber kommen Sie bitte nicht wieder mit dem Leichenwagen. Ich glaube, das wäre heute zu viel für mich.«

»Keine Angst«, sagte Froelich, »den habe ich nicht hier bei mir.«

Er hatte den Leichenwagen schon vor dem ersten Auftritt auf dem Parkplatz der Jugendherberge abgestellt, und wenn er die Biere, die er seit sechs Uhr getrunken hatte, richtig zusammenzählte, sollte er sich ohnehin nicht mehr hinters Steuer setzen. Also sah er sich nach einem der Shuttlebusfahrer um. Es waren eine Frau und ein Mann, und beide hatten auf ihn bisher einen entspannten und hilfsbereiten Eindruck gemacht. Vielleicht war es ja möglich, dass der Bus auf der nächsten Fuhre in die Jugendherberge einen kleinen Umweg fuhr – sie lag Luftlinie nur rund einen Kilometer von dem Mehrfamilienhaus am Sudetenring entfernt.

»Zu Micks Mädels?«, fragte der Fahrer, der neben der Tür an der Außenwand der Remise lehnte, eine Flasche Cola in der Hand hielt und bis dahin aufmerksam den Liedern der Musiker am Lagerfeuer gelauscht hatte. »Klar mach ich das. Ich hab grad keine Fuhre, und so gut wie die Stimmung wieder ist, will sicher in der nächsten Stunde hier auch keiner weg – also wird mich auch niemand vermissen. Die Kollegin ist gerade noch unterwegs, aber sie müsste in ein paar Minuten wieder eintreffen, für alle Fälle. Also kommen Sie, fahren wir.«

Im Vorbeihuschen raunte Froelich Luigi noch zu, dass er dringend wegmüsse und ob er Inge bitte nachher schonend beibringen könne, dass es einen Notfall gebe und dass er im Zusammenhang mit dem Mord an Mick Jäger noch ein wenig unterwegs sein werde. Luigi rollte vielsagend mit den Augen, versprach aber, sich um Inge zu kümmern. Dann eilte Froelich hinter dem Fahrer her auf den Shuttlebus zu, der abfahrbereit oben auf der Mömpelgardstraße stand. Kurz darauf flitzte der Transporter auch schon davon.

»Sie kennen Mick Jäger auch?«, fragte Froelich, als der Fahrer auf die B 27 in Richtung Norden einbog.

»Na, klar«, sagte der Fahrer. »Den kennt hier in der Gegend eigentlich jeder. Er hat auch schon ein paar Mal auf dem Festival gespielt. Ein feiner Kerl, ein guter Musiker auch, soweit ich das als Laie beurteilen kann.«

Er sah zu Froelich hin und grinste.

»Das ist eigentlich auch der Hauptgrund für mich, hier den Chauffeur zu spielen – dass ich all diese Musiker kennenlerne, spannende Typen, die von überall her nach Ludwigsburg kommen. Und dass ich hinter die Kulissen des Festivals schauen kann. Ich könnte Ihnen da Geschichten erzählen!«

Er lachte, dann machte er mit der rechten Hand eine Bewegung, als würde er seine Lippen verschließen und den Schlüssel wegwerfen.

»Aber mach ich natürlich nicht. Ehrensache!«

»Und die Sängerinnen, mit denen Mick Jäger diesmal auftreten wollte, kennen Sie die auch?«

»Ja. Eine studiert an der Filmakademie zusammen mit meiner Tochter. Nette Mädels sind das. Gute Stimmen, gerade für Folk und sanften Pop. Doch, gefällt mir sehr.«

Er bemerkte, dass Froelichs fragender Blick nach wie vor auf ihn gerichtet war, und er fuhr fort.

»Die haben mit Mick ein paar der Songs aufgenommen. Vielleicht wollten sie die im Internet veröffentlichen oder als Single, keine Ahnung, wie das heute läuft. Jedenfalls haben sie die CD als Demo dem Kalli mitgegeben, und der hat sie der Agentur vorgespielt, die sich um das Festival kümmert.«

Der Fahrer bog nun erneut nach rechts ab. Damit waren sie auf der Rückseite des Schlossparks angelangt und hielten nun bergab auf den Neckar zu. Linker Hand sah Froelich ein Stück den Hang hinauf das kleine Schlösschen, das viele Jahre als Drehort für Wieland Backes und sein Nachtcafé gedient hatte.

Vorbei am Stadtteil Hoheneck ging es weiter in Richtung Neckarweihingen. Der Verkehr war so spät am Abend viel weniger dicht als tagsüber, und so kam der Bus recht schnell im Sudetenring an. Froelich dirigierte den Fahrer bis vor das Mehrfamilienhaus, und noch bevor er ausgestiegen war, trat eine Frau aus dem Schatten des Hauseingangs und hielt auf das Fahrzeug zu.

»Gut, dass Sie da sind, Herr Froelich.« Diana Waassen nickte dem Fahrer kurz zu. »Können wir?«

Froelich verstand nicht gleich, aber die Frau machte ihm mit ungeduldigen Gesten klar, dass er wieder in den Bus klettern solle und dass sie darauf wartete, mit dem Fahrzeug chauffiert zu werden.

»Frau Waassen, so geht das nicht. Wir können uns nicht einfach vom Shuttlebus des Festivals in der Gegend herumkutschieren lassen. Wohin wollen Sie denn überhaupt? Und wieso nehmen wir nicht Ihr Auto?«

»Mein Auto? Sehr witzig! Ich studiere an der PH Musik, Sport und Deutsch auf Lehramt. Glauben Sie, ich könnte mir einen eigenen Wagen leisten? Ich bin ja schon froh, dass ich mein WG-Zimmer bezahlen kann! Für die Strecke zur PH reicht mir das Fahrrad, zum Einkaufen fährt immer Carina, die hat ein Auto, sponsored by Daddy.«

Hinter sich hörte Froelich den Fahrer leise reden. Er drehte sich um und sah gerade noch, wie der Mann sein Telefonat beendete und das Handy eingeschaltet in die Mittelkonsole legte.

»Wo soll's denn hingehen?«, fragte er nun und grinste verschmitzt.

Froelich sah ihn fragend an.

»Ich habe gerade mit der Agentur gesprochen. Geht klar, ich darf euch ein bisschen in der Gegend herumfahren.«

»Mit der Agentur? Um diese Zeit?«

Der Fahrer lachte.

»Na ja«, sagte er, »zum Schlafen kommen die während des Festivals nicht allzu oft. Da ist immer jemand ansprechbar, rund um die Uhr. Was glauben Sie, was da alles schon geregelt werden musste, natürlich meistens mitten in der Nacht …«

Er lachte noch einmal, dann winkte er die beiden zu sich heran.

»Jetzt rein mit euch! Meine Kollegin kümmert sich fürs Erste um die Fahrten zwischen Remise und Jugendherberge, und ich muss nur erreichbar bleiben. Also: Wo soll's hingehen?«

Diana Waassen drängte sich an Froelich vorbei auf den Beifahrersitz, er zog die seitliche Schiebetür auf und kletterte zur zweiten Sitzreihe hinauf. Bis Froelich sich in den Sitz hatte sinken lassen und angeschnallt war, hatte Diana Waassen dem Fahrer schon die Adresse genannt, zu der sie wollte, und in zügiger Fahrt ging es in Richtung Norden aus Neckarweihingen hinaus.

Sonntag, 24. Mai (Pfingstsonntag)

Das erste Ziel hatten sie nach knapp zehn Minuten erreicht. Sie waren kurz nach Mitternacht in Marbach unter der Bahnlinie durchgefahren, und nun rollte der Shuttlebus langsam die Gartenstraße entlang. Links und rechts wechselten sich Mehr- und Einfamilienhäuser ab, die Fahrbahn war mit einer großen weißen »30« markiert. Diana Waassen tippte dem Fahrer auf die Schulter und deutete auf ein Gebäude gut zwanzig Meter vor ihnen. Der Bus verlangsamte nun auf Schrittgeschwindigkeit.

Das Einfamilienhaus, das sie meinte, sah unspektakulär aus, war aber in einem ordentlichen Zustand. Ein blauer Kleinwagen stand davor am Straßenrand. Im Haus brannte kein Licht, im diffusen Licht der Straßenbeleuchtung waren eine Garage und ein etwas vernachlässigter Garten zu sehen. Der Schuppen, der hinter dem Gebäude stand, war von der Straße aus nur teilweise zu erkennen.

»Hier scheint Klaus nicht zu sein«, sagte Diana Waassen und dirigierte den Fahrer weiter.

Die Fahrt ging nun aus Marbach hinaus in Richtung Osten. Sie kamen durch Affalterbach, und danach lotste sie den Wagen in das nächste Dorf, Wolfsölden. Nach einer scharfen Linkskurve ließ sie den Fahrer anhalten.

Linker Hand erhob sich ein großes Bauernhaus, dessen Mauer zur Straße hin teils verputzt und teils mit Sichtfachwerk versehen war. Daneben öffnete sich die geräumige Hofeinfahrt, und einige Parkplätze waren vorgezeichnet. Dem Schaukasten neben der Tür nach zu urteilen, wurde hier ein ansehnliches Sortiment selbstgebrannter Schnäpse und Liköre verkauft. Diana Waassen dagegen wandte sich dem Haus auf der rechten Seite zu. Es war nicht so groß wie das Gebäude mit den Spirituosen, und es war in keinem guten Zustand. Links daneben stand ein Mehrfamilienhaus, rechts ging ein kurzer Stichweg ab und weiter hinten war durch einige hohe Büsche hindurch ein Einfamilienhaus zu sehen. Dazwischen hingen das Wohngebäude und die angebaute Scheune, die offenbar ihr Ziel waren, windschief im warmen Licht der Straßenbeleuchtung, an vielen Stellen war der Putz abgebröckelt und gab den Blick auf morsches Holz oder verwitterte Backsteine frei.

»Was sind das für Gebäude?«, fragte Froelich.

»Das ist der elterliche Bauernhof von Tina und ihrem Bruder Klaus. Oder besser: Das war er.«

»Und warum sind wir hier?«

»Tina ist spurlos verschwunden, das habe ich Ihnen ja schon gesagt. Ich vermute, dass sie sich um ihren Bruder Sorgen macht – und der ist auch spurlos verschwunden. Und jetzt klappern wir die Stellen ab, an denen Klaus einschneidende Erlebnisse hatte und zu denen er in seiner jetzigen Verfassung vielleicht fahren könnte.«

»Was für ein Auto fährt Klaus Hardtmann?«

»Einen silberfarbenen Mercedes. Eine ganz alte Kiste.«

»Die steht hier nicht. Und Ihre Freundin Tina?«

»Hat wie ich selbst kein Auto – aber sie wird den Wagen von Carina genommen haben. Die ist gestern Abend mit dem Rad in die Stadt und hat dort jemanden getroffen, bei dem sie übernachtet hat. Carinas Flitzer ist ein kleiner Fiat, knallrot.«

Froelich sah entlang der Straße gar kein Auto stehen, auf dem gegenüberliegenden Parkplatz stand ein schwarzer Kombi, weiter hinten im Hof war ein Traktor abgestellt.

»Tja, der ist offenbar auch nicht hier.«

Er sah zur Scheune hin.

»Vielleicht da drin?«

Diana Waassen folgte seinem Blick und zögerte.

»Da … da will ich nicht rein. Zumindest nicht allein.«

»Warum?«

»Erzähl ich Ihnen später. Würden Sie mal nachsehen, bitte?«

Froelich setzte sich in Bewegung. Er packte einen Flügel des alten Holztores und zog ihn weit genug auf, dass sogar er hindurchschlüpfen konnte. Die Bretter, aus denen das Tor zusammengenagelt war, knarzten vernehmlich, und als Froelich die ersten Schritte in den dunklen Innenraum machte, hörte er unter seinen Füßen altes Stroh rascheln. Irgendwo war ein kleines Tier aufgeschreckt worden. Dann herrschte wieder Stille. Froelich versuchte, trotz der ungünstigen Lichtverhältnisse etwas zu erkennen, da näherten sich hinter ihm Schritte, und der Strahl einer kräftigen Taschenlampe durchschnitt die Dunkelheit. Froelich fuhr herum. Neben ihm stand der Fahrer und leuchtete den Innenraum der Scheune aus. Wenig später stand Diana Waassen hinter den beiden Männern und deutete zwischen ihnen hindurch auf einen Querbalken, der fast völlig von Spinnweben bedeckt war.

»Da hing er«, sagte sie, und ihre Stimme zitterte ein wenig.

»Wer?«, fragte Froelich und sah sie an.

Selbst im grellen Licht der Taschenlampe konnte man erkennen, dass sie blass geworden war.

»Tina hat mir die ganze traurige Geschichte mal erzählt. Ich dachte immer, so etwas gibt's nur in diesen Pilcher-Filmen oder bei Ludwig Ganghofer. Tote, Verzweifelte, zerstörte Leben – das volle Programm.«

Der Fahrer wirkte ganz gebannt. Offenbar hatte er ein Faible für dramatische Geschichten. Und wirklich begann Diana Waassen nach kurzer Zeit zu erzählen.

»Tina ist zwanzig Jahre jünger als ihr Bruder. Ich habe Ihnen ja schon erzählt, Herr Froelich, dass er in ihrer Jugend eine Art Ersatzvater für sie war. Die Ehe der Eltern Ernst und Suse Gienger war wohl nicht besonders glücklich. Und als Tina 1990 auf die Welt kam, gingen Gerüchte hier im Dorf rum, dass Suse Gienger von einem anderen schwanger geworden sei. Na ja, wie das in so kleinen Ortschaften halt ist, nicht wahr? Was daran wahr und was erfunden war, kam nie raus – aber Tinas Mutter hatte wohl immer wieder mal was mit anderen Männern. Das Getuschel muss ihrem Vater sehr zugesetzt haben. Die Giengers sind eine alteingesessene Familie in Wolfsölden, Großbauern, honorige Leute – da gibt's natürlich von allen Seiten Druck und Gerede. Ernst Gienger hat darunter ziemlich gelitten, und eines Abends ist er seiner Frau heimlich hinterher und hat sie in einem Auto, das im Wald abgestellt war, mit einem anderen erwischt. Suse Gienger hat das nicht mitbekommen, wie es später hieß. Das war am Vorabend von Tinas drittem Geburtstag, den sie am 13. Juni 1993 feierte. Ernst Gienger bereitete seiner kleinen Tochter noch einen wunderschönen Tag, dann brachte er sie ins Bett, und seine Frau zog wieder los, um sich erneut mit einem anderen zu treffen. Bei dem ist sie die ganze Nacht geblieben. Klaus war damals Anfang zwanzig und hatte schon seinen heutigen Job als Elektriker bei diesem Autozulieferer. Er stand am 14. Juni morgens früh auf und fand seinen Vater weder in der Küche noch im Schlafzimmer. Er suchte den ganzen Hof ab – und sah ihn schließlich von diesem Balken baumeln, wo er sich in der Nacht aufgeknüpft hatte. Klaus stand noch weinend und zitternd vor seinem toten Vater, als seine Mutter von ihrem Liebhaber nach Hause kam. Es kam zu einem kurzen, heftigen Streit – und Suse Gienger erlitt einen Zusammenbruch, von dem sie sich nie mehr erholte. Sie wurde damals von einer Einrichtung in die nächste verlegt, heute ist sie in Winnenden in der Psychiatrie untergebracht.«

Ein tiefes Seufzen ließ Froelich nach links schauen. Der Fahrer war sichtlich ergriffen von der Geschichte.

»Das Jugendamt war damit einverstanden, dass Klaus seine kleine Schwester bei sich aufnehmen und für sie sorgen wollte«, fuhr Diana Waassen fort. »Hier in Wolfsölden wollte er verständlicherweise nicht wohnen bleiben, also hat er das Haus verkauft. An einen Freund des Vaters, der wohl Mitleid mit Klaus und Tina hatte, der ihm aber nur das Allernötigste zahlte – und alles seither vor sich hin gammeln lässt. Das Geld hat Klaus angelegt, und er hat für sich und Tina eine kleine Mietwohnung gesucht, von der aus er seinen Arbeitsplatz gut erreichen konnte – so sind die beiden in Besigheim gelandet. Dort hat er Richie Kieß und Mick Jäger kennengelernt, die haben ständig wegen ihrer neuen Band Stony Rolls die Köpfe zusammengesteckt, und Klaus, der kein Instrument beherrscht, aber viel Ahnung von Technik hat, ist ihr Roadie geworden.«

Diana Waassen wandte sich ab, ging nach draußen und atmete ein paar Mal tief ein. Der Fahrer knipste seine Lampe aus, und zusammen mit Froelich verließen sie ebenfalls die Scheune.

»Und deshalb sind wir hierher gefahren«, sagte Diana Waassen. »Jetzt weiß ich leider nicht mehr weiter. Keine Ahnung, wo wir noch suchen könnten.«

»Dui Tina isch zom Wald nuff gfahra«, ertönte aus dem Dunkel eine schnarrende Männerstimme. Dann trat ein gebeugter Wicht von etwa achtzig Jahren aus dem Schatten und funkelte die drei Auswärtigen mit knitzen Augen an.

Diana Waassen und der Fahrer hatten vor Schreck einen Satz nach hinten gemacht, aber Froelich hatte den Alten als Erster entdeckt und trat nun auf ihn zu.

»Und wohin da genau?«

»Sagat Sie mir erscht amol, wer Sie ieberhaupt send!«

»Und wer will das wissen?«

»Ja, jetzat kommat Sie mir net so wie dia verdruckte Geheimagenta en dene alde Gängschderfilm! I ben en alder Nochbor von de Giengers, ond i han dui Tina scho kennt, wo se no a ganz klois Butzerle war. Ond Sie?«

»Das ist Diana Waassen«, erklärte Froelich nun halt. »Eine der besten Freundinnen von Tina Gienger. Er hier hat uns gefahren, und ich bin Bestatter und helfe bei der Suche.«

»Beschdadder?« Der Alte spuckte zur Seite aus und zog ein Gesicht, als hätte er in eine Zitrone gebissen. »Om dr ällas! No fahrad Se besser glei wieder, net dass Sie mir den do oba no uff a Idee brengat.«

Er deutete mit dem Daumen gen Himmel.

»Gern, und wohin genau? Frau Waassen sucht ihre Freundin, sie macht sich Sorgen, auch um Tinas Bruder Klaus.«

»Des han i vorher scho ghert, i ben ja net taub.«

»Stehen Sie denn schon länger neben der Scheune?«

»Ha, en dr Nacht isch en Wolfsölda nemme viel los. Sobald d' Krone zuamacht, isch zappaduschter. Ond em Alder brauchsch halt nemme so viel Schlof. Dr Tina war's grad recht – no han e se nuff zom Wald schicka kenna.«

»Und was gibt's dort so Interessantes?«, fragte Froelich, dem das geheimnisvolle Getue des Alten langsam auf die Nerven ging.

»Heit nix meh, aber frieher … Do hot dui Suse sellamols emmer ihre Männer troffa. Net emmer, aber oft gnuag, dass mir andre Männer em Dorf des spitzkriagt hen.«

»Und … haben Sie sich dann auch mit ihr dort im Wald getroffen?«

Froelich rechnete mit einer wütenden Erwiderung, aber der Alte grinste nur hintergründig.

»Des net grad, dui hot Jöngere em Sinn ghet. Aber mir sen scho älls amol nuff ond hen gschpickelt. Solang dui Audofenschder no net ganz aglaufa gwä sen, hosch do scho was säh könna.«

Er schien sich gern an damals zu erinnern.

»Do hosch prima gschlofa drnoch. Ond en dr Krone hemmr au was zom Schwätza ghet.«

Jetzt legte sich ein Ausdruck des Bedauerns auf sein faltiges Gesicht.

»Oimol hot's halt leider dr Ernscht mitkriagt. Aber wer hätt au denkt, dass der sich glei … do drenna …«

Er verstummte und versank in düsteres Nachdenken.

»Wo genau ist denn diese Stelle im Wald, zu der Sie die Tina geschickt haben?«

Der Alte beschrieb ihnen den Weg.

»War schee verschdeckt gläga, aber do isch scho lang ällas zuagwachsa. Den Parkplatz siehsch heit gar nemme.«

Er kicherte.

»Schad drom.«

Die beschriebene Stelle war nicht weit vom Ortsrand und von der Straße zwischen Affalterbach und Burgstall entfernt, und dort waren wirklich nur noch hohes Gras und dichtes Unterholz zu sehen. Hier standen ein alter Mercedes und ein knallroter Fiat direkt hintereinander, der Shuttlebus hielt dahinter. Diana Waassen und Froelich stiegen aus und sahen sich um, konnten aber niemanden entdecken.

»Und jetzt?«

Froelich zuckte mit den Schultern. Sie überlegten noch, in welcher Richtung sie es auf gut Glück versuchen sollten, da gellte aus dem Wald ein Schrei. Es war eine Frauenstimme, und die Frau schien sich ein gutes Stück östlich von ihnen zu befinden. Froelich rannte als Erster los, doch der Fahrer, der wieder seine Lampe eingeschaltet hatte, und Diana Waassen hatten ihn schnell überholt und brachen nun durch den nächtlichen Wald, bis sie nach gut hundert Metern eine Wiese erreicht hatten, die sich sanft zu einem Bach hin senkte. Wieder schrie die Frau, und nun hielten die drei so schnell sie konnten auf die Baumlinie zu, die sich am Bachufer entlangzog.

Sie erreichten eine alte, bemooste Steinbrücke, und am jenseitigen Ufer, dort, wo Gras und Dreck direkt neben der Brücke eine steile Böschung bildeten, stand Tina Gienger und schrie aus vollen Lungen. Als sie wieder und wieder schrie, ihre Stimme zu kippen begann und sie offensichtlich kaum mehr Luft bekam, packte Froelich sie bei den Schultern, schüttelte sie und gab ihr – als das nichts half – eine Ohrfeige. Nun endlich nahm sie die Neuankömmlinge wahr. Die Tränen liefen ihr übers Gesicht, und sie deutete mit dem ausgestreckten Arm in den Bach.

Dort hockte Klaus Hardtmann im Bach, der ihn bis zur Hüfte umspülte. Seinen Oberkörper hatte er gegen die unteren Quader des Steinbogens gelehnt, auf dem die Brücke ruhte. Er hatte die Augen geschlossen, und Froelich kniff die Augen zusammen, um zu erkennen, ob der Mann noch atmete. Dann kletterte und schlitterte er die kurze Böschung hinunter und packte Hardtmann. Er rief den Fahrer zur Hilfe, gemeinsam schafften sie es mehr schlecht als recht, den Bewusstlosen aus dem Bach und hinauf auf den Feldweg zu schaffen. Froelich fühlte an Hals und Handgelenk den Puls. Er war noch zu ertasten, aber ging nur noch flach. Die nassen Kleider klebten Hardtmann am Leib, und während der Fahrer den Notarzt verständigte, rissen Froelich und Diana Waassen dem besinnungslosen Hardtmann die Hose und die Socken herunter. Dann zog Froelich sein Hemd aus und deckte ihn damit zu. Vielleicht konnte das verhindern, dass er noch mehr auskühlte – das Handgelenk hatte sich ohnehin schon sehr kalt angefühlt.

* * *

Klaus Hardtmann hatte verschiedene Tabletten und eine halbe Flasche Schnaps geschluckt, bevor er sich zum Sterben in den Buchenbach setzte. Zum Glück hatte er sich in der letalen Dosis vertan. Der Notarzt schätzte Klaus Hardtmann als stabil genug ein, dass er ihn – wie von Tina Gienger gewünscht – nach Ludwigsburg bringen lassen konnte. Im Shuttlebus folgten sie dem Krankenwagen, und wie Froelich und Diana

Waassen ließ es sich auch der Fahrer nicht nehmen, bis weit in die Nacht auf Nachricht zu warten, wie es Klaus inzwischen ging.

Im Warteraum der Intensivstation erzählte Tina stockend von ihrer Suche nach ihrem Bruder. Und davon, dass sie solche Angst gehabt hatte, nachdem ausgerechnet ihr Bruder den toten Mick Jäger finden musste. Ausgerechnet er, wo er doch schon den Vater ... Froelich legte ihr eine Hand auf den Arm und gab ihr zu verstehen, dass sie nicht weiterreden musste. Dass ihre Freundin ihm schon die ganze tragische Geschichte erzählt hatte.

Sie redete dann doch weiter, und weil es ihr zu helfen schien, ließ Froelich sie gewähren. Sie sprach von den schönen Jahren, die sie mit Klaus in Besigheim verbracht hatte. Von Rebecca Hardtmann, die Klaus den Kopf verdreht hatte – und die doch nicht gut für ihn gewesen war. Davon, dass sie sich nicht getraut hatte, ihm von der Ehe mit Rebecca abzuraten.

»Klaus hätte doch sofort gedacht, ich sei nur eifersüchtig auf die neue Frau in seinem Leben.«

Also hatte sie alles laufen lassen und musste miterleben, wie Klaus unglücklich wurde. Wie er Tag und Nacht am neuen Haus in der Marbacher Gartenstraße werkelte – und wie Rebecca daraufhin immer häufiger allein ausging und spät nach Hause kam. Wie damals ihre Mutter. Und, wie sie bald vermutete, aus demselben Grund.

»Es war am Tag vor Heiligabend 2013, als das Ganze eskalierte. Rebecca war auf einer Firmenfeier gewesen, sie kam angeschickert nach Hause – so hat es mir jedenfalls Klaus erzählt. Sie stritten, und irgendwann nannte Rebecca ihn einen Schlappschwanz und brüstete sich ihm gegenüber mit den anderen Männern, mit denen sie geschlafen und mit denen sie viel mehr Spaß gehabt hätte als mit ihm.«

»Und dann hat er zugeschlagen«, sagte Froelich und nickte. »Ich weiß, das hat mir ein Bekannter bei der Polizei schon erzählt.«

»Er?«

Sie lachte bitter.

»Rebecca hat ihn verprügelt, als es an Heiligabend wieder zum Streit kam. Grün und blau kam Klaus bei mir an. Diana und Carina waren zum Glück über Weihnachten bei ihren Familien. Ich habe ihn notdürftig versorgt, und er ist über Nacht im Gästezimmer der WG geblieben. Am nächsten Morgen ist er wieder nach Hause, da ging es offenbar gleich weiter.«

Tina Gienger musste sich schnäuzen.

»Und dann hat ihn die Polizei mitgenommen.«

»Was war passiert?«

»Als er nach Hause kam, war Rebecca gerade mit einem anderen Mann im Schlafzimmer zugange. Klaus wollte mir nie erzählen, wer es gewesen war. Er hat ihm eine verpasst, hat selbst auch ein, zwei Treffer einstecken müssen – und dann ist der Lover abgehauen. Rebecca hat ihn noch beschimpft und ist wieder auf ihn losgegangen. Da hat er sie k. o. geschlagen.«

»Und die Polizei hat ihn mitgenommen. Und warum haben Sie nicht für ihn ausgesagt, dass zuvor er das Opfer war?«

»Das wollte er nicht. Er hat sich geniert, dass er von seiner Frau nicht nur betrogen, sondern auch noch geschlagen wurde.«

* * *

Den Rest von Klaus Hardtmanns Geschichte erfuhr Froelich am späten Vormittag.

Inge hatte mit dem Frühstück nicht auf ihn gewartet und war mit Maigerle in die Stadt gefahren. Dollar, der im Speisesaal mit tiefen Augenringen über einem Kaffeepott hockte, schilderte ihm, wie sauer Inge reagiert hatte, als ihr der Grund für Froelichs plötzliches Verschwinden überbracht wurde. Die Pforzheimer Freunde konnten sie wieder einigermaßen aufmuntern, und der Abend endete noch recht lustig – aber dass Froelich etwas unternehmen musste, um Inge wieder milder zu stimmen, war klar.

»Und – war's spannend letzte Nacht?«, fragte Dollar schließlich.

Er umriss die Ereignisse nur in groben Zügen.

»Und vorhin habe ich Radegerst angerufen, Maigerles Bekannten von der Ludwigsburger Kripo. Der hat sich gewundert, dass am Mikrofon von Mick Jäger keinerlei Fingerabdrücke von Hardtmann zu finden waren und dass auch nichts darauf hindeutete, dass das Mikro abgewischt worden wäre – dass es aber überall sonst in der Wohnung nur so wimmelte von DNA-Spuren und Fingerabdrücken von Hardtmann. Das konnte ich ihm erklären: Als er seine Frau geschlagen hat, ist er daheim ausgezogen. Mal wohnte er bei einem Kumpel, zuletzt hatte er ein Zimmer in der WG seiner Schwester. Und dazwischen war er eine Zeitlang in der Wohnung von Mick Jäger untergekommen. Das ging nur bis Weihnachten 2014 gut. Zum … nun ja … ›Jahrestag‹ seines letzten Streits mit seiner Frau hat er zu tief ins Glas geschaut, dann ist er ausgerastet, und Mick Jäger hatte alle Hände voll zu tun, dass er ihm nicht aus Wut die halbe Wohnung zerlegte.«

»Oh nein, bitte lass nicht Klaus Hardtmann den Mörder sein!«, stöhnte Dollar.

»Na, wenn man sich das immer aussuchen könnte …«

»Dann solltest du Dizzy nehmen«, schlug Dollar vor. »Der hat auf jeden Fall Dreck am Stecken. Das wäre mir der liebste Täter, auch wenn ich dir schon gesagt habe, dass er letztendlich keiner Fliege etwas zuleide tun kann. Zumindest nicht körperlich.«

»Versteht Dizzy was von technischen Geräten? Soweit die Kriminaltechnik bisher weiß, wurde an Mick Jägers Mikrofon herumgedoktert.«

»Dizzy? Nö, technisch ist der eine völlige Pfeife. Der hat zwar ein Tonstudio in Heilbronn, aber wenn da irgendein Gerät nicht sauber läuft, holt er sich jemanden, der davon was versteht. Klaus hat ihm ab und zu was repariert, auch der Kumpel von Klaus … der … der … Mist, mir fällt der Name nicht mehr ein. Der hatte einen ziemlich komischen Spitznamen.«

Froelich sah Dollar amüsiert an.

»Ja, ich weiß schon, was du denkst«, knurrte Dollar. »Aber das war irgend so eine Figur aus einem Fantasy-Schmöker. Ich komm nicht drauf. Na egal.«

Er grübelte noch ein wenig, trank etwas Kaffee, dann schien ihm etwas einzufallen.

»Thomas? Ja, ich glaube, der hieß Thomas. Aber weiter weiß ich nicht. Wenn der Elektriker ist – wäre er ja auch ein Kandidat für die Polizei, was?«

»Ja, wenn wir ihn finden. Allein, mit einem so gängigen Vornamen wird das nicht allzu leicht sein, fürchte ich.«

* * *

In den nächsten Stunden schien ihm Inge aus dem Weg zu gehen, aber kurz nach drei Uhr sah er, wie sie sich auf den Weg zu ihrem Zimmer in der Jugendherberge machte. Er folgte ihr, holte sie aber nicht mehr ein, bevor sie die Tür hinter sich geschlossen hatte. Froelich klopfte, und als Inge öffnete und auf seinen Anblick mit schlagartig sinkenden Mundwinkeln reagierte, sagte er nur ein Wort: »Bitte!«

Sie ließ ihn noch ein wenig zappeln, und obwohl sie ihn genauso gut zu sich ins Zimmer hätte bitten können, war sie zu dem klärenden Gespräch, um das Froelich sie fast anbettelte, höchstens bereit, wenn sie sich dazu auf einen Kaffee in den Speisesaal setzten. Froelich wollte keinen Kaffee mehr trinken, aber wenn noch mehr Herzklopfen der Preis dafür war, dass sich Inge wieder mit ihm vertrug, war es ihm das wert.

Erst versuchte Froelich, ihr verständlich zu machen, warum er schon wieder die Nase in einen Mordfall stecken wollte. Dann erinnerte er sie an die gemeinsamen Zeiten – und nebenbei auch daran, dass sie sich damals in Weil der Stadt womöglich nie kennengelernt hätten, wenn er sich nicht als Hobbyermittler um den Tod der alten Dame im Seniorenheim gekümmert hätte.

Spätestens da war Inge besänftigt, aber sie wollte es Gottfried doch nicht zu leicht machen. Sie rieb ihm unter die Nase, dass sie natürlich von all seinen Fällen wusste – selbstverständlich auch von den Schnüffeleien nach dem Doppelmord in Esslingen-Zell vor zwei Jahren. Und sie nahm ihm das Versprechen ab, dass er nach der Lösung des Mordfalls Mick Jäger sich auch endlich mehr um sie kümmern würde. Dass er mit ihr schick essen, einkaufen, Sport treiben, radfahren gehen und vieles mehr tun würde, was Inge ihm mit den Worten unter die Nase rieb: »Alles das, was jeder andere Mann für seine Freundin tut.«

Er versprach alles, um des lieben Friedens willen, auch wenn er insgeheim hoffte, dass der eine oder andere Kelch an ihm vorbeigehen würde. Shoppen – da schüttelte es ihn dann doch. Dennoch sagte er zu allem Ja und Amen und trank sogar brav seinen Kaffee aus. Als sie später gemeinsam durch Ludwigsburg schlenderten, verzichtete er aber auf den Espresso, den sich Inge bestellte, und nahm lieber ein Schokoladeneis mit Sahne.

* * *

Auch die Auftritte am letzten Tag des Festivals liefen gut, ebenso wie der Auf- und Abbau ihrer Ausrüstung. Maigerle, Froelich und Inge – Dollar ohnehin – hatten inzwischen den Bogen raus. Die Instrumente und Verstärker waren im Nu abgebaut und zum Transport verpackt, und vom Ende ihres Auftritts bis zu dem Moment, an dem sie ihren Kram bis zum nächsten Einsatz im Künstlerbüro in der Remise abstellten, verging nach dem ersten Gig am dritten Festivaltag nicht viel mehr als eine Viertelstunde.

Sie hatten viel Beifall bekommen, und jetzt drängten viele Zuschauer nach vorn, um Stimmzettel für diese Band mit dem komischen Namen »tba« in die Pappbox auf der Bühne zu stecken. Froelich musste einige Zuschauer enttäuschen, die nach einer Startnummer fragten, weil sie außer Konkurrenz spielten, auch mit einer CD konnte »tba« nicht dienen, aber alle lobten die Band und wünschten ihnen viel Erfolg. Froelich stand neben der Bühne und sah noch einmal in die Runde, bevor er sich mit dem voll beladenen Bollerwagen trollte, auf der er seine und Inges Ausrüstung festgeschnallt hatte. Was für ein schöner Platz! Die Bühne war direkt hinter dem Schloss aufgebaut, den Platz für die Zuschauer rahmten die Gemäuer des prächtigen Gebäudes an zwei Seiten ein. Über die beiden freien Seiten ging der Blick von der Bühne nach links bis hinüber zu dem Hügel, auf dem das Favoritenschlösschen als Schmuckkästchen in seinem üppigen Park thronte. Dort drüben hatte Froelich von seinem Platz hinter dem Keyboard aus Rehe gesehen, die während ihres Konzerts mehrfach den Weg gekreuzt hatten, der wie eine schnurgerade Schneise den Blick auf das kleine Schloss freigab. Und nach vorn lag einem hier der gesamte untere Teil des Blühenden Barocks zu Füßen: mit mächtigen Bäumen und dem steil abfallenden Hang im Vordergrund, im Hintergrund sanft gewellte Wiesen und der Märchengarten, von dem man hier oben zwischen den Bäumen hindurch vor allem den Rapunzelturm sehen konnte.

Ein Stück weiter hinten erhob sich der wuchtige Klotz des Klinikums, auf dessen kalte Silhouette ihm durch einige Bäume gnädig der Blick verstellt war. Klaus Hardtmann kam ihm in den Sinn, der heute Nacht dort eingeliefert worden war. Wie es ihm wohl inzwischen ging? Er hatte Diana Waassen gebeten, ihm mit einer SMS Bescheid zu geben, sobald er entlassen würde – aber vermutlich wollten ihn die Ärzte noch ein, zwei Tage zur Beobachtung im Krankenhaus behalten. Und es war gut möglich, dass er von dort direkt zur Kripo kam. Immerhin war Klaus Hardtmann Elektriker, und nach allem, was er bisher über die Todesursache von Mick Jäger aufgeschnappt hatte, suchte die Polizei nach einem Mann mit technischem Verständnis. Und dass der Täter davon eine Menge haben musste, erfuhr Froelich wenig später.

Dollar hatte gleich nach dem letzten Lied einen Mann angesprochen, der etwas abseits der Bühne gestanden und von dort aus ihr halbstündiges Konzert aufmerksam verfolgt hatte. Die beiden schienen sich gut zu kennen, und Dollar wollte von dem Mann offenbar etwas, das dem anderen nicht recht passte. In der Remise klärte Dollar auf, mit wem er da geredet hatte.

»Dort drüben steht Matze«, sagte er und deutete auf den Mann, der im Garten wartete. »Ich geh mit dir zu ihm rüber, nicht, dass er sich noch ziert.«

Maigerle hatte ebenfalls gesehen, wer da im Garten stand. Er holte schnell vier Bier aus dem Künstlerbüro und schloss sich ihnen an. Matze sah der Gruppe mit einer etwas unleidigen Miene entgegen. Er ließ sich ein Bier geben, klatschte mit Maigerle zur Begrüßung ab und ließ sich Froelich vorstellen.

»Wir sind gewissermaßen Kollegen«, erklärte der und grinste. »Sie helfen der Kripo mit Ihrem technischen Sachverstand, und ich ermittle ein bisschen mit. Natürlich darf das offiziell keiner wissen, aber …«

Er zwinkerte dem anderen zu, aber der stand nach wie vor unbehaglich vor ihm.

»Ich würde gern wissen, was Sie der Polizei zu den Umständen von Mick Jägers Tod sagen konnten.«

»Darüber soll ich mit niemandem reden, hat mein Kumpel gesagt.«

»Und dessen Kollege Radegerst hat mir einige Infos zu dem Fall gegeben – und er hat mir auch gesagt, wen die Kripo als Experten hinzugezogen hat. Ich meine: Würde er das machen, wenn ich nichts von dem wissen dürfte, was Sie der Polizei gesagt haben?«

Matze zierte sich noch.

»Ich kann natürlich auch morgen Herrn Radegerst anrufen und es mir von ihm erzählen lassen.«

Jetzt lachte Matze schallend und schüttelte den Kopf.

»Damit könnten Sie vermutlich nicht viel anfangen. Wenn ich es richtig einschätze, hat er zumindest von den technischen Details nicht allzu viel verstanden.«

»Jetzt red endlich«, knurrte Dollar neben ihm. »Du weißt, dass du mir was schuldest.«

»Ja, ja, schon gut. Also … Was wissen Sie denn bisher darüber, wie Mick ums Leben kam?«

Froelich fasste zusammen, was ihm Radegerst dazu erzählt hatte.

»Gut. Das ist alles richtig – und doch nicht so ganz. Also, das eine können Sie schon mal komplett vergessen: dass einer eine Gitarre oder einen Bass umhängen hat, der vielleicht nicht richtig geerdet ist, und dass er dann einen Stromschlag abbekommt, wenn er mit den Lippen den Mikrokorb berührt …«

Er sah, wie Froelich die Stirn runzelte.

»Oje, das muss ich auch noch erklären? Der Korb ist dieses Metallgeflecht, das das eigentliche Mikrofon umgibt und schützt. Aber wenn man da drankommt, passiert normalerweise gar nichts. Selbst wenn was nicht in Ordnung wäre, würde es vielleicht ein bisschen kribbeln oder Sie würden kurz erschrecken – aber gefährlich wäre das nicht. Und das ist ja auch Sinn der Sache. Mikrofone und Instrumente sind seit vielen Jahren so aufgebaut, dass selbst dann nichts passiert, wenn sich jemand besonders blöd anstellt.«

»Also selbst für Bassisten sicher«, sagte Dollar im Reflex und lachte. Dann schaute er zu Froelich hin und zuckte mit den Schultern: »Inge wollte ich damit natürlich nicht …«

»Geschenkt«, sagte Froelich und winkte ab. Auch er kannte die Scherze, die über einfältige und unmusikalische Bassisten kursierten. Lange schon waren das gewissermaßen die Blondinenwitze der Musikerszene. »Also, Matze. Wenn das alles so narrensicher ist – wieso ist Mick Jäger dann trotzdem tot?«

»Weil sich da jemand ganz besonders viel Mühe gegeben hat. Und weil Mick ganz besonders viel Pech hatte.«

»Geht das genauer?«

»Klar, aber jetzt wird's etwas komplizierter. Ich erzähl euch einfach mal, was der große Unbekannte angestellt hat – und falls ihr etwas Wichtiges nicht verstanden habt, fragt ihr mich hinterher dazu, okay?«

Er sah dabei Froelich an, aber dem war eh schon klar, dass er ihn für denjenigen in der Runde hielt, der am wenigsten technisches Verständnis mitbrachte. Und das vermutlich auch mit Recht.

»Das Mikrofon allein hätte obendrein nicht gereicht, und mir ist auch nicht ganz klar, warum jemand einen solchen Aufwand betreibt – mir ist so etwas jedenfalls noch nicht untergekommen. Also ...«

Matze schloss kurz die Augen, als müsste er noch einmal Ordnung in seine Gedanken bringen, dann setzte er zu seinem kleinen Technikvortrag an.

»Der Bass hatte nichts mit dem Stromschlag zu tun, den Mick Jäger abbekam. Verantwortlich waren Manipulationen am Mikrofon und am Interface.«

Er warf Froelich einen kurzen prüfenden Blick. Der nickte nur – natürlich wusste er, dass mit dem Interface das Gerät gemeint war, das ein Mikrofon für Aufnahmen zum Beispiel mit einem Computer verband.

»Das Interface ist ein älteres Modell, das Netzteil ist integriert, da führt also von der Steckdose ein normales Kabel ins Gerät, und der Strom kommt mit 230 Volt im Interface an, wird vom internen Netzteil auf 48 Volt runtergeregelt – diese Spannung wird für die Phantomspeisung benötigt. Diese Phantomspeisung wiederum wird über das XLR-Kabel aufs Mikro gelegt. Mick Jäger benutzte ein etwas älteres Kondensatormikrofon. Und in diesen Mikrofonen wird der Strom, vereinfacht gesagt, unter anderem dazu gebraucht, um die Schallwellen in elektrische Signale umzuwandeln.«

Nun hob er beide Hände und hielt die Handflächen parallel zueinander vor sich in die Höhe.

»Der Schall trifft auf eine elektrisch leitfähige Membran« – er wackelte leicht mit der linken Hand – »und bewegt sie. Dadurch ändert sich der Abstand zwischen Membran und einer Gegenelektrode« – er nickte zu seiner rechten Hand hin – »und in dem Plattenkondensator, den diese beiden Teile bilden, ändert sich durch diese Bewegungen die elektrische Kapazität. Diese Kapazitätsänderung wird im Mikro dann ausgewertet, und am Ende gibt das Mikrofon ein elektrisches Signal weiter, das Lautsprecher oder Kopfhörer später wieder in die entsprechenden Schallwellen umwandeln können.«

Er sah die anderen kurz an, ein leichtes Lächeln spielte um seine Lippen.

»Ich sehe schon, genauer wollt ihr es nicht wissen. Der Strom, von dem ich gesprochen habe, fließt dabei immer innerhalb des Mikrofongehäuses, der Korb steht normalerweise nicht unter Strom. Im Fall von Mick Jäger hat jemand das Mikro umgelötet: Der dritte PIN der XLR-Buchse wurde nicht auf die interne Spannungsversorgung gelegt, sondern auf den Korb des Mikros.«

Froelich nickte. Das Wesentliche hatte er verstanden.

»Aber ich hab euch ja schon gesagt, dass das normalerweise nur unangenehm wäre – durch 48 Volt wird man nicht ohnmächtig. Hier kommt Mick Jägers Interface und sein spezieller Aufbau ins Spiel. Ihr kennt sicher diese Geräte, die über den USB-Anschluss des Computers mit Strom versorgt werden oder über ein externes Netzteil. Da würden im Interface schon nur noch die 48 Volt ankommen, die später für die Phantomspeisung gebraucht werden. In so ein externes Netzteil kommt zum Beispiel auf der einen Seite der normale Stromstecker, der das Gerät mit der Dose verbindet – und auf der anderen Seite kommt so ein dünnes Käbelchen raus mit einem runden Stecker am Ende, das dann ins Gerät gesteckt wird. In Micks Interface kommen dagegen die vollen 230 Volt an, weil das Netzteil mit im Gehäuse verbaut ist. Das Interface hat jemand aufgeschraubt, hat eine direkte Stromverbindung zwischen Spannungseingang und Phantomspeisung hergestellt und so das Netzteil umgangen.«

»Also lagen auf der Phantomspeisung 230 Volt«, fasste Froelich zusammen. »Die wurden auf den Mikrofonkorb gelegt – und zack!«

»Nicht so schnell, Herr Froelich. Im Prinzip stimmt das so – nur ist heute Stand der Technik, dass ein Haus oder eine

Wohnung einen FI-Schalter hat. Das ist ein Schutzschalter, der verhindern soll, dass durch gefährliche Fehlerströme jemand zu Schaden kommt. Für Badezimmer und Toiletten sind die seit den Achtzigern vorgeschrieben, und in Neubauten seit fünf, sechs Jahren für alle Stromkreise in der Wohnung. Dieser Schutzschalter hätte eine Fehlbelegung wie im Interface und dem Mikrofon sofort erkannt und hätte den Stromkreis unterbrochen, bevor Mick auch nur in die Nähe des Mikrofonkorbs gekommen wäre.«

»Und einen solchen Schalter gab es in Mick Jägers Wohnung nicht?«

»Offenbar nicht. Ich hab die Wohnung ja nicht gesehen, aber die Kriminaltechniker haben das wohl so vorgefunden. Und so hat's die Sicherung in Micks Wohnung erst rausgehauen, als es für ihn schon zu spät war.«

Froelich versuchte aus der Schilderung schlau zu werden.

»Sie sehen also«, fasste Matze zusammen: »Da hat sich jemand ungewöhnlich viel Mühe gemacht, und Mick hat obendrein auch noch Pech gehabt.«

* * *

»Mensch, Alex«, rief Björn Radegerst seinem Kripokollegen zu, als der nach dem zweiten und letzten Auftritt von »tba« am letzten Tag des Festivals von der Bühne kletterte. »Ihr seid ja richtig klasse!«

»Na hör mal«, gab Maigerle zurück. »Glaubst du, ich stell mich auf eine Bühne, wenn ich es nicht kann?«

Radegerst hatte noch am Abend eine Soko-Besprechung gehabt und war danach zu Fuß die fünf-, sechshundert Meter vom Kripokommissariat ins Blühende Barock spaziert. Nun begleitete er sie zur Remise, wo sie ihre Instrumente abstellten, bis der nächste Shuttlebus zur Jugendherberge Platz für sie und ihre Ausrüstung bot. Der nächste und letzte offizielle Programmpunkt war die Preisverleihung, die für halb zehn angesetzt war. Radegerst ging mit den anderen hin, beklatschte die Siegerbands und kehrte dann wieder zurück zur Remise. Dort hörten sie, dass sich auf der Bühne M ein paar Musiker für eine letzte Session zusammengefunden hatten, und sie schlenderten die paar Schritte hinüber. Auf der Bühne, die so malerisch von Wiesenhang und Mauern eingefasst war und ein wunderschönes Amphitheater bespielte, wurde wieder eifrig musiziert, und immer mehr nach der Preisverleihung eintreffende Musiker feuerten ihre Kollegen von der Wiese oder den vorderen Stuhlreihen aus an.

Maigerle und die anderen blieben oben auf dem Weg, der zwischen Bühne und Remise hindurchführte. Sie lehnten an der Brüstung und schauten auf die Musiker hinunter. Radegerst hatte es so eingerichtet, dass er direkt neben Froelich stand. Und als sich die Männer und Frauen auf der Bühne verständigten, was sie als Nächstes spielen oder auf welchem Akkord sie die nächste Improvisation beginnen könnten, beugte sich der Kommissar leicht zu Froelich hin.

»Matze hat mich vorhin angerufen«, sagte er und ließ den Satz kurz wirken.

Und wirklich schluckte Froelich, dann lächelte er ihn entschuldigend an.

»Er wird diese Informationen sonst auf jeden Fall für sich behalten, da bin ich mir sicher. Aber als er gehört hat, dass wir beide der Kripo inoffiziell ein bisschen helfen ... und vielleicht, weil wir beide mit Musik zu tun haben und ...«

Radegerst grinste und erlöste Froelich aus seinem Gestammel.

»Na ja, ganz so hat er es nicht ausgedrückt, aber egal. Ich hätte Ihnen das auch erzählt, wenn Sie mich danach gefragt hätten.«

»Matze meinte, dass ich mir da nicht zu viel versprechen sollte. Er war sicher, dass Sie höchstens die Hälfte seiner Ausführungen verstanden haben.«

Radegerst lachte.

»Ganz so blöd sind wir von der Kripo auch wieder nicht. Wenn die Fachbegriffe mit unserem Experten durchgegangen sind, habe ich nur halb hingehört. Ja, das stimmt. Aber ich weiß im Kern, was er gemeint hat. Ich habe grob verstanden, was am Mikrofon und an diesem anderen Gerät manipuliert wurde. Und meine Kollegen aus der Technik konnten alles so bestätigen – auch den Umstand, dass der Stromkreis im Wohnzimmer nicht mit einem dieser Schutzschalter versehen war.«

Er schaute nachdenklich auf die Bühne hinunter.

»Glauben Sie, derjenige, der sich an der Ausrüstung zu schaffen gemacht hat, wusste, wie Jägers Stromversorgung ausgestattet war?«

Radegerst zuckte mit den Schultern.

»Oder rechnete er vielleicht damit, dass dieser Schalter rechtzeitig den Stromkreis unterbrechen würde?«

»Sie meinen, dass jemand Michael Jäger nur einen Denkzettel, einen Warnschuss, etwas in der Art verpassen wollte? Und dass das gründlich schiefging?«

»Wäre möglich, Herr Radegerst, oder?«

»Möglich ist alles.«

»Und wann hatte der große Unbekannte die Gelegenheit, an Mikrofon und Interface herumzulöten? Hatte derjenige Zugang zu Jägers Wohnung? Oder hatte Jäger die Geräte zur Reparatur gegeben?«

»Das ist seltsam«, sagte Radegerst nach einer kurzen Pause. »Nirgendwo in Jägers Wohnung haben wir Belege gefunden, die auf eine Reparatur der beiden Sachen hindeuten – während er sich den Termin, dass Klaus Hardtmann am Freitagfrüh in die Wohnung kommen wollte, sowohl auf seinem Handy als auch in einem Wandkalender in der Küche notiert hat. Soweit wir bisher wissen, hatte Jäger durch die Vielzahl seiner musikalischen Aufgaben – Chorleiter, die Band und Projekte wie das Folkquartett mit den drei Sängerinnen – durchaus einen netten Nebenverdienst. Meine Kollegen sind noch dran, aber ich gehe davon aus, dass er das versteuern musste. Also bewahrt man solche Belege doch auf, um sie später absetzen zu können. Aber wie gesagt: Da war nichts.«

»Vielleicht hat er das Zeug unter der Hand reparieren lassen. Oder …«

Froelich verstummte und dachte nach.

»Oder?«, hakte Radegerst nach.

»Oder er hatte es bisher nicht zuhause aufbewahrt, sondern im Proberaum seiner ehemaligen Band.«

»Dieser Stony Rolls? Wann ist er denn da ausgestiegen?«

»Er wurde rausgeworfen, da bin ich mir sicher. Vor gut einer Woche, am Samstag nach der Probe. So hat es mir jedenfalls Richard Kieß erzählt, in dessen Haus die Band probt. Seine Frau wusste offenbar noch nicht davon – obwohl sie Jäger wohl ebenfalls schon seit vielen Jahren kannte.«

»Seltsam. Spricht man darüber innerhalb einer Woche nicht mal miteinander? Klingt nicht gut für die Ehe.«

»Ich wollte da eh noch einmal hin. Vor einer Woche wirft Kieß seinen Bassisten raus, der übrigens vor vielen Jahren zusammen mit ihm die Band gegründet hat – und schon am nächsten Samstag kommt ein neuer Bassist zur Probe und spielt auch einen Auftritt am selben Abend mit. Entweder ist dieser Bassgitarrist der absolute Vollprofi, dass ein so fliegender Wechsel auch wirklich klappt – oder er wusste schon vorher, dass er für Jäger einspringen muss.«

»Das wiederum würde bedeuten, dass Kieß seinen alten Kumpel nicht spontan rausgeworfen hat, sondern dass er das schon länger vorhatte«, sagte Radegerst und nickte. »Und unter welchem Vorwand würden Sie ein weiteres Mal mit Kieß reden?«

»Na ja, aus unserem ersten Gespräch weiß er, dass ich mit unserer Band für Jäger und seine Sängerinnen eingesprungen bin. Dass in den Gesprächen unter den teilnehmenden Musikern auch der Tod von Mick Jäger ein Thema ist, wird er sich denken können.«

Froelich ließ eine Pause und sah Radegerst an, bis der seinen Blick erwiderte.

»Und wenn ich ihm dann …«

Der Kommissar runzelte die Stirn und wartete ab, bis Froelich weitersprach.

»Und wenn ich ihm dann noch etwas zu der vermuteten Todesursache verraten dürfte.«

»Sie haben mir versprochen –!«

»Ja, ich weiß, und ich wollte Ihnen auch vorschlagen, dass Sie das zunächst mit Ihren Kollegen in der Soko besprechen. Wenn Sie nicht mit meinem Vorschlag einverstanden sind, schweige ich wie ein Grab. Schauen Sie: Falls Jäger sein Mikrofon und dieses Interface bis zu seinem Rausschmiss wirklich im Proberaum seiner damaligen Band gelagert hätte, würde es nicht mehr darum gehen, dass der Täter Zugang zu Jägers Wohnung, sondern zum Haus von Richie Kieß gehabt haben muss. Und nicht zuletzt Kieß selbst, der mit Jäger irgendein Problem hatte, käme als Täter infrage. Ganz gleich, ob der Täter einen Mord oder nur einen Denkzettel im Sinn hatte.«

Radegerst war nachdenklich geworden. Auf der Bühne hatten sich die Musiker längst auf das nächste Stück geeinigt: ein eher leiser Klassiker, der wirklich im Repertoire keines Straßenmusikers fehlen durfte. Zu dem konnte man mit geschlossenen Augen in Erinnerungen schwelgen, man konnte entspannt zuhören – oder sich ruhig weiter unterhalten.

»Und wenn wir es aus diesen Gründen für möglich halten«, fuhr Froelich fort, »dass Kieß als Täter infrage kommt oder dass er zumindest wissen könnte, wer absichtlich oder durch eine Verkettung unglücklicher Umstände für den Tod von Mick Jäger verantwortlich ist ...«

Froelich ließ wieder eine kurze Pause und bemerkte, dass der Kripobeamte an seiner Seite inzwischen ernsthaft über seine Argumente nachdachte.

»Dann, Herr Radegerst, wäre es doch sehr gut möglich, dass Kieß irgendeinen Blödsinn unternimmt, einen Fehler macht oder Ihnen sonstwie einen nützlichen Hinweis gibt, wenn ich ihn mit der Information konfrontiere, dass die Polizei weiß, woran Jäger gestorben ist und wo seine Sachen hätten manipuliert werden können.«

Radegerst sah schweigend zur Bühne hinunter, aber seine Kiefer mahlten. Es arbeitete sichtlich in ihm, und Froelich wartete geduldig auf seine Antwort. Das dauerte. Drunten hatte sich ein Posaunist in ein völlig abgedrehtes Solo verstiegen, und seine Mitspieler fielen aus dem Takt, lachten schallend und setzten ihre Instrumente ab. Das Publikum feierte den ungeplant abrupten Schluss der Einlage, und der Jubel wurde noch deutlich lauter.

Froelich sah nun auch nach unten. Ein schlaksiger Typ mit knapp schulterlangen dunklen Haaren war auf die niedrige Bühne geklettert und klatschte nun mit den anderen Musikern ab. Einige begrüßten ihn wie einen alten Freund, und danach schienen sie den anderen zu erklären, wer da gerade zu ihnen gestoßen war – was denen ein anerkennendes Nicken abnötigte. Der Typ trug eine weit fallende, graubraune Hose, ein längsgestreiftes Shirt und darüber ein offenes, langärmliges Hemd. Er hielt eine Geige in der linken und den dazugehörigen Bogen in der rechten Hand und schien sich mit den anderen Musikern zu beraten, was die jetzt gerne spielen würden. Doch Bassist, Percussionist und Gitarrist deuteten theatralisch mit den offenen Handflächen auf ihn, als würden sie ihm die Wahl überlassen. Der Geiger ließ es sich gefallen, verbeugte sich ironisch vor den anderen, schloss die Augen, klemmte die Geige zwischen Kinn und Schulter und hob den Bogen einen kurzen Moment lang wenige Zentimeter über die Saiten.

Schließlich breitete sich ein schelmisches Lächeln auf seinem Gesicht aus, und er legte in einem Mix aus Klassik, Jazz und Folk los wie der Teufel. Es dauerte ein bisschen, aber dann erkannten die anderen, worüber er da gerade improvisierte, und sie fielen ein paar Takte später kraftvoll mit dem Groove von »Locomotive Breath« ein. Radegerst wippte im Takt mit, und um sie herum klatschten und johlten alle wie wild. Froelich versuchte sich auf den Geiger zu konzentrieren. Er kannte ihn, hatte Klaus Marquardt bisher aber nur als Teil der Band Wendrsonn gehört. Hier klang er anders, aber gewiss nicht schlechter.

»Aber Ihnen ist klar, Herr Froelich«, setzte Radegerst plötzlich an: »Wenn Sie das vergeigen …« – er deutete grinsend zu dem Solisten hinunter – »... kann uns das ziemlich zu schaffen machen.«

Froelich lächelte.

»Ach, wenn ich meinen Part so gut spiele wie der Klaus dort unten, dann müssen Sie sich keine Sorgen machen.«

Montag, 25. Mai (Pfingstmontag)

Inge hatte den Pfingstmontag ganz geruhsam zusammen mit ihrem Gottfried verbringen wollen, doch dann hatte sie sich doch überreden lassen, dass sie erst am Abend gemütlich ein Glas Wein miteinander trinken würden – und sie bis dahin ihren Hobbyermittler von der Leine ließ.

Gegen halb vier traf Froelich in Marbach ein. Diesmal hatte er nicht den Leichenwagen genommen, sondern war in seiner Ente gefahren. Er hatte sogar extra einen längeren Umweg von Esslingen eingeplant. Statt über die Bundesstraßen und dann von Ludwigsburg aus am Neckar entlang war er über den Schurwald und die Berglen gezuckelt, und in jeder der vielen Kurven auf dieser Strecke genoss er es, wie sich der kleine, alte Wagen jedes Mal unter seinem Gewicht nach außen neigte. Außerdem gewann er so Zeit, um sich auf das anstehende Gespräch mit Richard Kieß vorzubereiten.

Als er die Steigäckerstraße erreichte, hatte er sich eine Strategie zurechtgelegt – doch sein Plan platzte schon, kurz nachdem er den Citroën am Straßenrand abgestellt hatte. Das Seitenfenster hatte die Fahrt über offen gestanden, und Froelich strich sich ein paar Mal über seine wild nach allen Richtungen abstehenden Haare, bevor er das Fenster schloss und ausstieg. Da hörte er vom Kieß'schen Haus her laute Rufe, Schreie, Türenschlagen. Froelich beugte sich zur Beifahrerseite hin und öffnete auch dort das Fenster, um besser mithören zu können. Offenbar war zwischen den Eheleuten ein heftiger Streit im

Gange, aber einzelne Worte konnte Froelich nicht verstehen. Und schon stürmte Richard Kieß aus der Haustür, schlug sie wütend hinter sich zu, ohne dafür auch nur einen Moment lang sein Tempo zu verringern, und eilte auf die Garage zu, vor der sein Wagen stand. Er riss die Fahrertür auf, ließ sich auf den Sitz fallen, knallte auch diese Tür zu und fuhr dann ruppig und mit aufheulendem Motor rückwärts aus der Garageneinfahrt und kurz darauf auf der Straße davon.

Froelich war währenddessen ein wenig in seinem Sitz nach unten gerutscht, aber Kieß hatte auf nichts in seiner Umgebung geachtet, und Froelichs Ente kannte er nicht. Froelich sah sich um. Der Kombi mit den beiden Kripobeamten, die Radegerst ihm als Begleitung für alle Fälle mitgeschickt hatte, wendete schnell und fuhr Kieß hinterher. Wenig später lag die Straße wieder so ruhig da, als wäre nichts gewesen. Froelich dachte nur kurz darüber nach, wieder unverrichteter Dinge nach Hause zu fahren – dann gab er sich einen Ruck, schloss die Seitenfenster und stieg aus.

Die etwas zu pompöse Melodie der Türglocke war noch nicht verklungen, als Daniela Kieß schon die Tür aufriss, offenbar darauf gefasst, den Streit mit ihrem Mann fortzusetzen. Ihr hübsches Gesicht war wutverzerrt und ihr Mund schon für die anstehende Beschimpfung halb geöffnet. Als sie Froelich erkannte, klappte erst ihr Mund zu, dann änderte sich ihre aggressive Körperhaltung, die Schultern sanken nach unten, und sie schien ein ganzes Stück kleiner zu werden. Schließlich wandte sie sich ab und schlurfte in die Wohnung zurück, ohne die Haustür hinter sich und ihren Besucher weiter zu beachten.

Froelich zögerte und blieb auf der Schwelle stehen. Daniela Kieß war in die Küche gegangen und von dort war nun zu hören, wie sie die Kaffeemaschine startete. Als das Mahlwerk zum zweiten Mal ertönte, ging er hinein und zog leise die Haustür hinter sich zu. Daniela Kieß kam mit zwei Tassen aus der Küche, sah Froelich nur kurz an und nickte wie zur Begrüßung. Wenig später saßen sie sich am Wohnzimmertisch gegenüber.

»Haben Sie unseren Streit mitangehört?«, fragte sie nach einer Weile.

Froelich nickte und machte dazu eine entschuldigende Miene.

»Das muss Ihnen nicht unangenehm sein. So selten kommt das bei uns nicht vor, und ich nehme an, die Nachbarn wissen alle längst Bescheid. Aber nun ist Richard erst einmal weg. Vielleicht kippt er irgendwo ein paar Bierchen. Wenn Sie also mit ihm reden wollen, müssten Sie bitte morgen noch einmal kommen. Er hat die ganze Woche Urlaub.«

»Was war denn los?«

Sie sah Froelich an, als müsste sie überlegen, ob sie ihm das wirklich erzählen sollte.

»Ach, wir haben immer wieder einen Grund, uns in die Haare zu kriegen«, begann sie schließlich. »Ich hätte gern Kinder, Richard nicht. Er arbeitet zu viel, trinkt zu viel und verbringt zu wenig Zeit mit mir – was er natürlich ganz anders sieht. Er führt sich manchmal auf, als wäre er noch immer zwanzig, anstatt endlich etwas erwachsener zu werden. Und ich habe es satt, dass …«

Daniela Kieß unterbrach sich. Ihre Augen schimmerten feucht, und sie griff nach ihrer Tasse und trank sie in einem Zug aus. Dann stand sie auf und trug die Tasse in die Küche. Die Maschine ging wieder zweimal, und als sie ihren zweiten Kaffee auf den Tisch gestellt und Froelich ebenfalls eine volle Tasse hingeschoben hatte, bemerkte sie, dass ihr Gast noch kaum von der ersten getrunken hatte.

»Oh, Sie haben ja noch …«, setzte sie an, unterbrach sich wieder, lächelte ihn bedauernd an, wurde ernst und beugte sich plötzlich vornüber.

Froelich wartete, bis ihr Schluchzen wieder verebbte. Er kannte solche Momente. Und in seinem Beruf als Bestatter hatte er mühsam gelernt, sie zu ertragen. Wer einen Menschen verlor, der ihm sehr nahestand, sollte sich benehmen dürfen, wie immer es ihm half, seinen Schmerz auszuhalten. Und Froelich fand, dass es ihm nicht zustand, eine solche Szene zu unterbrechen. Daniela Kieß brauchte fast fünf Minuten, bis sie sich wieder aufrichtete. Unter Tränen lächelte sie Froelich an, bevor sie zu einem Sideboard ging, um sich Taschentücher zu holen. Sie schnäuzte sich, brachte das gebrauchte Tuch in die Küche. Froelich hörte, wie sie sich draußen erneut die Nase putzte. Ein Deckel klappte zu, und sie kam mit der angebrochenen Packung Papiertaschentücher in der Hand zurück an den Wohnzimmertisch und setzte sich.

»Lernt man das als Bestatter?«, fragte sie nach einer Weile. »Dass man still bleibt und die Leute zu Ende weinen lässt?«

»Der eine handhabt das so, der andere versucht zu trösten – ich bin halt ruhig und warte.«

Sie nickte und lächelte schwach.

»Danke«, murmelte sie dann und nahm das nächste Taschentuch.

Froelich beugte sich ein wenig vor.

»Was man aber auf jeden Fall als Bestatter lernt«, sagte er, »ist einzuschätzen, wie eng Trauernde mit den Verstorbenen verbunden waren.«

Daniela Kieß sah ihn nachdenklich an und tupfte sich Nase und Augenwinkel trocken.

»Und dass Sie mit Mick Jäger mehr verbunden hat als die bloße Tatsache, dass er mit Ihrem Mann in einer Band gespielt hat, ist nicht schwer zu erkennen.«

Sie knüllte das Taschentuch zusammen und steckte es sich umständlich in die Hosentasche, konzentriert, als wäre das eine besonders schwierige Aufgabe, bevor sie ihren Blick wieder hob.

»Was war da noch?«, fragte Froelich, obwohl er es sich fast schon denken konnte.

»Er war ein Freund.«

Ihre Stimme war ganz weich geworden und so leise, dass Froelich genau hinhören musste.

»Mein Freund.«

Froelich nickte.

»Erst war er wirklich nur ein Freund, ich habe ihn durch Richard kennengelernt. Wir waren damals schon etwa zwei Jahre zusammen, und als ich Mick das erste Mal sah …«

Sie zuckte mit den Schultern und lächelte.

»Wenn ich noch nicht mit Richard zusammengewesen wäre, dann ... Aber so? Ich meine – die beiden waren Freunde seit ihrer Kindheit, sie hatten sich eine Zeitlang aus den Augen verloren und nun wiedergetroffen, wollten eine gemeinsame Band gründen – da ging das natürlich nicht, also habe ich mir eingeredet, dass Mick einfach nur ein guter Freund sei. Ich habe schon bemerkt, dass er mich manchmal nicht so angesehen hat, wie sich das für einen ... nun ja ... Freund der Familie gehört. Aber er hat nichts gesagt, ich hab nichts gesagt. Wir kamen zurecht.«

Daniela Kieß nahm einen Schluck Kaffee, dann noch einen und schließlich leerte sie ihre Tasse ganz.

»Wollen Sie den nicht?«, fragte sie und deutete auf die zweite Tasse, die noch unberührt vor Froelich stand. Er schüttelte den Kopf und schob ihr den Kaffee hin, von dem sie gleich noch einen Schluck nahm.

»Ich sollte nicht so viel davon trinken«, sagte sie schließlich. »Aber ich glaube, es gibt schlimmere Angewohnheiten, was?«

Froelich nickte und wartete darauf, dass sie weitererzählte.

»Richard und ich haben 2005 geheiratet, wir haben uns dieses Häuschen gebaut, und ich wollte danach gerne Kinder haben. Richard nicht, wie ich schon sagte. Irgendwann hatte er nicht einmal mehr Lust, mit mir zu schlafen. So etwas kann ganz schön am Selbstbewusstsein nagen, Herr Froelich.«

Sie schnaubte.

»Und irgendwann habe ich mal mitbekommen, dass mein lieber Richard durchaus Lust auf Sex hatte, aber nicht mit mir. Es waren die ganzen Klischees, die man aus schlechten Filmen kennt: Der Anruf, dass er später aus dem Büro komme als geplant – und dann schleicht er sich nachts ins Haus, steckt die Unterhose ganz unten in die Wäschetonne. Anrufe auf seinem Handy, nach denen er dringend ins Büro muss – oder es klingelt, Richard geht eilig dran, hört ein, zwei Minuten zu, sagt nicht viel und behauptet hinterher, da habe sich jemand verwählt.«

Nun sah sie wirklich angewidert aus.

»Ab und zu habe ich ihn zur Rede gestellt, er hat natürlich alles abgestritten. Und als ich manchmal Zettel in seinen Jacketts oder sogar mal einen Lippenstiftfleck auf einem Hemd fand, habe ich es für mich behalten. Ich meine: Wie sieht das denn aus? Als würde ich meinem Mann nachschnüffeln, wie die armseligen Hausfrauen in diesen Liebestragödien – dabei fällt einem so etwas durchaus auf, wenn man etwas in die Waschmaschine packt. Da greift man kurz in alle Taschen, damit nicht hinterher die ganze Wäscheladung mit Papiertaschentuchfusseln oder kleinen Papierschnipseln versaut ist.«

Sie war ein wenig aufgebraust. Jetzt machte sie eine Pause, trank einen Schluck Kaffee und atmete ein paar Mal tief ein und aus.

»An unserem vierten Hochzeitstag musste Richard angeblich wieder Überstunden schieben.«

Daniela Kieß lachte bitter.

»Entschuldigen Sie bitte das Wortspiel. Jedenfalls war mir gleich klar, was mein Mann so dringend zu erledigen hatte. An unserem Hochzeitstag! Dass er sich solche Daten nicht merkte, war ich schon gewöhnt. Aber dass er ausgerechnet an einem solchen Abend mit irgendeiner Schlampe …«

Sie räusperte sich und fuhr dann fort.

»Ich rief Klaus an.«

Froelich runzelte die Stirn.

»Klaus ist auch ein alter Freund von uns, Klaus Hardtmann. Er war von Anfang an der Techniker der Stony Rolls. Wann immer etwas kaputt ging, Klaus hat's wieder hinbekommen. Irgendwann hat er sich mit meinem Mann zerstritten, das müsste jetzt zwei Jahre her sein. Kurz nach Weihnachten kam er hier an, angetrunken, und hat Richard beschimpft. Ich war grad in der Badewanne, und Richard hat ihn gleich wieder rausgeschmissen, deshalb habe ich gar nicht mitbekommen, worum es bei ihrem Streit ging. Aber egal – es war schon immer leicht, sich mit Richard zu verkrachen.«

Sie nippte an ihrem Kaffee.

»Damals, an unserem vierten Hochzeitstag, waren wir jedenfalls noch befreundet. Ich rief also Klaus an, weil er in derselben Firma arbeitet wie Richard.«

»Die beiden sind Kollegen?«

»Klaus hat Richard seinen heutigen Job vermittelt. Er ist Elektriker und arbeitet für einen großen Autozulieferer.«

Sie nannte den Namen der Firma, die Froelich wirklich kannte.

»Und mein Mann hat sich bei Klaus immer wieder mal darüber beklagt, dass er in seinem damaligen Job karrieremäßig nicht vorankomme – da hat sich Klaus mal umgehört, und zwei Wochen später hat er ihm einen Zettel gegeben. Da stand einer aus der Personalabteilung drauf, Name, Durchwahl. ›Ruf den an‹, hatte Klaus damals gesagt. ›Die suchen einen wie dich, und er weiß auch, dass wir befreundet sind. Das sollte klappen.‹ Hat es dann ja auch. Aber anders, als sich Klaus das gedacht hatte.«

Froelich hätte nur zu gern nachgefragt, was sie damit meinte, aber er zwang sich abzuwarten.

»Tja, so hat ausgerechnet Klaus meinen Richard mit einer seiner Liebhaberinnen zusammengebracht«, fuhr sie schließlich fort. »Und als mich mein Mann am vierten Hochzeitstag allein daheim hat sitzen lassen, wollte ich mir das nicht länger gefallen lassen. Ich wollte ihn zur Rede stellen, wollte ihm Beweise um die Ohren hauen, was immer das für Beweise sein konnten. Also rief ich Klaus an, um vielleicht etwas darüber zu erfahren, ob Richard wirklich Überstunden machen musste. Eigentlich Blödsinn, wenn ich heute so daran zurückdenke – die beiden waren ja nicht in derselben Abteilung. Klaus im Werk, Richard im Büro. Aber in so einer Situation ist man manchmal regelrecht ...«

Sie ließ den Satz unvollendet und ließ den rechten Zeigefinger kurz neben ihrer Stirn kreisen.

»Witzigerweise wusste Klaus wirklich etwas, was mir weiterhalf. Frodo hatte ihm davon erzählt.«

»Frodo? Wie Frodo Beutlin?«

»So ist halt sein Spitzname. Eigentlich heißt er Thomas Frohdat, und er hat zum Glück keine Ähnlichkeit mit dem Hobbit – er ist normal groß, und soweit ich weiß, hat er auch eine normale Schuhgröße. Na gut, eine Ähnlichkeit gibt's vielleicht doch. Auch unser Frodo raucht gern mal ein Pfeifchen.«

Sie lachte leise, wurde aber sofort wieder ernst. Froelich brauchte einen Moment, bevor er sich erinnerte, von wem Dollar am Sonntag während des Frühstücks gesprochen hatte: von einem Kumpel Hardtmanns, Elektriker und mit Studiotechnik vertraut wie er; ein gewisser Thomas, der einen Spitznamen hatte, der einem Fantasy-Schmöker entlehnt war.

»Frodo«, erzählte Daniela Kieß unterdessen weiter, »hat seinen Job ebenfalls auf Vermittlung von Klaus bekommen. Erst arbeitete er als Elektriker mit Klaus zusammen, dann wechselte er ins Büro und ist seither in derselben Abteilung beschäftigt wie mein Mann. Frodo war auch ein paar Jahre lang Gitarrist bei den Stony Rolls, aber er wollte unbedingt beruflich Karriere machen und hat dafür irgendwann auch die Musik an den Nagel gehängt. Mit der Karriere ist es bisher trotzdem nichts geworden, aber er arbeitet noch immer wie ein Verrückter, um vielleicht doch noch befördert zu werden – eigentlich eine arme Sau, der Frodo. Ein netter Kerl, aber privat absolut unzuverlässig, weil er ständig nur den Job im Sinn hat und immer einspringt, wenn irgendwo in der Welt ein Kollege ausfällt. Erst vor zwei Wochen war er hier. Am Muttertag. Richard war nicht zuhause, und ich hockte deprimiert in der Wohnung rum und wusste nichts mit mir anzufangen. Ich hab Ihnen ja schon erzählt, dass ich gerne Kinder gehabt hätte, da zieht mich der Muttertag immer runter.«

Daniela Kieß trank noch etwas Kaffee, bevor sie weiterredete.

»Da kam Frodo, er sollte irgendetwas abholen. Er und Klaus sind nach wie vor enge Freunde, und sie reparieren ab und zu irgendwelchen Kram für die Band oder auch hier im Haus. Wie gesagt, Richard war nicht da, und Frodo ist runter in den Proberaum, der kannte sich dort ja noch aus. Danach hat er mit mir

Kaffee getrunken. Er hatte Kuchen mitgebracht, und damit wollte er seinen Geburtstag mit mir feiern – er ist am 10. Mai vierzig geworden, aber da wollte er gar nicht groß darauf eingehen. Ich glaube, der hat auch an diesem Tag irgendwas für die Firma gemacht. Daheim, auf dem Laptop. Na, egal, das muss er selbst wissen. Er hat mich jedenfalls ein bisschen aufgemuntert, als er mich so deprimiert vorfand – wobei ich den Eindruck hatte, dass es ihm selbst nicht besonders gut ging, aber darüber wollte er nicht reden. War schön, mit ihm dazusitzen und zu quatschen und Kaffee zu trinken. Ansonsten haben wir leider vor allem über Facebook Kontakt. Im Moment ist er in Griechenland unterwegs, er müsste die Tage wieder zurückkommen.«

Wieder huschte ein wehmütiges Lächeln über ihr Gesicht.

»Ich glaube, ich ruf ihn an, wenn er wieder da ist. Vielleicht sollten wir alle zusammen mal wieder ins Kino gehen oder essen, was weiß ich. Und gerne ohne meinen Mann …«

Sie presste die Lippen zusammen und versank in brütendes Schweigen.

»Sie wollten mir noch erzählen«, erinnerte Froelich sie nach einer Weile, »was an Ihrem vierten Hochzeitstag passiert ist.«

Sie nickte.

»Ich habe also Klaus angerufen, und der hatte von Frodo gehört, dass Richards Abteilung schon am Nachmittag zu einer kleinen Feier zusammengekommen war. Frodo hatte sich gegen fünf Uhr verabschiedet, da waren noch vier, fünf Kollegen da – darunter mein Mann und Rebecca, die damalige Frau von Klaus.«

»Die arbeitete in derselben Abteilung?«

»Ja, schon bevor mein Mann in der Firma anfing. Klaus hat sie über die Arbeit kennengelernt, das muss etwa ein Jahr nach der Gründung der Stony Rolls gewesen sein. Sie war dann auch ab und zu mal mit der Clique unterwegs, die sich um die Band herum gebildet hatte – ein ziemlich heißer Feger, fand ich, und Klaus war ganz verschossen in sie. Die haben später geheiratet, Klaus hat ihren Namen angenommen und alles sah nach großer Liebe aus.«

Ein Schatten huschte über ihr Gesicht.

»Tja, war wohl nur Fassade. Vielleicht ist Klaus auch einfach zu gutmütig für eine Frau wie Rebecca. Und als ich ihn an unserem Hochzeitstag anrief, wusste er zwar, dass Rebecca und Richard unter den letzten feiernden Kollegen waren, aber er dachte sich nichts dabei, als sie ihm Bescheid gab, es könne später werden. Mir ging es aber nicht mehr aus dem Kopf, dass die beiden womöglich … und als Richard dann mitten in der Nacht auf Strümpfen ins Schlafzimmer geschlichen kam, habe ich mich schlafend gestellt. Ich habe beobachtet, wie er sich einen neuen Slip aus dem Schrank nahm, wie er unter die Decke schlüpfte und sofort einschlief. Sie musste ihm ordentlich zugesetzt haben.«

»Und Sie waren überzeugt, dass er Sie mit der Frau Ihres gemeinsamen Freundes betrogen hatte.«

»Ach«, schnaubte sie und winkte genervt ab, »letztlich ist es doch völlig wurscht, mit wem er rumvögelt. Aber dass er mich nicht mehr mit der Kneifzange anfasst, während er sonst keine Gelegenheit auslässt, mit irgendwelchen …«

Sie verstummte und sah auch nicht so aus, als wollte sie weiterreden. Als Froelich die Pause zu lange wurde, entschloss er sich, direkter zu werden.

»Und da haben Sie sich an ihm rächen wollen«, sagte er, »und haben eine Affäre mit Mick Jäger angefangen?«

Sie hob den Kopf und stierte ihn an. Erst wütend, und es sah so aus, als würde sie ihn nun rauswerfen. Dann wirkte sie eher irritiert, schließlich flackerte ihr Blick, und sie biss sich auf die Unterlippe.

»So wie Sie das ausdrücken, klingt es nicht sehr romantisch«, murmelte sie nach einer weiteren Pause. »Und ich hatte dabei sicher auch nicht Rache im Sinn. Als Klaus mir das von der Abteilungsfeier erzählt hatte, war ich ziemlich am Boden. Also rief ich Mick an und fragte ihn, ob er Zeit habe und ob ich mit ihm reden könne. Er merkte mir sofort an, dass es mir scheiße ging, und er kam vorbei und hörte sich alles an, worüber ich mich ausheulen wollte. Er war gut im Zuhören, ein richtiger Freund halt. Und als ich fertig war, noch immer völlig am Boden zerstört und darüber jammernd, dass mich mein Mann nicht mehr attraktiv fand und dass er lieber mit Kolleginnen ... Da wollte er mich wohl aufmuntern. Er beichtete mir, dass er von Anfang an in mich verliebt gewesen ist, dass er aber seinem besten Kumpel nicht die Freundin ausspannen wollte und deshalb nie etwas gesagt hatte. Ich verriet ihm, dass ich mir das schon gedacht hatte. Wir lachten miteinander, und dann ... dann ist es irgendwie passiert.«

Sie sah Froelich an, um auf seinem Gesicht eine Reaktion auf ihre Geschichte abzulesen. Doch er hörte nur zu und hatte eine Miene aufgesetzt, die sie nicht deuten konnte.

»Ich muss zugeben, dass ich es drauf angelegt habe. Aber es war nicht schwer, ihn rumzukriegen, und wir haben dann gleich hier ...«

Sie deutete auf das Sofa, auf dem sie saß.

»Als mein Mann in dieser Nacht nach Hause kam, empfand ich eine trotzige Freude, dass ich es ihm gerade an unserem Hochzeitstag mit gleicher Münze zurückgezahlt habe. Aber am nächsten Morgen war von dieser Freude nichts mehr übrig. Alles fühlte sich falsch an, elend, schäbig. Ich wollte mit Mick darüber reden, aber das ging zunächst nicht. Der nächste Tag war Fronleichnam, am Freitag hatte mein Mann auch frei, dann war Wochenende. Aber am Montag hat Mick angerufen, und wir haben uns in einem Café drüben in der Stadtmitte getroffen. Wir haben beieinandergesessen wie zwei Teenager, haben herumgestottert und uns gegenseitig entschuldigt – das war ein richtig blöder Nachmittag, aber wir waren überzeugt, dass wir damit wenigstens unsere Freundschaft gerettet hatten.«

Sie zuckte mit den Schultern.

»Hat sozusagen nicht ganz geklappt. In der folgenden Woche stand er am späten Vormittag vor meiner Tür. Er hatte extra alle Termine verschoben, und wir haben den ganzen Tag im Bett verbracht. Seither waren wir zusammen.«

»Und Ihr Mann wusste nichts davon?«

»Den hat doch nicht interessiert, was ich mache! Solange der sich in Ruhe mit seinen Flittchen treffen konnte und ich ihm seiner Meinung nach nicht auf die Schliche kam, war er zufrieden.«

»Aber das mit Ihnen und Mick Jäger ging doch über mehrere Jahre.«

»Wir hätten am 10. Juni unser Sechsjähriges gehabt. Richard und ich haben am 10. Juni 2005 geheiratet, aber ich wette, dass er unseren Tag auch in diesem Jahr vergessen wird.«

Ihre Augen verengten sich.

»Soll er doch. Wenn Mick noch leben würde, hätten wir unseren zehnjährigen Hochzeitstag eh nicht mehr miteinander verbracht.«

Sie hob das Kinn und sah Froelich trotzig an.

»Ich wollte meinen Mann verlassen. Mick hatte mich zuletzt immer wieder mal dazu ermuntert, und ich habe mir in den vergangenen Wochen auch nicht mehr besonders viel Mühe gegeben, meine Liebe zu Mick geheim zu halten. Vielleicht haben sich die beiden ja darüber zerstritten, wer weiß. Richard wollte mir jedenfalls nicht sagen, warum Mick die Band verlassen hat.«

»Ich hatte eher den Eindruck«, merkte Froelich an, »dass Ihr Mann ihn rausgeworfen hat.«

»Ja, das würde zu ihm passen. Und dann kann Mick fast froh sein, dass er nicht mehr erleben muss, wie Richard versuchen würde, ihm bei jeder Gelegenheit zu schaden. Er kann sehr nachtragend sein und gemein und –«

Sie brach mitten im Satz ab, riss die Augen auf und schlug eine Hand vor den Mund.

»Ich kann mir vorstellen, was Ihnen jetzt durch den Kopf geht«, sagte Froelich. »Halten Sie es denn für möglich, dass Ihr Mann die Schuld an Mick Jägers Tod trägt?«

Daniela Kieß war leichenblass geworden. Langsam ließ sie die Hand sinken, blinzelte ein paar Mal und schluckte. Dann rang sie sich ein zögerliches Kopfschütteln ab.

»Nein«, hauchte sie. »Nein, natürlich nicht.«

Froelich verabschiedete sich wenig später, bedankte sich für den Kaffee. Sie begleitete ihn nur bis zum Flur, kehrte dann ins Wohnzimmer zurück und griff nach dem Telefon. Froelich öffnete die Haustür, trat hinaus, zog die Tür aber noch nicht ganz hinter sich zu. Stattdessen horchte er, was Daniela Kieß am Telefon zu besprechen hatte.

»Mama?«, hörte er sie sagen. »Du, kann ich für ein paar Tage zu euch kommen? Ja, gleich heute. Nein, ich erzähl's dir, wenn ich da bin, okay?«

Froelich zog die Haustür so leise hinter sich ins Schloss, wie es ging. Dann machte er sich sehr nachdenklich auf den Heimweg nach Esslingen.

* * *

Das Telefonat mit Björn Radegerst war anstrengend. Froelich hatte eine Weile mit sich gerungen, wie er es am besten anstellen sollte. Deshalb rief er ihn erst mehr als eine Stunde nach seiner Ankunft in Esslingen an und schilderte ihm das Gespräch mit Daniela Kieß ausführlich. Den Namen von Thomas »Frodo« Frohdat wollte Radegerst gleich an die Kollegen weitergeben, damit die seine Adresse ermittelten. Als Froelich darum bat, es am nächsten Tag noch einmal bei Richard Kieß versuchen zu dürfen, zierte sich der Kripokommissar.

»Herr Radegerst«, beschwor Froelich ihn noch einmal, »ein einziges Mal noch, bitte! Soweit ich das beim Weggehen mitbekommen habe, ist Frau Kieß mindestens für die nächsten Tage zu ihren Eltern gezogen. Ich glaube, sie fürchtet, dass ihr Mann der Täter sein könnte – und dass nun womöglich auch ihr Gefahr von ihm droht. Sie hat mir erzählt, dass Richard Kieß die gesamte Woche frei hat. Stellen Sie sich vor, ich komme morgen zu ihm. Er ist vielleicht schon ein wenig aus der Spur wegen seiner Frau, und dann konfrontriere ich ihn noch mit dem Verdacht, dass die Geräte, die schuld an Jägers Tod sind, zuvor bei ihm im Keller lagerten und dass er jederzeit

Zugriff auf sie hatte – da muss er doch einen Fehler machen, wenn er der Täter war!«

»Das mag schon sein, Herr Froelich, aber lassen Sie jetzt die Finger davon. Ich finde ja toll, was Sie alles herausfinden und wie geschickt Sie die Leute ins Gespräch ziehen. Aber jetzt müssen die Profis ran.«

»Aber wenn ich mit Kieß rede, glaubt er vielleicht, dass die Kripo noch nicht alles weiß – ich habe ja als Musiker, der auf dem Festival mit all den anderen Musikern gesprochen hat, einen ganz anderen Zugang zu dieser Szene als Sie. Und dass wir zusammenarbeiten und ich Ihnen alles brühwarm berichte, was ich herausfinde, das weiß er ja nicht.«

»Trotzdem, Herr Froelich. Ich kann Sie da schlecht als Köder hinschicken. Geht da was schief, kommen wir beide in Teufels Küche.«

»Bitte«, flehte Froelich. »Ich gehe morgen noch einmal bei Kieß vorbei. Und Sie schicken wieder Kollegen mit, die alles im Auge behalten.«

Radegerst schwieg.

»Übrigens: Ihre Kollegen sind Kieß ja heute gefolgt. Hat sich da was ergeben?«

»Das wissen wir noch nicht. Er ist auf die andere Seite von Marbach gefahren, hat in der Gartenstraße vor einem Einfamilienhaus angehalten, ist ausgestiegen und hat geklingelt. Die Tür ging kurz auf, wurde ihm aber gleich wieder vor der Nase zugeschlagen. Er hat noch einmal geklingelt, dann ist er wieder ins Auto gestiegen und in die Stadtmitte gefahren. Dort hat er sich betrunken, Druckbetankung – nach eineinhalb Stunden kam er ziemlich erledigt wieder aus der Kneipe. Aber er war wenigstens helle genug, seinen Wagen stehen zu lassen und die paar hundert Meter bis zu seinem Haus zu Fuß zu gehen.«

»Haben Ihre Kollegen die Nummer des Hauses in der Gartenstraße notiert?«

»Ja«, sagte Radegerst, machte aber keine Anstalten, sie Froelich zu nennen.

»Auf dem Klingelschild müsste Hardtmann stehen«, riet Froelich. »Die Exfrau von Klaus Hardtmann wohnt dort noch. Richtig?«

»Ja, richtig. Respekt. Woher haben Sie das schon wieder?«

»In der Nacht auf Sonntag habe ich ja mit Diana Waassen nach Klaus Hardtmann und seiner Schwester gesucht – da sind wir dort auch vorbeigefahren.«

»Bravo, Herr Froelich.«

Radegerst klang jetzt etwas weniger ablehnend als zuvor, und Froelich nahm noch einen letzten Anlauf.

»Bitte, Herr Radegerst, lassen Sie mich morgen noch einmal mit Richard Kieß sprechen.«

Keine Antwort.

»Bitte!«

»Tut mir leid, Herr Froelich«, sagte der Kommissar, und der fast heitere Tonfall irritierte Froelich zunächst ein wenig. »Ich kann es nicht verantworten, dass die Polizei nichts unternimmt und Sie da auf eigene Faust hinfahren lässt. Die beiden Beamten, die ihm vorhin nachgefahren sind, stehen noch in der Steigäckerstraße und beobachten das Haus, um ihm notfalls folgen zu können, wenn er irgendetwas unternimmt. Und morgen am späten Vormittag werde ich mit einem Kollegen zu Kieß fahren und ihn ins Gebet nehmen.«

»Aber …!«

»Jetzt warten Sie doch mal ab, Herr Froelich.«

»Wieso?«

Radegerst ließ eine kleine Pause.

»Ich werde mit meinem Kollegen so gegen elf Uhr bei Richard Kieß eintreffen. Und ich habe so das Gefühl, dass mich die beiden Beamten vor seinem Haus um zehn Uhr herum anrufen werden, weil da dieser Bestatter bei Kieß auftaucht und mit ihm redet.«

Froelich grinste.

»Was glauben Sie, Herr Froelich: Könnte das so passieren?«

»Klar«, sagte Froelich. »Zehn Uhr schaff ich.«

»Na, gut, dass ich davon nichts weiß.«

Dienstag, 26. Mai

Diesmal hätte Froelich gerne den Leichenwagen genommen, doch in Sulzgries war ein älterer Herr abzuholen. Sanfftleben, der sich am Vorabend bei einem Fläschchen Trollinger im Sarglager von Froelich alles haarklein hatte erzählen lassen, bot sofort an, als Fahrer für Froelich einzuspringen. Hilfe hatte er nicht nötig. Zwar war er nicht mehr der Jüngste, aber zäh – die fehlende Körperkraft konnte er allemal durch Erfahrung ausgleichen, statt eines zweiten Trägers würde er auf den Rollwagen zurückgreifen, und der ältere Herr war freundlicherweise ebenerdig verschieden. Aber den Leichenwagen konnte er dabei natürlich nicht entbehren. Und so stieg Froelich wieder in die Ente, nahm diesmal aber den direkten Weg, um auch ja ganz sicher bei Richard Kieß einzutreffen, bevor die Kripo ihn vernehmen würde.

Der Verkehr war vor allem zwischen Wasen und Wilhelma dichter als erwartet – die Baustelle für den Rosensteintunnel sorgte sogar so spät am Vormittag noch für einen ordentlichen Stau. Deshalb kam Froelich erst zehn Minuten nach zehn in der Steigäckerstraße in Marbach an, aber von Radegerst war noch nichts zu sehen. Die beiden Zivilbeamten standen ein Stück vom Kieß'schen Haus entfernt, und als Froelich die Ente direkt vor dem Gebäude stoppte und umständlich ausstieg, konnte er sehen, wie sich die beiden Beamten berieten und einer der beiden das Handy zückte, vermutlich, um Radegerst oder ein anderes Mitglied der Soko zu informieren, dass Bestatter Froelich vor dem Haus von Richard Kieß stand.

Auf das erste Klingeln reagierte niemand, und auch nach dem zweiten wartete Froelich vergeblich. Als er sich von der Haustür abwandte, um eine Weile im Auto zu warten und es in zehn Minuten noch einmal zu versuchen, kam Richard Kieß in seinem Wagen dahergefahren. Er sah Froelich vor seinem Haus stehen, dann fiel sein Blick auf den Citroën, der am Straßenrand parkte. Ob seine Aufmerksamkeit dadurch abgelenkt wurde oder ob er noch Restalkohol vom Vortag im Blut hatte – jedenfalls rumpelte er auf dem Weg in die Garageneinfahrt über zwei niedrige Steine, die ein Stück Rasen eingrenzten. Es krachte und knirschte, aber Kieß kümmerte sich nicht um das Malheur, warf die Fahrertür auf, stürmte aus dem Wagen und marschierte sichtlich wütend auf Froelich los, der nach wie vor an der Haustür stand.

»Diese Karre stand doch gestern vor meinem Haus, als ich weggefahren bin, richtig?«

Froelich nickte. Hatte Kieß also doch ein wenig auf seine Umgebung geachtet.

»Und Sie sind zu meiner Frau ins Haus, nachdem ich fort war, stimmt's?«

Kieß hatte Froelich inzwischen erreicht und baute sich drohend vor ihm auf. Wobei die Drohgebärde nicht so recht gelang: Zwar war er mit etwa einsneunzig größer als Froelich, aber so hager, wie er vor dem beleibten Bestatter stand, mit so dünnen Armen und langem, dünnem Hals, wurde nicht recht klar, was Froelich zu befürchten hätte.

»Ich wollte zu Ihnen«, sagte Froelich ungerührt.

Er mochte keine körperliche Auseinandersetzungen, und bisher war er meistens gut gefahren, wenn er Ruhe bewahrt und heikle Situationen durch ein bedachtes Wort beruhigt hatte.

»So?«

Kieß war wieder einen Schritt zurückgetreten, wodurch er auf der Treppe, die zu seiner Haustür führte, eine Stufe tiefer stand als Froelich. Wutschnaubend und offenbar noch nicht ganz nüchtern stand er da und funkelte den anderen zornig an.

»Und dann haben Sie meiner Frau mal eben klargemacht, dass sie besser dran ist, wenn sie mich verlässt? Haben ihr irgendwelche Lügengeschichten erzählt über Frauen, mit denen ich …«

Froelich machte eine Geste zu den umstehenden Häusern. »Wollen Sie das wirklich so laut vor all Ihren Nachbarn klären? Wir können auch gerne reingehen.«

Kieß machte den Mund auf und starrte sein Gegenüber irritiert an.

»Bitteschön«, fügte Froelich noch hinzu, zeigte auf die Haustür und wirkte fast so, als würde er den anderen in sein eigenes Haus einladen.

Kieß' Mund klappte wieder zu. Er schnaubte, dann drückte er sich an Froelich vorbei und nestelte den Schlüssel aus der Tasche. Im Flur standen Kartons dicht an dicht, auch auf der Treppe zum Keller ließen sie nur einen schmalen Durchgang. Vermutlich hatte Daniela Kieß am Vortag eilig einige Sachen gepackt, war dann aber lieber schnell davongefahren und hatte das meiste fürs Erste hiergelassen.

Kurz darauf saß Froelich dem immer noch wütenden Richard Kieß im Wohnzimmer am selben Tisch gegenüber, an dem er gestern mit dessen Frau gesprochen hatte. Dass ihm diesmal kein Kaffee angeboten wurde, überraschte ihn nicht. Kieß saß vor ihm, stützte sich schwer auf seine Ellbogen und sah ziemlich fertig aus. Auf dem Tisch stand eine leere Flasche Rotwein und ein Schnapsglas. Kieß folgte Froelichs Blick, dann deutete er auf die Flasche, das Glas und die draußen gestapelten Kartons.

»Das hab ich ja auch Ihnen zu verdanken«, knurrte er. »Und jetzt brummt mir der Schädel und meine Frau ist abgehauen.«

»Meinetwegen hätten Sie sich nicht betrinken müssen«, versetzte Froelich. »Und ich habe Ihrer Frau auch nichts verraten – im Gegenteil: Sie hat mir viel über Sie erzählt. Ebenso wenig habe ich ihr geraten, Sie zu verlassen – aber ehrlich gesagt, ich kann sie gut verstehen.«

»So? Können Sie das?«

Kieß schnaubte noch einmal und schüttelte den Kopf. Das ließ er aber schnell wieder bleiben und massierte sich anschließend eine Weile die Schläfen.

»Ihre Frau wusste längst, dass Sie Affären hatten. Vor allem an den 10. Juni 2009 hat sie sich gut erinnert.«

»Ach? Und was war da?«

Kieß polterte noch immer wütend vor sich hin, aber inzwischen schien er damit seine wachsende Unsicherheit überspielen zu wollen.

»An Ihrem vierten Hochzeitstag …«

Kieß winkte genervt ab.

»An Ihrem vierten Hochzeitstag – so hat es mir Ihre Frau erzählt – haben Sie angerufen, dass Sie im Büro noch Überstunden machen müssten.«

»Na, wenn die das noch so genau weiß, kann es ja nicht oft vorgekommen sein.«

»Ich hatte den Eindruck, dass sie es sich aus anderen Gründen gemerkt hat. Ausgerechnet am Hochzeitstag haben Sie sie betrogen.«

»Was die sich da zusammenspinnt!«

»Überstunden nach einer Abteilungsfeier, die die meisten Kollegen zu diesem Zeitpunkt schon verlassen hatten.«

Kieß schaute Froelich prüfend an.

»Und dann haben Sie ausgerechnet mit Rebecca Hardtmann geschlafen, der Frau Ihres alten Kumpels Klaus, der Ihnen Ihren heutigen Job überhaupt erst vermittelt hat.«

»Diese Drecksau!«, zischte Kieß, und er lief rot an vor Wut.

»Was?«

»Den knöpf ich mir vor, darauf können Sie einen lassen. Und jetzt raus mit der Sprache: Was wollten Sie gestern wirklich hier?«

»Ich wollte Sie etwas fragen.«

»Dann schießen Sie los, und dann raus hier!«

Kieß war aufgestanden, und er sah aus, als wollte er selbst gleich wieder aus dem Haus. Froelich blieb sitzen.

»Ich habe Ihnen ja schon erzählt, dass ich mit meiner Band für Mick Jäger und seine Sängerinnen eingesprungen bin.«

»Ja, bei diesem bekackten Festival. Und? Haben Sie den Hut voll bekommen?«

Er rang sich ein verächtliches Grinsen ab, wurde aber schnell wieder ernst.

»Einer meiner Mitmusiker ist Kripokommissar«, fuhr Froelich fort, ohne auf den Einwurf einzugehen. »Und viele andere, die am Straßenmusikfestival teilgenommen haben, kannten Mick Jäger recht gut.«

»Und warum sollte mich das interessieren?«

»Weil ich dadurch an interessante Informationen gekommen bin. Und weil ich mehr weiß als die Polizei – im Moment.«

Kieß stutzte und setzte sich langsam wieder.

»Was wollen Sie damit sagen?«

Froelich beschloss so zu tun, als wollte er aus seinem Wissen Kapital schlagen.

»Die Polizei weiß, woran Mick Jäger gestorben ist. Sie kennt alle nötigen Details. Und viele der Musiker – auch ich – wissen, dass Sie beide Streit gehabt haben. Na, da muss ich ja nur noch eins und eins zusammenzählen.«

Kieß sah Froelich aufmerksam an, sagte aber nichts.

»Sieht nicht gut für Sie aus, Herr Kieß, so viel ist klar.«

»Blödsinn! Ich hab keine Ahnung, woran Mick gestorben ist.«

»Lassen Sie den Quatsch, Herr Kieß! Jeder Musiker zwischen hier und Ludwigsburg weiß, dass Mick einen Stromschlag erhalten hat, als er im Wohnzimmer was aufnehmen wollte! Und da wollen ausgerechnet Sie nichts davon gehört haben?«

»Okay, dann weiß ich's halt. Aber ich habe damit nichts zu tun. Was wollen Sie mir da eigentlich unterstellen? Nicht, dass es mir leid täte, dass dieser Seckel tot ist, aber ich habe, wie gesagt, damit nichts zu tun.«

»Wenigstens jetzt, wo er tot ist, könnten Sie aufhören, ihn zu beschimpfen. Meinen Sie nicht auch?«

»Ach, scheiß drauf! Meine Frau ist weg, und ich … Raus hier. Bei mir gibt es nichts zu holen!«

Seine Augen verengten sich zu Schlitzen.

»Sie wollen mich doch erpressen, richtig?«

Er presste ein böses Lachen hervor.

»Pech gehabt, Dickerchen! Da hast du dir den Falschen rausgesucht. Jetzt troll dich wieder und vergrab deine Kundschaft. Ich hoffe, der Laden läuft, denn von mir hast du keinen Cent zu erwarten.«

Er war lauter geworden und wieder aufgesprungen. Nun stand er da, ganz außer sich und am Ende seines wütenden Ausbruchs so weit vorgebeugt, dass Froelich seinen sauren Atem riechen konnte. Es war zwar unangenehm, sich so beschimpfen zu lassen – aber dass Kieß inzwischen so derb wurde und dass er ihn duzte, zeigte, dass er nun reif war für die letzten Provokationen. Und wenn er darauf nicht ansprang, konnte man ihn vermutlich von der Liste der Tatverdächtigen streichen.

»Wollen Sie denn nicht wissen«, fragte Froelich, »woran Ihr ›Freund‹ gestorben ist?«

»Dann erzähl's mir halt, du Pfeife. Und dann scher dich raus aus meinem Haus!«

Allmählich fiel es Froelich etwas schwerer, ruhig zu bleiben. Es war höchste Zeit, dass diese Situation ein Ende hatte.

»Technisch ist es etwas kompliziert, aber kurz zusammengefasst war es so: Mick Jäger hat ein Mikrofon samt Interface benutzt, das zuvor jemand manipuliert hatte – und deswegen hat ihm das Mikro einen Stromstoß verpasst. Daraufhin ist er ohnmächtig geworden, nach hinten gekippt und mit dem Hinterkopf auf den Parkettboden geknallt.«

Kieß wurde vom einen auf den anderen Moment weiß wie eine Wand. Er ließ sich auf seinen Platz fallen, und seine Augen traten aus ihren Höhlen. Froelich wurde nicht recht schlau aus seiner Reaktion, also machte er weiter.

»Und ich nehme an, dieses Mikrofon und das Interface lagerten die ganze Zeit über drunten im Proberaum, hier in Ihrem Haus. Erst vor gut einer Woche, als Sie Mick Jäger nach der Bandprobe rausgeworfen haben, hat er seine Sachen mitgenommen. Und das heißt: Bis dahin hatten Sie jederzeit Zugang zu diesen Geräten, Sie hatten Streit mit Mick, und vielleicht haben Sie ja sogar gewusst …«

Froelich unterbrach sich. Er war nicht ganz sicher, ob diese Information wirklich hilfreich war, aber nun hatte er sich schon halb verplappert. Und wirklich: Kieß hatte aufgepasst und fragte nun nach.

»Was soll ich gewusst haben?«

Froelich zögerte, aber dann gab er sich einen Ruck und schlug einen aggressiveren Tonfall an, was ihm nach all den Unverschämtheiten von Kieß nicht schwer fiel.

»Dass Ihre Frau mit Mick Jäger zusammen war. Seit bald sechs Jahren. Dass sie Sie verlassen wollte, wahrscheinlich schon in den nächsten Tagen – jedenfalls vor Ihrem nächsten Hochzeitstag. Der 10. Juni, Sie erinnern sich?«

Der letzte Satz, den Froelich besonders ätzend ausgesprochen hatte, tat ihm schon leid, noch bevor er ihn ganz gesagt hatte. Kieß war in sich zusammengesunken und stierte auf die Tischplatte.

»Also doch ...«, knurrte er irgendwann.

Froelich sah ihn vor sich hin brüten. Das Verhältnis seiner Frau mit Mick schien ihn vollends in Selbstmitleid versinken zu lassen. Froelich kam deshalb schnell auf das Thema zurück, das ihn eigentlich umtrieb.

»Schauen Sie, Herr Kieß: Sobald die Polizei das alles auch weiß, wissen die doch sofort Bescheid. Ich meine, Sie haben ein Motiv, Sie stehen aus verschiedenen Gründen unter Druck – und Ihr Exkumpel stirbt ausgerechnet, kurz bevor Ihre Ehe scheitert. Und dann stirbt er auch noch an Geräten, die er bei Ihnen aufbewahrt hatte – Sie sind erledigt, Herr Kieß.«

Richard Kieß hob den Kopf und sah Froelich an. Sein Gesichtsausdruck spiegelte die unterschiedlichsten Empfindungen wider, doch Froelich hätte nicht sagen können, ob er nun den Täter vor sich hatte oder nicht. Doch dann wandelte sich die Miene des Mannes noch einmal. Er wurde ernst und wirkte nachdenklich. Er nickte und stand langsam auf.

»Gut, Herr Froelich. Sie haben gewonnen.«

Froelich erhob sich ebenfalls.

»Wie viel wollen Sie haben?«

War das schon ein Geständnis? Froelich beobachtete sein Gegenüber aufmerksam, schwieg aber.

»Viel kann ich Ihnen nicht geben. Wir haben ein bisschen was gespart, aber das meiste steckt in diesem Haus, wie Sie sich vermutlich denken können.«

Kieß redete verblüffend ruhig, und er wirkte sehr vernünftig. Froelich versuchte aus seinem Verhalten schlau zu werden und machte einen Schritt in Richtung Flur – für den Fall, dass Kieß einen Fluchtversuch unternehmen würde. Der bemerkte Froelichs Bewegung und rang sich ein trauriges Lächeln ab.

»Ich muss zur Bank«, sagte er. »Im Haus habe ich nicht so viel Geld. Aber Sie können gern mitkommen. Ich sehe schon, dass Sie befürchten, ich könnte Ihnen davonrennen.«

Kieß ging in den Flur hinaus, langsam und darauf bedacht, dass Froelich immer dicht hinter ihm herkam. Er griff nach der dünnen Jacke, die er vorhin an den Haken gehängt hatte und aus der er jetzt den Autoschlüssel nestelte. Er ging zur Haustür und trat dann wieder einen Schritt zurück, um sie nach innen aufziehen zu können. Dadurch kam er links neben Froelich zu stehen, und für einen Moment presste der rechte Arm von Kieß gegen dessen stattlichen Bauch. Froelich verlagerte daraufhin sein Gewicht, um ebenfalls einen Schritt zurückzuweichen, da drehte sich Kieß blitzschnell herum, versetzte seinem Gast einen harten Schlag gegen die Schulter und gab ihm mit beiden Händen einen kräftigen Schubs.

Froelich verlor durch den überraschenden Angriff das Gleichgewicht und fuchtelte mit den Armen in der Luft, um irgendwo Halt zu finden. Doch er konnte sich nirgends festkrallen und stürzte kopfüber auf die steile Treppe zu, die hinter ihm in den Keller hinabführte. Kieß kümmerte sich nicht weiter um ihn, sondern riss die Tür auf, rannte hinaus und schlug die Tür wieder hinter sich zu. Er sprang in seinen Wagen, flitzte mit Vollgas rückwärts aus der Einfahrt, legte krachend den Vorwärtsgang ein, fuhr mit durchdrehenden Reifen an und stob davon. Die beiden Kripobeamten warteten einen Moment, ob auch Froelich jetzt aus dem Haus kommen würde – dann startete der eine den Motor und fuhr Kieß hinterher, während der andere die Kollegen anrief und um Hilfe für den möglicherweise verletzten Bestatter bat.

* * *

»Mist!«, entfuhr es Björn Radegerst, als er die Kollegen am Telefon gebeten hatte, kurz dranzubleiben. »Genau das hätte nicht passieren dürfen!«

Auf die fragenden Blicke der anderen Beamten im Raum winkte er nur kurz ab.

»Erklär ich euch später«, sagte er nur und ging zur großen Landkarte hin, die an einer der Wände hing. »Schickt bitte gleich einen Notarzt in die Steigäckerstraße in Marbach. Möglicherweise findet er im Haus von Richard Kieß diesen Bestatter vor, der sich ein bisschen in unsere Ermittlungen eingemischt hat. Er könnte verletzt sein oder …«

Radegerst brach ab und konzentrierte sich auf die Wandkarte. Mit dem Zeigefinger der linken Hand fuhr er von der Steigäckerstraße aus den Weg entlang, den der von den Kollegen im Auto verfolgte Kieß bisher genommen hatte. Dann hielt er sich den Hörer wieder ans Ohr.

»Und wo seid ihr jetzt?«

Der Anrufer antwortete, und Radegerst schob den Finger ein kleines Stück weiter. Richard Kieß hatte Marbach in Richtung Süden verlassen, war durch Neckarweihingen zum Neckar gefahren und hielt nun auf die Ludwigsburger Innenstadt zu.

»Komisch«, sagte er dann, halb zu sich, halb zu dem Kollegen am Telefon. »Wo will der denn hin?«

»Wenn er die Richtung beibehält, kommt er hinter Ludwigsburg direkt auf die Autobahn«, sagte der Beamte am anderen Ende. »Falls er abhauen will, würde das passen.«

»Schon, aber zur Autobahn hätte er es über Murr und dann in Richtung Pleidelsheim viel näher gehabt.«

»Vielleicht war er zu aufgeregt, um daran zu denken? Schickst du uns jetzt Verstärkung?«

»Ja, klar, entschuldige bitte. Bleibt an ihm dran. Er hat euch doch nicht bemerkt, oder?«

»Sieht nicht so aus.«

»Gut. Ich fordere Wagen an, die ihm auf den wahrscheinlichsten Strecken den Weg abschneiden können. Und ihr haltet mich auf dem Laufenden, ja?«

Tatsächlich fuhr Kieß nach Ludwigsburg hinein, wurde auf dem Weg hinauf zum Schloss von einer stationären Anlage geblitzt, bog in Richtung Süden auf die B 27 ein und verließ sie wenig später wieder, um sich auf der gängigsten Strecke zur Autobahnauffahrt Luwigsburg-Süd wieder nach Westen zu wenden. Radegerst hatte einige Kollegen alarmiert, die sich nun in Zivilfahrzeugen vor und hinter Kieß auf demselben Weg in Richtung Autobahn bewegten. Auf der Schwieberdinger Straße gelang es den Beamten, Kieß mit ihren Fahrzeugen einzukesseln und vor, hinter und neben ihm stehenzubleiben. Ein paar Fahrzeuge weiter hinten war ein lautes Scheppern zu hören, offenbar hatte einer der nachfolgenden Autofahrer nicht mehr schnell genug bremsen können. Kieß blieb nun jedenfalls nur noch der Fluchtweg nach rechts in die Karl-Hüller-Straße – und dort wurde er nach wenigen Metern von einigen Streifenwagen in Empfang genommen, die schon auf ihn gewartet hatten.

Zu diesem Zeitpunkt war der Notarzt schon wieder unverrichteter Dinge aus der Steigäckerstraße abgefahren. Ein Streifenwagen traf gleichzeitig mit ihm vor dem Haus von Daniela und Richard Kieß ein, und einer der Polizisten brach für ihn die Haustür auf. Ihnen bot sich im Flur und vor allem auf der Kellertreppe ein wildes Durcheinander. Kartons lagen herum, zerdrückt und zerschunden. Einige waren wohl die Stufen hinuntergepoltert, andere standen auf- und nebeneinander, deformiert und zerborsten, als wäre etwas Schweres auf sie gefallen.

»Sagt mal«, fragte der eine Polizist ins Telefon, während der andere das Haus nach Froelich durchsuchte. »Wie ist dieser Bestatter eigentlich hierhergekommen? Mit dem Auto? Hier steht keins.«

Radegerst war teils erleichtert, dass es Froelich offenbar noch gut genug ging, dass er in seinem Wagen hatte wegfahren können – und teils stinksauer, dass der Bestatter nicht einmal jetzt die Füße hatte stillhalten und auf die Polizei warten können. Er musste dringend mit Froelich reden, aber schon in wenigen Minuten würde Richard Kieß bei ihm eintreffen, ihm stand eine knifflige Befragung bevor. Eine Kollegin bat er, ihn zu begleiten, einen anderen schickte er ans Telefon.

»Schau, dass du diesen Bestatter erreichst, ja? Ich muss schnellstens wissen, was er mit Kieß besprochen hat. Sobald du ihn dran hast, holst du mich aus dem Verhörraum.«

Damit war er mit der Kollegin auch schon auf dem Weg.

* * *

Als Froelich vor das Haus trat, war Richard Kieß natürlich längst über alle Berge. Auch das Auto mit den beiden Zivilbeamten auf Beobachtungsposten war weg, vermutlich verfolgten sie den Flüchtenden. Einen Moment lang dachte er daran, seine Finger ab sofort von diesem Fall zu lassen, aber auch wenn ihm alles wehtat und er von Glück sagen konnte, dass ihm nichts Schlimmeres zugestoßen war als vermutlich ein paar Schrammen und blaue Flecken, die er heute Abend spüren würde – jetzt konnte er nie und nimmer alles Weitere auf sich beruhen lassen!

Dass ihn Kieß die Treppe hinunterstoßen wollte, war völlig unerwartet gekommen. Und hätte seine Frau nicht ihre Siebensachen gepackt und die gefüllten Kartons nicht im Flur überall herumstehen lassen, wäre es ihm übel ergangen. So aber hatten die Kartons den Durchgang die Treppe hinunter sehr eng werden lassen – zu eng für seine üppige Figur. Die obersten Kartons hatte er mit sich gerissen, war mit einigen von ihnen ein paar Stufen hinuntergepoltert und schließlich leidlich weich auf den Kartons gelandet. Sie waren zum Glück mit Kleidern gefüllt und nicht mit Geschirr oder anderem harten Hausrat – und so konnte er sich nach den ersten Stufen an Wand, Kartons und Geländer abfangen, sich hochrappeln und auf Kosten einiger weiterer Kartons wieder die oberste Stufe erklimmen.

Nun stand er vor dem Haus von Richard Kieß und überlegte, wo der am ehesten hingefahren sein konnte. Falls er der Täter war, würde er wohl den kürzesten Weg zur Autobahn nehmen. Da er die anderen mit seiner Ente auf keinen Fall mehr rechtzeitig einholen konnte, um ihnen auch wirklich auf den Fersen zu bleiben, fuhr er auf gut Glück in Richtung Pleidelsheim und dort auf die Autobahn. Nirgendwo unterwegs hatte er Anzeichen dafür entdecken können, dass die Polizei auf den fliehenden Kieß zugegriffen hatte – und dass sie ihn bis zur Autobahn kommen ließ, schien ihm eher unwahrscheinlich. Also nahm er die Autobahn in Richtung Stuttgart und fuhr an der nächsten Ausfahrt Ludwigsburg-Nord schon wieder raus. Aber auch auf der ganzen Strecke von Tamm durch Eglosheim und bis zum Blühenden Barock konnte er noch so aufmerksam in die Seitenstraßen und auf die Parkbuchten schauen – nirgends wies etwas darauf hin, dass es hier vor kurzer Zeit einen Polizeieinsatz gegeben hatte.

Die Fahrt zum Neckar hinunter und zurück nach Marbach hob er sich für später auf, zunächst fuhr er den dritten Weg, der ihm von Marbach aus in Richtung Autobahn einfiel. Auf der Schwieberdinger Straße geriet er in einen Stau. Kurz, nachdem er ein Fastfood-Lokal auf der rechten Seite passiert hatte, kam sein Wagen zum Stehen. Froelich stieg aus und konnte etwa hundertfünfzig Meter vor sich – kurz vor der nächsten Abzweigung nach rechts – sehen, dass sich zwei uniformierte Polizisten um einen Auffahrunfall kümmerten.

Froelich stieg wieder in sein Auto, wendete verbotenerweise und nahm die nächste Abfahrt, um über einen Umweg staufrei zu der Tankstelle zu kommen, die er direkt hinter der Unfallstelle erspäht hatte. Weil in den Tank der Ente nur ein paar Liter hineinpassten, nahm er sich noch zwei Schokoriegel und eine Cola aus den Regalen des Tankstellenshops und zahlte. Zum Glück war gerade kein Betrieb, und so konnte er die Frau an der Kasse in ein Gespräch verwickeln.

»Ich hab gar nicht alles mitbekommen, weil mir dieses riesige Werbebanner im Weg steht«, sagte sie bedauernd und deutete auf eine große Plastikplane, die für ein Fitnessstudio in der Nähe warb und neben der Einfahrt zur Tankstelle aufgespannt war.

Doch was sie trotzdem gesehen hatte, war mehr als genug. Nach wenigen Minuten wusste Froelich, wie es zu dem Auffahrunfall gegenüber gekommen war, der zu dem Stau geführt hatte – und es lag mehr als nahe, dass der Polizeieinsatz, der den Crash ausgelöst hatte, der Ergreifung von Richard Kieß gedient hatte. Daraufhin kaufte Froelich auch noch eine Karte von Ludwigsburg und Umgebung, ohne auch nur einen Gedanken an den Routenplaner auf seinem Smartphone zu verschwenden. Dann fuhr er wieder in Gegenrichtung an dem Stau vorbei, bog erneut in dieselbe Seitenstraße ein wie gerade eben und suchte ein schattiges Plätzchen, wo er sein Auto abstellen konnte. Dort breitete er die Landkarte auf der Motorhaube der Ente aus und zeichnete die Strecke, die Richard Kieß von seinem Haus aus genommen hatte, mit dem Finger nach. Dass Kieß auf diese Weise schnellstmöglich zur Autobahn hatte kommen wollen, konnte man wohl verwerfen. Er hätte für dieses Ziel einen ziemlich großen Umweg genommen – selbst wenn man bedachte, dass Kieß am südlichen Stadtrand von Marbach wohnte und für die Fahrt nach Pleidelsheim quer durch die Stadt hätte fahren müssen.

In Gedanken ging Froelich alle Adressen durch, die ihm im Zusammenhang mit Mick Jäger und den Umständen seines Todes bekannt waren. Immerhin war es ja auch möglich, dass Kieß zu jemand Bestimmtem hatte fahren wollen. Die meisten Personen konnte er schnell ausschließen. Auf dem Weg, den Kieß genommen hatte, kam man nicht an den Nordrand von Marbach, wo seine Geliebte wohnte – oder ehemalige Geliebte, denn sie hatte ihn nach dem Streit mit Daniela nicht ins Haus gelassen. Der Weg führte nicht in Richtung Besigheim, wo seine Mutter und die des toten Mick lebten. Und an Neckarweihingen, wo Micks drei Sängerinnen in einer WG mit Klaus Hardtmann wohnten, war er vorbeigefahren.

Wohin also hatte Richard Kieß gewollt? War er doch auf der Flucht gewesen und hatte sich nur mit dem vermeintlich schnellsten Weg zur Autobahn vertan?

Froelich musste eine Weile grübeln, bevor ihm noch jemand einfiel, der infrage kam – von dem er bisher aber keine Adresse hatte. Er zog sein Smartphone hervor und rief die Telefonbuch-App auf. Thomas Frohdat war sehr wahrscheinlich kein allzu häufiger Name, mit etwas Glück würde es nicht viele Einträge in der Umgebung von Ludwigsburg geben.

Er hatte Glück, die Liste der Treffer war sogar besonders eindeutig: Neben einem Thomas Frohdat in Bamberg und einem in Unna fand sich nur noch ein dritter, und für den war als Adresse ein Haus in der Rechbergstraße in Möglingen angegeben. Froelich suchte die Straße auf seiner Landkarte und stellte fest: Dieses Ziel würde zu dem Weg passen, den Richard Kieß genommen hatte. Und hätte ihn die Polizei nicht schon in Ludwigsburg gestellt, sondern wäre ihm noch knapp zehn Minuten gefolgt, hätte sie vielleicht einen entscheidenden Hinweis bekommen.

Froelich rief sich das Gespräch mit Kieß in Erinnerung. Hatten sie da auch über Thomas Frohdat, genannt Frodo, gesprochen? Der Name war ganz sicher nicht gefallen, daran hätte sich Froelich erinnert. Aber auf wen war Kieß während der Unterhaltung wütend geworden – außer natürlich auf ihn? Seine Frau hatte er geschmäht. Und Klaus Hardtmann hatte er eine Drecksau genannt. Aber zu Hardtmann war er nicht gefahren – höchstens …

Froelich schaute noch einmal auf der Karte nach. Nein, selbst wenn Kieß inzwischen erfahren hätte, dass Klaus Hardtmann im Ludwigsburger Krankenhaus lag – seine Fahrstrecke, die das Krankenhaus ja links liegen ließ, passte nicht zu einem Besuch in der Klinik.

Und was, wenn er mit seinem Kraftausdruck Frodo und nicht Hardtmann gemeint hatte? Froelich kombinierte, was er über Frohdat wusste – und dann sah er zu, dass er auf schnellstem Weg in die Rechbergstraße in Möglingen kam. Er holte alles raus, was in dem schmalbrüstigen Motor der Ente steckte, und mehr als einmal legte er den alten Wagen ziemlich waghalsig in eine enge Kurve. Doch erst als er die Rechbergstraße erreicht und auf seine Uhr geschaut hatte, wurde ihm klar, dass alle Eile vergebens gewesen war. Es war kurz vor halb eins an einem Werktag. Und nach dem, was Daniela Kieß über ihren alten Freund Frodo erzählt hatte, war der ein Workaholic, also wohl kaum unter der Woche tagsüber gemütlich zu Hause anzutreffen. Außerdem: Hatte sie nicht erwähnt, dass Frohdat derzeit im Ausland war?

Enttäuscht nahm Froelich den Fuß vom Gaspedal und sah sich nach einer geeigneten Stelle zum Wenden um. Gut fünfzehn Meter entfernt von der Haustür, die zu Frohdats Adresse gehörte, sah er einen Mann im Anzug, der sich weit in den geöffneten Kofferraum seines neuen Kombis gebeugt hatte. Froelich ließ seine Ente direkt neben den Mann rollen und klappte das Fenster auf der Fahrerseite nach vorn. Einen Versuch konnte er vor der Rückfahrt nach Esslingen ja noch unternehmen.

»Herr Frohdat?«

Der Mann reagierte nicht.

»Herr Frohdat?«, wiederholte Froelich etwas lauter.

Nun richtete sich der Mann auf und sah zu ihm herüber. Er sah müde aus und hatte offensichtlich keine Lust, mit einem Fremden über irgendwelche Verträge zu reden, die der ihm aufschwatzen wollte.

»Frodo?«, schob Froelich deshalb noch nach, und wirklich trat Frohdat nun zu ihm heran.

»Kennen wir uns?«, fragte er, obwohl ein schneller Blick auf den beleibten Bestatter eigentlich schon das gegenteilige Ergebnis gebracht hatte.

»Nein«, gab Froelich zu.

»Und woher kennen Sie dann meinen Spitznamen?«

»Daniela Kieß hat ihn mir genannt.«

»Wieso haben Sie mit Nele über mich geredet? Und wieso sind Sie jetzt hier?«

»Ich würde gern mit Ihnen reden, Herr Frohdat.«

Frodo runzelte die Stirn, dann fuhr er sich über die Augen.

»Entschuldigen Sie bitte, Herr …«

»Froelich. Gottfried Froelich.«

Ein kurzes Zucken um die Mundwinkel, dann war Frodo wieder ernst.

»Schön, Herr … Froelich. Können wir uns nicht morgen unterhalten oder übermorgen? Ich bin hundemüde und will jetzt eigentlich mit niemandem mehr reden.«

»Es ist wichtig, wirklich«, beharrte Froelich, und als der andere genervt mit den Augen rollte, sagte er noch: »Ich bin Bestatter, Herr Frohdat. Es geht um einen Ihrer Freunde.«

Jetzt flackerte Frodos Blick ein wenig, und er sah Froelich verblüfft an.

»Wenn Sie einen Moment warten, ich parke nur kurz meinen Wagen.«

Froelich fand eine Parklücke ein paar Meter entfernt, und über den Rückspiegel versuchte er den anderen nicht aus den Augen zu lassen. Frodo stand noch immer wie angewurzelt neben der offenen Heckklappe seines Wagens, als Froelich zu ihm herangewatschelt kam.

»Um welchen Freund geht es?«

Er kniff die Augen zusammen.

»Und ich hoffe sehr, dass das kein schlechter Scherz ist!«

»Um ehrlich zu sein«, versetzte Froelich, »wäre es für alle Beteiligten viel besser, wenn es nur ein Scherz wäre. Es geht um Mick Jäger.«

»Um Himmels willen! Was ist mit Mick? Was ist passiert? Wie geht es ihm?«

Die Fragen kamen schnell, atemlos.

»Na ja«, antwortete Froelich, so ruhig er konnte, »wie gesagt: Ich bin Bestatter.«

Frodo taumelte ein, zwei Schritte zurück, als hätte ihm jemand einen heftigen Schlag in den Magen verpasst. Jetzt hatte er verstanden. Er stieß mit dem Hintern an die Karosserie seines Wagens, tastete sich ein Stück zur Seite und ließ sich, als er das Heck erreicht hatte, auf der Ladefläche des Kofferraums nieder. Die ganze Zeit hing sein Blick wie gebannt auf Froelich, der ihm die paar Schritte gefolgt war. Frodo wirkte, als hoffte er nun doch auf einen Scherz, aber Froelich schaute ihn ernst an und wartete die Frage ab, die immer kam.

»Und was ... wie ... was ist mit Mick?«

Froelich hatte gar keine Zeit für eine Antwort, da fragte Frodo auch schon weiter.

»War er krank? Hatte er einen Herzinfarkt oder so was?«

»Alles deutet darauf hin, dass er Opfer eines Verbrechens wurde.«

»Was?«

»Sie sehen müde aus. Sollen wir einen Kaffee trinken? Ich kann Sie in ein Café mitnehmen.«

Froelich deutete in die Richtung, in der sein Wagen stand.

»Nein, lieber nicht. Ich ...«

Er tätschelte seine Reisetasche, die seitlich hinter ihm im Kofferraum lag. Daneben war eine Laptoptasche zu sehen.

»Ich geh jetzt nach oben. Ich glaube, ich brauche einen Schnaps oder meinetwegen auch einen Kaffee. Oder beides.«

Er stand etwas ungelenk auf, schnappte sich seine beiden Taschen und nahm sie aus dem Wagen. Dann setzte er die Reisetasche noch einmal ab, griff in die Hosentasche und drückte den Autoschlüssel. Die Heckklappe fuhr herunter, und der Wagen verriegelte sich. Frodo nahm seine Reisetasche wieder auf und sah Froelich einen Moment lang unschlüssig an.

»Ach, wissen Sie was? Kommen Sie einfach mit hoch. Ich mach Ihnen auch einen Kaffee, und dann erzählen Sie mir alles, was Sie über Micks ... über Mick wissen.«

Er schüttelte den Kopf, als könnte er noch immer nicht fassen, was er da gerade gehört hatte, und ging auf den Eingang des Hauses zu. Froelich folgte, sie nahmen den Aufzug in den dritten Stock, und als Frodo die Wohnungstür öffnete, schlug ihnen abgestandene Luft entgegen.

»Sie müssen bitte entschuldigen«, sagte Frodo, als er in den Flur trat. »Ich war geschäftlich unterwegs, und bei mir lüftet in meiner Abwesenheit niemand.«

»Sie waren in Griechenland, hat Frau Kieß mir erzählt.«

»Ja. Da ist im Moment die Hölle los, das können Sie sich ja vielleicht vorstellen. Ich sollte für meine Firma klären, was dort unten für uns noch zu retten ist. Man weiß ja nicht, was da noch alles kommt, nicht wahr?«

Er ließ den Griff der Reisetasche im Flur aus seiner Hand gleiten, legte die Laptoptasche auf einen Schreibtisch, der im Wohnzimmer neben dem Sofa stand, und öffnete einige Fenster.

»Aber was konnten Sie denn über die Feiertage in Griechenland ausrichten?«

»Griechisch-orthodoxe Kirche, Herr Froelich – die feiern Pfingsten später als wir. Und ich glaube auch nicht, dass sich dort einer unserer Geschäftspartner einem Treffen verweigern könnte, selbst wenn jetzt dort Pfingsten gefeiert würde. Und hier bei uns wird ohnehin volles Tempo gefahren. Gestern Abend um sieben bin ich in Stuttgart gelandet, aus Athen mit Zwischenstopp in Thessaloniki, da hätte es mir für diesen Tag eigentlich schon gereicht. Aber nix da: Gleich vom Flughafen musste ich ins Büro, Besprechung bis in die Puppen. Mein Chef hat mir ein Hotelzimmer direkt neben der Firma gebucht, und dann haben wir gleich am frühen Morgen wieder alle möglichen Szenarien durchgerechnet. Aber was will man machen? Job ist Job, nicht wahr?«

Der Durchzug sorgte schnell für frischere Luft, und als Frodo und sein Gast sich auf Sofa und Sessel gegenübersaßen, zwei Tassen mit starkem Kaffee zwischen sich, begann Froelich davon zu erzählen, warum er jetzt hier saß und mit Thomas Frohdat über den Tod seines alten Freundes Mick Jäger sprach.

Frodo hörte ihm gespannt zu, ab und zu musste er vor Müdigkeit die Augen zusammenkneifen und hatte sichtlich Mühe, der Erzählung zu folgen, aber meistens machte er einen sehr aufmerksamen Eindruck. Nach einer Weile ging er in die Küche und kam mit einer frisch nachgefüllten Kaffeetasse zurück. Auf den ersehnten Schnaps hatte er bisher verzichtet.

Froelich ließ die genauen Umstände seines Todes einstweilen unerwähnt, aber als er auf seine Vermutung zu sprechen kam, dass Richie Kieß den Mitbegründer seiner Band

Stony Rolls vor gut einer Woche rausgeworfen hatte, nickte Frodo.

»Das ist doch der Hammer, oder?«, warf er ein. »Haben Sie die Stony Rolls gekannt?«

»Nein.«

»Mick war der Beste von denen, mit Abstand. Der Richie mit seinem Faible für diese rumpeligen Rockoldies. Der Bandname war seine Idee. Ich meine: Stony Rolls – plumper geht's ja wohl nicht, oder? Und dann ständig ›Satisfaction‹ und ›Brown Sugar‹ und diesen ganzen alten Kram im Programm. Bäh!«

Frodo schien kein Fan der Rolling Stones zu sein.

»Wann hat er ihn rausgeschmissen, haben Sie gesagt?«

»Samstag, 16. Mai.«

Frodo schüttelte den Kopf und blickte finster in seinen Kaffee.

»Das muss man sich mal vorstellen! Richie hat mir sogar schon etwa eine Woche vorher erzählt, dass er das vorhatte. Der hatte sich sogar schon wegen möglicher Nachfolger umgehört!«

»Wann haben Sie Mick Jäger zuletzt gesehen?«

»Oh, das ist länger her. Ich weiß es gar nicht mehr genau.«

»Und Richie Kieß?«

»Erst unlängst. Warten Sie mal.«

Er stand auf und holte ein Smartphone aus der Laptoptasche. Ein paar Fingertipper und einige Wischer, dann hatte er die gewünschte Information.

»Donnerstag, 14. Mai.«

»Und Daniela Kieß?«

»Die war an dem Tag nicht da, leider. Nele mag ich lieber als Richie. Das ist eine richtig Nette, und Richie hat sie im Grunde genommen gar nicht verdient. Sie hat es nicht leicht mit ihm, und wenn sie wüsste …«

Er unterbrach sich und musterte Froelich.

»Sie hat mir gesagt«, merkte der an, »dass sie seit einigen Jahren mit Mick Jäger zusammen ist und dass sie ihren Mann für ihn verlassen wollte. Vermutlich schon bald.«

Frodo nickte.

»Gut. Das ist gut. War höchste Zeit, wenn Sie mich fragen.«

Kurz wirkte er erleichtert, dann erschrak er.

»Hat Richie das gewusst?«

»Nicht, solange Mick lebte. Sie fragen danach, weil Sie Richard Kieß zutrauen, dass er für den Tod von Mick verantwortlich sein könnte?«

»Ich … nein. Nein, nein.«

Er wirkte nicht empört wegen Froelichs Unterstellung, eher erschrocken und verwirrt.

»Richie ist manchmal ein richtiges Arschloch. Als er mir so nebenbei erzählt hat, dass er Mick rauswerfen will, bin ich echt wütend geworden. Und als ich ein paar Tage vorher mit Nele Kaffee getrunken habe und sie mir erzählte, wie Richie mit ihr umgesprungen ist – das macht man nicht!«

Er trank etwas Kaffee, dann grinste er kurz.

»Hat er Ihnen erzählt, dass ich ihm einen Streich gespielt habe?«

»Nein«, sagte Froelich, und kurz darauf kam ihm etwas in den Sinn, was er besser sofort der Kripo durchgeben sollte. Er trank seine Tasse leer und hielt sie Frodo hin.

»Könnte ich noch einen haben?«

»Ja, natürlich.«

Frodo leerte seine eigene Tasse ebenfalls und machte sich auf den Weg in die Küche.

Froelich wollte nichts weniger als noch einen Kaffee, nachdem er in den vergangenen Tagen ohnehin schon viel zu viel davon in sich hineingeschüttet hatte, aber er brauchte einen Moment, in dem er von Frohdat unbeobachtet war. Er sah ihm nach und rief im Menü seines Smartphones schnell die Nummer von Björn Radegerst auf. Der meldete sich sofort, klang aber nicht sehr erfreut darüber, dass er Froelich am Apparat hatte.

»Moment!«, schnauzte er ihn an. Dann waren Schritte zu hören, gedämpft, als hielte Radegerst seine Hand über das Telefon. Dann das Zuschlagen einer Tür, und dann war er wieder dran. »Meine Kollegen und ich warten gerade darauf, dass endlich der Anwalt von Richard Kieß eintrifft. Der hat unsere Befragung erst einmal platzen lassen, weil er ohne seinen Anwalt nicht reden will. Aber sagen Sie mal, Froelich, sind Sie eigentlich bescheuert? Erst überreden Sie mich –«

»Keine Zeit, Herr Radegerst. Halten Sie den Mund und schicken Sie Ihre Leute zu Thomas Frohdat nach Möglingen. Da bin ich gerade. Sie haben die Adresse?«

»Ja, aber …«

»Gut. Ich würde mich an Ihrer Stelle beeilen.«

Froelich linste noch einmal zur Küche hinüber. Frodo war noch beschäftigt.

»Ich rede gerade mit ihm, möglicherweise ist er schuld an Jägers Tod. Soll ich unser Gespräch aufnehmen? Oder wollen Sie mitschneiden?«

»Lassen Sie das mal schön bleiben, und wir schneiden auch nicht mit. Ohne ausdrückliche Einwilligung von Frohdat würden wir uns damit strafbar machen. Lassen Sie die Verbindung laufen – und bitte, stellen Sie nicht schon wieder irgendeinen Blödsinn an, ja?«

Danach hörte Froelich Radegerst ein paar Schritte machen, dann rief er einige Kommandos: »Schnell, alle ruhig. Komm her, du bleibst hier und notierst dir, was du am Telefon hörst! Alle anderen sofort raus aus dem Raum. Wir besprechen draußen alles Weitere.«

Dann wurde es still am anderen Ende. Froelich legte das Smartphone vorsichtig neben sich auf die Sessellehne und legte seinen Arm so davor, dass das Gerät hoffentlich ausreichend vor Frodos Blicken verborgen war. Der kam in diesem Moment auch schon wieder ins Wohnzimmer, stellte die Tassen auf den Tisch, achtete nicht weiter auf die Sessellehne und sah Froelich an.

»Wo waren wir?«, fragte Frodo, dann erinnerte er sich wieder und grinste. »Ach ja. Mein kleiner Streich.«

»Was war das denn für ein Streich?«, hakte Froelich nach, als der andere nicht weitersprach.

»Ach, egal. Wenn er's Ihnen nicht erzählt hat, ist es ihm vielleicht peinlich. Oder er hat's noch gar nicht gemerkt.«

Froelich musterte ihn, bis es Frodo etwas unangenehm wurde.

»Was ist denn?«, fragte er schließlich.

»Könnte es sein, dass Sie Richard Kieß eins auswischen wollten – und deswegen ein Mikrofon und ein Interface in seinem Proberaum manipuliert haben?«

Frodo stutzte.

»Ich dachte, er hat es Ihnen nicht erzählt?«

Froelich schwieg.

»Woher wissen Sie es dann?«, wollte Frodo wissen.

»Von der Kriminalpolizei. Mick Jäger ist gestorben, weil jemand dafür gesorgt hat, dass die volle Spannung von 230 Volt auf dem Korb des Mikrofons lag – durch den Stromschlag, den ihm das verpasst hat, verlor er die Besinnung, kippte nach hinten, schlug mit dem Hinterkopf aufs Parkett und starb danach an einer Hirnblutung.«

»Aber das kann nicht sein!«, widersprach Frodo. »Ich habe keines von Micks Geräten auch nur angefasst. Das Mikro und das Interface, das Richie mir zum Durchchecken mitgegeben hat, gehören ihm. Und dem kann gar nichts passieren. Der hat in seinem Haus einen Schutzschalter, der sofort die Sicherung raushaut, wenn Richie das Interface einsteckt. Da kann nichts passieren!«

Er schüttelte den Kopf.

»Sonst hätte ich so etwas doch niemals gemacht. Ich meine: Wenn ich Richie umbringen wollte, dann erschlag ich ihn oder tu ihm was ins Bier – aber so eine umständliche Tötungsmethode …«

Er schüttelte noch einmal den Kopf und lachte kurz und trocken.

»So etwas habe ich ja noch nie gehört.«

»Das Mikro, mit dem Sie Richie einen Denkzettel verpassen wollten – wissen Sie noch, welche Marke das war?«

»Ja, klar.«

Er nannte Marke und Modell, dazu auch alle Infos, die nötig waren, um das manipulierte Interface zu identifizieren.

»Und das gehörte Richie, kein Zweifel. Der hing richtig an diesem alten Glump – ich hätte zumindest das Interface schon längst weggeworfen.«

»Genau mit einem solchen Mikrofon und einem solchen Interface wurde Mick Jäger getötet. Und beides war genau auf dieselbe Weise manipuliert, wie Sie es für Ihren ›Streich‹ gemacht haben.«

Allmählich fiel der Groschen. Frodo wurde blass und sah Froelich fast flehend an, als wollte er ihn bitten, endlich die Wahrheit zu sagen und ihn aus diesem fürchterlichen Albtraum erwachen zu lassen.

»Und Mick Jäger hatte in seiner Wohnung keinen FI-Schalter. Leider. Das hat ihn letztendlich das Leben gekostet.«

Frodo ließ sich langsam im Sofa nach hinten sinken.

»Das muss ein Missverständnis sein«, murmelte er wieder und wieder. »Ein fürchterliches Missverständnis. Ich habe wirklich nur an Richies Sachen rumgemacht, weil er doch Mick reinlegen wollte, weil er Nele betrogen hat, weil man so nicht mit seinen Freunden und seiner Frau umgeht …«

So ging es in einem fort, bis es klingelte. Frodo achtete gar nicht auf das Geräusch, sondern jammerte weiter und weiter. Froelich erhob sich und drückte den Knopf der Gegensprechanlage.

»Ja?«

»Sind Sie das, Herr Froelich?«

»Ja. Würde es Ihnen etwas ausmachen, Herr Radegerst, wenn Sie mit Ihren Leuten unten warten. Ich komme in ein, zwei Minuten mit Herrn Frohdat runter, okay?«

»Nein!«, rief Radegerst, denn natürlich hatte er noch das verunglückte Gespräch des Bestatters mit Richard Kieß im Hinterkopf. Doch Froelich drückte ihn weg, dann stellte er sich neben das Sofa und sah auf den weiter vor sich hin murmelnden Frodo hinunter.

»Ich glaube Ihnen, dass das alles ein fürchterliches Missverständnis war. Und jetzt gehen wir zusammen zur Polizei. Sie sagen denen alles, was Sie mir erzählt haben. Und dann wird denen ebenso wie mir klar, dass Sie Mick Jägers Tod nicht wollten. Und auch nicht den von Richie Kieß.«

Frodo verstummte und sah Froelich aus trüben Augen an.

»Oder dass Sie überhaupt niemandem ernsthaft schaden wollten«, fügte Froelich noch an, dann streckte er ihm seine Hand entgegen, um ihm aufzuhelfen.

Frodo nickte, griff nach Froelichs Hand und erhob sich. Dann trottete er hinter Froelich her aus der Wohnung, lehnte sich im Aufzug wie betäubt gegen die Wand und ließ sich im Erdgeschoss ohne jeden Widerstand vor die Haustür geleiten. Als er vor dem Haus drei Männer und eine Frau sah, die ihn erwarteten, war er irritiert und warf Froelich einen fragenden Blick zu. Der aber wandte sich an Radegerst.

»Sie können bestätigen, dass Herr Frohdat auf dem Weg zur Kripo war, als Sie vor dem Haus eintrafen, um ihn abzuholen. Richtig, Herr Radegerst?«

Die Beamten wechselten kurze Blicke, dann zuckte Radegerst die Schultern.

»Ja, kann ich. Sie sind Herr Thomas Frohdat?«

Frodo nickte, Froelich ermunterte ihn mit einer Geste, den Beamten zu ihrem Wagen zu folgen, und kurz darauf stand Froelich allein vor dem Wohnblock in der Rechbergstraße. Radegerst und seine Kollegin brachten Frohdat ins Präsidium. Die beiden anderen hatten sich von Frodo die Schlüssel geben lassen und waren nach oben gegangen, um sich einen ersten Eindruck von der Wohnung zu verschaffen, bis klar war, ob die Kriminaltechnik anrücken musste.

Donnerstag, 28. Mai

Dass Gottfried Froelich die Rechnung übernehmen musste, als sich Maigerle und Radegerst mit ihm in Ludwigsburg zum Mittagessen trafen, war von vornherein klar. Zwar war Radegerst nicht mehr wütend auf ihn, weil letztendlich doch noch alles glimpflich für Froelich und die Kripo ausgegangen war. Und Maigerle interessierte sich mindestens ebenso sehr für die Auflösung des Falls wie Froelich. Doch weil sich Froelich sehr wohl bewusst war, dass Radegerst ihm mehr durchgehen gelassen hatte, als er sich das eigentlich erlauben konnte, fühlte er sich in der Schuld des Kripokommissars.

Der sah das nicht anders, zumal er für Froelich am Mittwoch sogar noch die Möglichkeit eingefädelt hatte, ganz kurz auf dem Flur des Polizeigebäudes mit Richard Kieß zu reden. Da war Froelich ins Kommissariat gefahren, um sein Handy abzuholen, das er am Tag zuvor auf Frodos Sofa hatte liegen lassen. Im Kommissariat schilderte er Radegerst den Zustand der Kieß'schen Ehe und wollte Kieß einen Deal anbieten: Wenn der versprach, seine baldige Exfrau in Ruhe zu lassen, würde Froelich behaupten, er sei nicht von Richard Kieß angegriffen worden, sondern ohne jegliches fremde Zutun über die eng im Flur gestapelten Kartons gestolpert.

»Mit meiner Körperfülle kann man schon mal aus dem Gleichgewicht kommen«, hatte Froelich augenzwinkernd gesagt. »Wenn Sie ihm das so ausrichten könnten ...?«

»Das sagen Sie Kieß mal schön selbst«, antwortete Radegerst. »Ich habe so das Gefühl, dass Sie sich nachher ganz zufällig bei uns auf dem Flur begegnen. Gut möglich, dass ich dann nicht verhindern kann, dass Sie zwei, drei Sätze wechseln. Aber sonst kein Wort zum Fall, versprochen?«

Froelich versprach es gern, und er hielt sich auch daran und sprach schon kurz danach die Esseneinladung für den Donnerstagmittag aus.

Der Termin war nicht ganz zufällig gewählt. Maigerle hatte an diesem Tag Nachtschicht im Kriminaldauerdienst, konnte also ebenfalls dabei sein. Und Inge war für eine Reportage mit einem Messerschmied in der Nähe von Pforzheim verabredet, dem sie den Tag über bei der Arbeit zusehen und ihn dabei fotografieren und interviewen wollte.

Radegerst hatte ein indisches Restaurant in der Ludwigsburger Karlstraße ausgesucht, und er war auch damit zufrieden, dass sie sich Froelichs Geldbeutel zuliebe aufs mittägliche Büfett beschränkten. Sie saßen gemütlich, die Auswahl war ansprechend, und die Gespräche kreisten eine Weile um Maigerles private Pläne (er wollte seiner Lebensgefährtin einen Heiratsantrag machen und schwärmte davon, dass ihre Kinder aus erster Ehe ihn ganz wunderbar in die Familie aufgenommen hatten), um die Rechtsmedizinerin Zora Wilde (die alle drei in den vergangenen Jahren aus den unterschiedlichsten Anlässen kennengelernt hatten) und um Inges Probleme mit dem kriminalistischen Hobby ihres Gottfried.

Froelich nahm die gutmütigen Frotzeleien der beiden anderen gelassen hin, und dann lenkte er das Gespräch vollends auf den Fall, den die Kripo gerade aufgeklärt hatte. Schließlich wollte er gerne auch die letzten offenen Fragen beantwortet haben.

Nachdem die Soko restlos ermittelt hatte, wie es zum Tod von Mick Jäger gekommen und wer in welchem Ausmaß dafür verantwortlich war, gingen auch Radegersts Vorgesetzte eher großzügig über einige Details der Ermittlungen hinweg, die bei einem Fehlschlag sicher Anlass zu interner Kritik geworden wären. Von Froelichs Beteiligung drang nichts an die Öffentlichkeit, und auch Mikrofonexperte Matze tauchte in keinem der Presseberichte über den Fall Mick Jäger auf. Selbst die tragische Geschichte um Klaus Hardtmann, seine Schwester Tina und deren Eltern konnte weitgehend unter der Decke gehalten werden.

Auch so hatten die Journalisten genug zu schreiben, denn das Elend, das sich rund um den Tod von Mick Jäger als Aneinanderreihung von Demütigungen und Intrigen, Pech und unglücklichen Umständen vor allen Beobachtern ausbreitete, gab reichlich Stoff für spannende Artikel. Alles davon hatte die Polizei nicht nach draußen gegeben, aber für Froelich und Maigerle zeichnete Radegerst das komplette Bild.

Demnach hatte Frodo allen Grund, Richie Kieß einen Streich zu spielen. Als langjähriger Freund von Mick Jäger musste er nicht nur mit anhören, wie Kieß schon frühzeitig von dessen bevorstehenden Rauswurf redete – er hatte auch mehrfach miterlebt, wie er Rebecca Hardtmann, der damaligen Frau seines engen Freundes Klaus, an die Wäsche ging. Er bekam mit, dass Kieß auch mit anderen Frauen seine Daniela betrog, wo immer sich ihm die Gelegenheit bot. Und als Kieß aus einem Grund, den Frodo nicht kannte und den weder Kieß noch die inzwischen ebenfalls befragte Rebecca nennen wollten, seine langjährige Geliebte eiskalt abservierte, heulte sich Rebecca eines Abends bei Frodo aus.

Sie erzählte ihm dabei unter anderem von den Intrigen, die Kieß jahrelang gegen Frodo gesponnen hatte, um ihm karrieremäßig den Rang abzulaufen. Zwar hatte es Kieß nicht die erhoffte Beförderung eingebracht, aber auch Frodo war als Folge der Gerüchte und Lügen, die Kieß über seinen »Freund« verbreitete, nie aufgestiegen, obwohl er sich seit eh und je sehr dafür ins Zeug legte.

Damit war für den Workaholic Frohdat das Maß voll. Als Kieß ihn bat – er hatte es wohl eher wie eine Anweisung klingen lassen –, sein altes Mikrofon und das ebenso alte Interface mal durchzuchecken und ein bisschen auf Vordermann zu bringen, beschloss Frodo, ihm den bereits geschilderten Streich zu spielen. Und weil Kieß längst neuere Geräte nutzte und die alten vor allem als Erinnerung an alte Zeiten behielt, waren die manipulierten Stücke auch an jenem Samstagnachmittag unbenutzt geblieben, als Kieß seinen Mitmusiker Jäger aus der Band geworfen hatte.

Jäger wiederum wusste, dass Kieß die alten Geräte am Herzen lagen – und so klaute er sie, um seinem Exfreund eins auszuwischen. Am Donnerstag wollte er sie in seiner Wohnung in Besigheim für eine Aufnahme nutzen. Mit den bekannten tragischen Folgen.

Auf die Frage, warum er denn die Geräte nicht als gestohlen gemeldet hatte, wollte Kieß erst nicht antworten. Dann meinte er, dass es nicht allzu teuer gewesen sei, sich als Ersatz für den Proberaum noch schnell ein neues Mikrofon zu kaufen. Dort, und nur dort, war das alte bis dahin zum Einsatz gekommen, ausschließlich für ihn selber. Froelich hatte ihn gesehen, wie er mit dem Ersatz aus dem Musikladen gekommen war. Für Liveauftritte nahm Kieß ohnehin lieber ein robusteres, neues Mikrofon. Nach einer Weile gab er noch zu, dass es ihm peinlich gewesen war, dass er sich von Jäger hatte beklauen lassen – und dass er befürchtet hatte, dass durch einen Streit wegen der beiden alten Teile schneller herausgekommen wäre, dass Jäger die Band nicht auf eigenen Wunsch verlassen hatte. Das wollte er vor seiner Frau so lange geheim halten wie möglich, um seine Ruhe zu haben und sich nicht ihren Vorwürfen ausgesetzt zu sehen.

Radegerst kam diese Begründung nicht sehr schlüssig vor. Mehr als Eifersüchteleien zwischen Jäger und Kieß in Bezug auf ihre Rolle und Bedeutung innerhalb der Band schien es nicht gegeben zu haben – ob das Grund genug für den Rauswurf gewesen war? Oder ob Kieß doch etwas vom Verhältnis Jägers mit seiner Frau mitbekommen oder mindestens geahnt hatte? Das blieb unbeantwortet. Weil aber der Grund für Kieß' Schweigen ebenso wie der wahre Grund für dessen Streit mit Jäger letztendlich keine Bedeutung für den Hergang der Tat, für deren Motive und für die Umstände hatte, die Jäger schließlich das Leben kosteten, ließ es die Kripo dabei bewenden.

Dann musste sich Radegerst verabschieden. Er hatte noch die restlichen Berichte zu schreiben, und alles angefallene Material musste für die Staatsanwaltschaft aufbereitet werden.

»Ganz ehrlich«, sagte Radegerst, bevor er ging, »diesmal bin ich heilfroh, dass der Fall demnächst für mich erledigt ist. Da will ich weder der Richter sein, der das Urteil zu sprechen hat – noch der Psychologe, der Daniela Kieß wieder in die Spur bringen soll.«

Auf dem Heimweg in der Ente – Froelich hatte Maigerle in der Nähe von Backnang abgeholt – lenkte Froelich das Gespräch unter anderem auf ein Anliegen, das er hatte. Eine Bitte an Maigerle. Es ging um Inge und darum, wie Maigerle ihm am nächsten Tag helfen könne, die etwas angespannte Beziehung zwischen ihr und Gottfried vollends wieder zu kitten.

»Ich lüg nicht für dich, Gottfried, das kannst du vergessen.«

»Nein«, wehrte Froelich ab, »das sollst du auch gar nicht. Du rufst mich morgen Mittag etwa um eins an, und du musst auch nichts sagen – ich mach das alles allein.«

Maigerle hörte sich an, was sich Froelich ausgedacht hatte.

»Und ich werde ebenfalls kein falsches Wort sagen. Keine Lüge, Ehrenwort! Wir bleiben bei der Wahrheit, und trotzdem wird es mir helfen.«

Froelich strahlte, weil er seine Idee selbst so klasse fand. Und Maigerle lachte noch immer, als er schon ausgestiegen war und der davonschaukelnden Ente hinterhersah.

Freitag, 29. Mai

Nachdem Froelich mit Sanfftlebens Hilfe alles aufgearbeitet hatte, was im Institut liegen geblieben war – der alte Sanfftleben konnte sich das Wortspiel mit Blick auf die alte Hermine, deren Beerdigung für Montag geplant war, nicht verkneifen –, wurde Froelich mit den dringendsten Arbeiten gegen halb elf am Freitagvormittag fertig. Er ging hinauf in die Wohnung und zog sich um. Inge, die er diesmal zum Mitwandern nach Uhlbach und zurück eingeladen hatte, saß schon in ziemlich eng geschnittener Sportkleidung am Küchentisch und trank Kaffee. Er beschränkte sich diesmal auf sauren Sprudel – nachdem er in den letzten Tagen deutlich zu viel Koffein erwischt hatte, war sein Schlaf ein paar Mal recht unruhig gewesen.

Gegen zwölf kamen sie los, und Sanfftleben, der im Hof auf einem Sargdeckel hockte und sich dort Viertele und Leberwurstbrot schmecken ließ, pfiff Inge hinterher. Sie lachte und winkte dem Alten zu, ohne sich noch einmal zu ihm umzudrehen.

Gegen eins klingelte Froelichs Handy. Inge hob die Augenbrauen und sah ihn streng an.

»Du hast selbst gesagt, Inge«, verteidigte er sich, »dass ich mein Telefon mitnehmen und angeschaltet lassen soll.«

Inge zog eine enttäuschte Miene, ließ ihn aber gewähren. Sie hatten schon den größten Teil der Strecke nach Uhlbach hinter sich, und Froelich war ganz froh, dass er jetzt stehenbleiben konnte. Er nahm das Gespräch an und hörte kurz zu. Inge beobachtete ihn gespannt, konnte aber nicht erkennen, wer da gerade anrief oder was er oder sie zu sagen hatte. Froelich jedenfalls schüttelte jetzt heftig den Kopf und hob die Stimme.

»Nein, Herr Kommissar«, tönte er. »Das geht jetzt auf gar keinen Fall! Ich bin mit meiner Freundin unterwegs, und wir machen uns heute einen schönen Tag zu zweit. Tut mir leid, Herr Kommissar. Vielleicht ein andermal, ja?«

Damit legte er auf und marschierte weiter. Inge ging neben ihm her und warf ihm immer wieder einen forschenden Blick zu.

»Was wollte dieser Kommissar?«, fragte sie schließlich, als vor ihnen schon Uhlbach zu sehen war.

»Ach, Inge, glaub mir, das willst du gar nicht wissen. Aber ich hab ihm gesagt, dass ich jetzt keine Zeit habe. Das hast du ja gehört.«

Sie lächelte ihn an und hakte sich bei ihm unter.

»Ja«, sagte sie, und sie klang sehr zufrieden, »das hab ich gehört.«

Sie hielten auf Uhlbach zu, und als sich der Weg in den dörflichen, schön zu Füßen der Grabkapelle auf dem Rotenberg eingebetteten Stuttgarter Stadtteil von der Strecke durch die Weinberge trennte, behielt Froelich die Richtung in den Ort hinein bei. Inge sah ihn überrascht an.

»Was wird das jetzt?«

»Heute, liebe Inge, muss ich dir unbedingt ein Geheimnis verraten.«

»Aha?«

»Du weißt doch, dass ich seit einiger Zeit etwas Sport treibe.«

Sie nickte.

»Und dass ich mich zweimal die Woche die Burgsteige hinaufquäle, und dass ich einmal in der Woche die Runde durch die Weinberge zwischen Esslingen und Uhlbach mache?«

»Ja, das weiß ich doch alles.«

»Tja, und zu meiner Runde gehört halt auch dieses letzte Stück nach Uhlbach hinein und hierher.«

Sie hatten inzwischen ein stattliches Eckhaus mit einer Gaststätte erreicht, zu deren Eingang eine steile steinerne Treppe hinaufführte. Links neben der Treppe war ein Schaukasten mit Auszügen aus der Speise- und Getränkekarte angebracht, rechts stand eine aufgeklappte Schiefertafel, auf der jemand mit Kreide schwungvoll »Original Maultaschen, auch zum Mitnehmen« geschrieben hatte.

»Hier mache ich einmal die Woche Rast«, sagte Froelich und deutete die Treppe hinauf. »Du siehst: Ich scheue auch vor diesem zusätzlichen Aufstieg nicht zurück, wenn es um mein leibliches Wohl geht.«

Inge grinste und schüttelte ungläubig den Kopf.

»Und da, mein Schatz, mühen wir uns jetzt zur Abwechslung mal beide hoch. Glaub mir: Die Kraxelei lohnt sich.«

Lachend gingen sie zusammen hinauf. Das Wirtsehepaar begrüßte Froelich wie einen alten Bekannten und bot ihm und Inge Plätze am Ende einer schon halb mit fröhlichen Gästen besetzten Tafel an. Wenig später dampften vor ihnen frische, hausgemachte Maultaschen, und Inge prostete ihrem Gottfried mit einem herrlichen Riesling vom Uhlbacher Götzenberg zu.

»Ach, Gottfried, wenn ich dich nicht hätte!«

Inge strahlte ihn an, er strahlte zurück, und als ihre Gläser gegeneinander klirrten und sie auf ihre gemeinsame Zukunft tranken, dachte Froelich auch für einen Moment sehr dankbar an seinen Freund Maigerle. Den Herrn Kommissar.

ENDE

Dank

Danke an alle, die sich auch seltsame Fragen gefallen ließen und die diesem Buch informative und skurrile Details bescherten – wenn Sie Fehler finden, kreiden Sie sie einfach mir an.

Sollte sich jemand in diesem Buch wiedererkennen, danke ich für das (unverdiente) Lob: Wie in Krimis üblich, sind Handlung und Personen frei erfunden. Nur zwei Romangäste existieren wirklich – und die beiden wissen Bescheid, weil ich sie natürlich vorher artig um Erlaubnis gefragt habe.

Die Songs, die Maigerle und Froelich im Buch zugeschrieben werden, gibt es – live gespielt werden sie aber nur von mir. Und für Versuche, herauszufinden, was an den Schauplätzen real und was erfunden ist, wünsche ich viel Spaß. Nur so viel sei schon hier verraten: Für die Maultaschen, zu denen Froelich im Buch wandert, lohnt sich der Fußmarsch allemal – und das Straßenmusikfestival in Ludwigsburg sollte niemand verpassen, der Livemusik mag.

Jürgen Seibold